해협의 **빛**

해협의 빛

전혜정 소설

문학동네

차례

나와 미스 마를렌

결과적으로 그의 아버지가 남긴 마지막 유산이 그를 죽게 만들었다. 물론 그의 아버지는 전혀 의도하지 않은 일이었을 것이다. 어쩌다 보니 일이 그렇게 되어버렸을 뿐이다. 마를렌에게도 잘못은 없었다. 마를렌을 집에 데려다놓은 것은 그였다. 안타깝게도 당시에 그는 궁지에 몰려 있었다. 이것저것 따져가며 생각할 만한 여력이 없었을 것이다.

어느덧 그의 집이 불타버린 지도 일 년이 다 되어간다. 경찰은 방화로 추정했으나 끝내 범인을 잡지는 못했다. 유력한 용의자로 지목된 사람도 두 명인가 있었다. 한 명은 평범한 삼십대 회사원이었고, 다른 한 명은 오랫동안 정신병을 앓아왔다는 환갑이 지난 노인이었다. 그러나 둘 다 증거 불충분으로 풀려났다. 수사가 미궁에 빠져버린 채 서너 달이 지나가자 방화사건에 대한 사람들의 관심은 점차 사그라졌다. 이제껏 모든 충격적인 사건에 대해 늘 그래왔듯이 말이다. 지금은 아무도 그에 대해 말하거나 생각하지 않는다. 마치 그라는 사람이 처음부터 아예 이곳에 존재하지 않았던 것처럼.

어쩌면 그를 자발적으로 기억하고자 하는 사람은 나뿐일지도 모른다. 내가 기억하는 그는 좋은 남자였다. 그가 남들과 좀 다른 성향의 사람이었다는 것은 인정할 수 있지만 적어도 그는 타인에게 해악을 끼치는 부류는 아니었다. 오히려 그는 살아남기 위해 자신만의 방식으로 줄곧 세상과 맞서왔다는 것이 내 생각이다. 단지 그 방식이 어느 순간부터 세상과 미묘하게 어긋나기 시작했을 뿐이다.

그는 전직 경찰관이었다. 십삼 년간 재직했던 경찰관 생활을 그만둘 수밖에 없었던 것은, 그의 표현을 빌리자면 순전히 '하필 재수 없게 일이 꼬였기' 때문이었다. 단단히 앙심을 품고 덤벼드는 인간은 누구도 당해낼 재간이 없으며, 그럴 땐 자신의 운이 다했다는 것을 인정하고 한시라도 빨리 그곳에서 발을 빼야 한다고 그는 내게 진지하게 말했었다. "자네도 꼭 명심해야 돼. 사람은 포기해야 할 타이밍을 잘 알아야 되거든."

그는 달변가는 아니었지만 제법 상대방에게 호감을 주는 남자였다. 살이 오른 둥근 얼굴에 꽤 큼직한 주먹코가 사람 좋아 보이는 인상이었다. 키는 그리 크지 않으나 젊었을 적 운동한 사람답게 가슴팍이 딱 벌어져 몸집이 여간 다부져 보이지 않았지만, 의외로 손발이 작아서 어찌 보면 커다란 아이처럼 보이기도 했다. 가끔 혼자서 어떤 생각에 집중할 때면 가늘게 뜬 두 눈 사이의 눈동자가 주먹코를 향해 사시처럼 모아지는 바람에 좀 멍청해 보이기도 했다. 본인도 그것을 의식하는지 여간해선 사람들 앞에서 딴생각을 떠올리지 않으려는 듯했다. 요컨대 그는 무언가를 숨길 수 있는 사람이 아니었다. 의도하지 않아도 감정과 기분이 얼굴에 그대로 드러나는, 오십대 중반의 남자였다.

맨 처음 우리는 재활용쓰레기 수거함 앞에서 인사를 나누었다. 나는 매주 일요일 아침마다 베란다 구석에 모아둔 재활용쓰레기를 주차장 뒤편에 있는 수거함에 갖다놓곤 했다. 그는 내가 살고 있는 다세대주택의 길 건너 맞은편에 있는 단층집에 살고 있었다. 두 손에 각각 페트병과 신문뭉치가 담긴 커다란 비닐봉지를 들고 막 현관을 나서려는데 누군가 주차장 쪽에서 빠르게 걸어나오는 것이 보였다. 살집이 좋은 남자였다. 남자의 두 손에도 커다란 비닐봉지가 들려 있었다. 마침 다세대주택 주변에 쓰레기를 무단으로 투기하는 사람들 때문에 한창 주민들의 심기가 불편한 때였다. 나는 남자를 불러세웠다. "실례지만 몇 호에 사시는 분이세요?" 순간 남자는 어색한 표정을 지으며 멈춰 섰다. "몇 호에 사시나요?" 나는 재차 물었다.

"아, 그게……" 남자는 손에 든 커다란 비닐봉지를 만지작거렸다. "미안하게 됐소. 난 여기 맞은편 집에 사는 사람인데 집 앞에 재활용쓰레기를 놓아둘 곳이 마땅치가 않아서……"

남자는 말끝을 흐리면서 나를 흘끔 쳐다봤다. 아무리 적게 잡아도 나보다 스무 살은 족히 많아 보이는 남자가 미안해하며 고개를 숙이자 나는 좀 불편해졌다. 그냥 못 본 척 넘어가면 될 것을 괜히 나서서 일을 벌인 것만 같았다. 차라리 남자가 안하무인으로 뻔뻔하게 나왔다면 내 입장이 지금보다는 나았을 것이라는 생각마저 들었다. 내가 이러지도 저러지도 못하고 있는데 갑자기 남자가 말을 걸어왔다. 마치 이전의 일들은 아예 없었던 듯한 친근한 태도여서 나는 깜짝 놀라버렸다.

“그러고 보니 이웃 간에 인사도 제대로 못 했군요. 난 김경장이라고 합니다.” 남자는 내게 왼손을 내밀며 악수를 청했다. 얼떨결에 나도 왼손에 들고 있던 비닐봉지를 내려놓고는 남자가 내민 손을 잡았다. “아, 예, 저는 이한섭이라고 합니다.” 그러자 남자는 몹시 재미있는 일이라도 일어난 듯이 웃어대기 시작했는데, 그 웃음소리가 몹시 독특했다. 이상하게도 나는 그날 그의 인상에 대해서는 기억이 잘 나질 않는다. 그의 얼굴 생김새와 전체적인 인상에 대해 세부적으로 떠올릴 수 있게 된 것은 그의 집에 드나들게 된 이후로도 꽤 시간이 지난 뒤였다. 그러나 오랫동안 나는 어딘가 타이어 바람 빠지는 소리 같고 그러면서도 뭔가 딱딱, 절도 있게 끊어져 좁고 긴 관 속을 울리는 듯한, 그날 그의 웃음소리를 생생하게 기억해냈다. 참으로 뭐라 말할 수 없이 기묘한 웃음소리였다. 그것은 단순하게 독특한 웃음소리를 넘어선—그래, 난 그다지 별볼일 없는 사람이다. 하지만 그건 너도 마찬가지 아니냐 하는 듯한—듣는 사람을 얼마간 주춤하게 만들어버리는 웃음소리였다. 그러나 나중에 곰곰이 되짚어보니 그건 어쩌면 내 주관대로 그의 웃음소리를 해석한 것일 수도 있었다. 나는 그가 그 정도로 냉소적인 사람이었다고는 생각하지 않는다. 그러기엔 그가 지나치게 외로움을 잘 타는 사람이었기 때문이다. 실제로 그는 내게 어둠이 내린 집 안에 홀로 있는 것이 무엇보다 힘들다고 말했던 적이 있었다. “벌써 십오 년째야. 이젠 어디서부터 뭐가 잘못된 것인지도 모르게 됐어.” 그러면서 그는 예의 그 독특한 웃음소리를 냈다.

김경장이라는 이름 탓에 그는 자신의 경찰관 생활도 고작 경장으로 마친 것 같다고 내게 말했었다. 그래서 내가 "그럼 저는 이교수라고 개명해야 하나요?" 짐짓 농담 삼아 대꾸하자, 그는 할 수만 있다면 자신의 바람대로 개명을 하는 편이 낫다며 정색을 했다. "자넨 미신으로 치부해버릴지도 모르지만 사람은 결국 이름대로 살게 마련이거든." 서로 통성명을 하고서도 내가 그의 집까지 가는 데는 한 달이나 더 지나야 했다. 뭐 특별한 이유랄 것은 없었다. 그냥 내 자격지심 때문이었다고 하면 될 것이다. 나는 그때 대학에 시간강사로 나가고 있었다. 전 학기엔 그래도 세 곳의 대학에서 강의를 했지만, 그즈음엔 단 한 곳의 대학에서 강의를 하고 있을 뿐이었다. 일주일 중 강의를 나가는 화요일을 제외하고는 시간이 너무 남아돌아 당혹스러울 지경이었다. 반달 정도 나는 직장에 다니는 아내가 차려준 아침을 먹자마자 운동복을 입고 뒷산에 올라 몇 시간을 보낸 후 집으로 돌아와 점심을 먹고, 다시 운동복 차림으로 근처 재래시장에 들러 몇 시간을 보내는 일과를 지속했다. 하지만 곧 그만둘 수밖에 없었다. 이웃 사람들의 탐탁지 않은 시선 때문이었다. 나는 애써 주위에 신경쓰지 않으려고 했으나 그것이 도리어 사람들의 시선을 더욱 의식하게 만들었다. 아무도 없는 좁은 집 안에서 할 일 없이 TV나 보고 있는 것은 내 적성에 영 맞지 않았다. 그렇다고 작은방에 틀어박혀 책꽂이도 없이 몇십 권씩 쌓아둔 책을 읽는 것도 지긋지긋했다. 나는 아무것도 하고 싶지 않았고, 동시에 아무것도 하지 않는 상태도 내가 정말로 원하는 바는 아니었다. 그 당시 나는 내가 정말로 원하는 것이 무엇인지조차 사실 알지 못했다. 어느 날 오후, 아내의 퇴근을 기다리며 베란다 창문을 열어두고 담배를 피우던 내 눈과 역시 맞은편 단층집 베란다에 서서 물끄러미 나를 쳐다보고 있던 그의 눈이 마주친 것이 과연 우연이었는지는 나도 잘 모르겠다. 우연치고는 뭔가, 딱 꼬집어 말할 수는 없지만 개운치 않은 점이 있었다. 하긴 어쩌면 그 역시 나와 같은 기분이었을지도 모르겠다. 어쨌든 서로가 무방비 상태에서 마음이 통했다는 것을 확인한 다음부터 우리 두 사람은 나이를 뛰어넘어 급속도로 친구 비슷한 관계가 되었다.

그의 집은 다세대주택과 빌라가 다닥다닥 붙어 있는 이 동네에서 가장 넓은, 몇 안 되는 단독주택이었다. 정원까지 합치면 대지가 족히 백 평은 넘는 집이었다. 하지만 대문 밖에서 보면 실제보다 이삼십 평은 작아 보였다. 정원에 비해 집이 과도하게 큰 탓이었다. 대문 안으로 들어서자마자 눈앞에 바로 집이 다가와 있는 것만 같았다. 왜 이렇게 집만 크게 지었느냐는 내 질문에 그는 시원한 답을 주지 않았다.

"그저 내 취향일 뿐이야." 그는 짧게 대답하고는 더이상 집에 대해 언급하지 않았다.

그러나 막상 집 안에 들어가면 밖에서 보는 것만큼 답답하지는 않았다. 거실의 전면 통유리창 쪽만 바라보지 않는다면 어떤 면에선 널찍한 실내가 마음에 들기까지 했다. 물론 나라면 정원과 집의 비율을 반반으로 했을 테지만.

우리는 보통 저녁식사를 하기 전까지, 정확히 말하면 내 아내가 퇴근할 무렵까지 그의 집 거실에 놓인 좌식의자에 앉아 이런저런 얘기들을 나누었다. 주로 서로가 살아온 얘기들을 두서없이 꺼냈고, 가끔 얘기가 끊어질 때면 조용히 앉은 채로 각자 생각에 잠겨 있다가 이윽고 침묵을 깨고 어느 한쪽이 말을 시작하는 식이었다. 그의 집 거실에는 그 흔한 커튼도 없었고, 소파, 탁자 같은 가구들은 일절 없었다. TV나 오디오나 냉장고 같은 가전제품들도 전혀 없었고, 장식장이나 식탁, 신발장 같은 가구들도 없었다. 온통 순백색 벽지가 발라진 벽면에 걸려 있는 장식품이라고는 달랑 손바닥만한 액자가 전부였다. 거실의 한쪽 벽면 구석에 걸려 있던 그 액자 안에는 전 시대의 유명 여배우인 듯한 서양 여자의 흑백사진이 들어 있었다. 그에게 여배우의 이름을 물어보니, '마를렌 디트리히'라고 했다.

"저 녀석을 빼곤 모조리 처분해버렸으니…… 아버지가 물려주신 마지막 유산인 셈이지." 그러면서 쓴웃음을 짓는 것이었다. 나는 여배우를 녀석으로 칭하는 그의 말에 조금 의아했으나 워낙 심상한 어조로 말하는 통에 그만 물어볼 기회를 놓치고 말았다.

안방을 확인해보지는 않았지만 침대나 옷장도 없었을 것이다. 그런데도 집 안은 휑한 느낌이 별로 들지 않았다. 아마 어딘가에 방향제라도 놓아두었는지 집 안 구석까지 배어든 은근하면서도 강한 마른 풀 냄새 때문일 수도 있었다. 여하튼 비어 있다는 느낌보다는, 이것도 순전히 내 주관이지만, 어딘가 마음이 놓이는 듯한 기분이 들었다. 바깥세상이 현란한 원색이라면 그의 집 안은 웬만해선 피로를 느끼기 힘든 밝은 무채색과 같았다. 저녁에 그의 집을 나와 다세대주택 현관에 들어설 때마다 나는 너무 많은 말들을 늘어놓았다는 생각에 후회가 드는 것이었다.

그에게는 아홉 살이나 어린 아내와 외동딸이 있었다. 그의 말대로 벌써 십오 년 전의, 오래전 일이었다. 별거중인 그의 아내는 식당 일을 하며 지하 셋방에서 근근이 살아가고 있었고, 딸은 오 년 전에 결혼하여 그와는 거의 왕래 없이 지내고 있었다. 그는 이런 얘기들을 별반 감정이 섞이지 않은 어조로 담담하게 말해주었다. 그의 아내는 젊었을 적부터 관절이 좋지 않아 습한 날씨에 몹시 예민했었다. 그런 그녀가 통풍도 잘 되지 않는 축축한 지하 셋방에서 지내는 것을 보다 못한 그가 제발 집으로 돌아오라고 애원했으나 그녀는 한마디로 거절해버렸다. 싫다고 했다. 우선 그라는 사람 자체가 싫고, 더불어 그와 연결되는 모든 것을 참을 수 없다고 말했다고 한다. "그게 말이야." 그는 한숨을 내쉬며 중얼거리듯 말했다. "뭐라고 딱히 말할 수는 없지만, 하여튼 그냥 내가 싫다는 거야. 환장할 노릇이지."

그러면서 그는 돌연 두 눈을 반짝이며 자신의 아내가 꽤나 예쁜 여자였다는 것을 묘사하려 애를 쓰는 것이었다. "처음 마주친 순간 내 여자다, 하는 감이 딱 오더라니깐." 그는 그 당시 젊었던 아내의 모습을 표현할 적당한 단어를 머릿속에서 끄집어내기 위해 미간까지 찡그렸다. 한참을 고심한 끝에 겨우 그는 아내가 아담한 여자, 였다고 말했다. 얼굴도, 몸집도, 마음도, '아담하다'는 단어에 걸맞는 좋은 여자였다고 말이다. 그 좋은 여자를 망친 것은 어이없게도 폭행사건 수사를 맡게 된 계기로 피의자가 그의 손에 쥐여준 십만원권 수표 두 장이었다. 수표가 든 흰 봉투를 못 이기는 척 받아든 순간부터 근 칠 년간 매스컴에서 흔히 접하는 온갖 종류의 불운이 그의 집안 가득 밀려들어왔다.

그는 말했다. "정말이지 안 해본 것이 없었어. 내가 할 수 있는 일은 거의 다 해본 셈이지……" 그는 하는 일마다 재수가 없는 사람이었다. 유명 스포츠 브랜드 대리점을 시작으로 세차장과 김밥집까지 문을 열고 닫는 데 걸린 시간은 사 년도 채 안 되었다. 마지막으로 쌀집을 하던 시절, 그는 이십 킬로그램짜리 쌀포대를 어깨에 짊어지고 오층 연립주택의 계단을 오르다가 그만 정신을 잃고 쓰러져버렸다. 사십대 초반에 찾아온 때 이른 중풍이었다. 그를 간호하던 아내는 이 년 만에 그와 당시 초등학생이었던 딸을 남겨두고 가출을 하고 말았다. 수중에 돈 한 푼 없이 불편한 몸으로 어린 딸과 단둘이 남겨졌던 그 시절, 그는 그때가 오히려 살 만한 지금보다 훨씬 행복했었던 것 같다고, 내게 말했다. "뭔가 숨쉴 틈이라도 있어야 죽고 싶은 마음도 드는 거야. 사람이 너무 내몰리는 상황이 되면 그저 이를 악물고 오기를 부리게 된단 말이지. 때론 그 오기가 그리울 때가 있어."

불운했던 칠 년이 지나자, 그의 운도 조금씩 트이기 시작했다. 시간이 지나면서 다행히 병세가 호전되어 그는 불편하게나마 몸을 움직일 수 있게 되었고, 함께 근무했었던 경찰관 동료의 도움으로 취직도 하게 되었다. 그리고 결정적으로, 오랫동안 소원한 관계였던 아버지가 예순여섯 살의 나이에 덜컥 심근경색으로 세상을 떠나면서 그에게 꽤 많은 재산을 남겨주었던 것이다. 그가 자신의 아버지와 이후의 자세한 사정에 대해서는 왠지 말하기를 꺼려하는 듯해서—그때 나는 막연히 그가 재산에 관해 얘기하는 것을 꺼려한다고만 생각했었다. 하지만 나중에 생각해보니, 그는 자신이 재기하게 된 상황을 조금도 행운이라고 여기지 않았던 것 같다. 물론 이 생각은 내 추측일 뿐이다—굳이 캐물을 수는 없었으나, 불운했던 칠 년을 보상받고도 남을 만한 성공을 이뤘다는 것은 분명한 사실이었다. 그리고 이런 내 심증은, 이것도 물론 나중에야 안 사실이지만, 틀리지 않았다.

장마가 끝나자 곧 더위가 시작되었다.

매스컴에서는 연일 삼십 년 만의 지독한 폭염이 시작될 것이라면서 환경오염에 따른 지구온난화가 이상고온현상의 이유라고 보도했다. 사십 도를 넘는 무더위가 이어질 것이라고도 했다. 아내는 이런 보도에 늘 회의적인 반응을 보이곤 했다. "기상청에서 하는 말이 제대로 맞을 때가 몇 번이나 있었어? 안 그래?"

불행하게도 아내의 예상은 제대로 빗나갔다. 정말이지, 더운 여름이었던 것이다.

멀쩡했던 TV가 갑자기 고장나는 바람에 그해 여름에도 결국 에어컨을 장만하지 못한 우리 집은 8월 내내 재난, 그 자체였다. 거실과 두 개의 방에 각각 한 대씩 선풍기를 줄곧 틀어놓았지만 도무지 시원한 감이 들지 않았다. 오히려 과열된 기계의 더운 바람이 온몸에 접착제처럼 탁탁 달라붙는 듯한 불쾌한 느낌만 드는 것이었다. 누군가 옆에 있는 것조차 짜증이 치밀어오를 정도로 더운 나날이었다. 누가 먼저랄 것도 없이 아내와 나는 밤마다 두 개의 방에서 따로 잠을 청하게 되었다. 나는 이 자연스러운 별거 상태가 더위가 한풀 꺾인 9월이나 10월까지 이어지게 되리라고는 결코 생각하지 못했다. 아내 역시 나와 같은 생각이었을 것이다.

찜통 같은 집 안에 하릴없이 홀로 늘어져 있는 것은 끔찍한 일이었다. 그래서 나는 아침을 먹자마자 근처 공원에서 운동을 한다는 핑계를 대며 집을 나섰다. 아내가 출근하기도 전에 나는 이미 냉방이 잘된 그의 집 거실의 좌식의자에 앉아 있었던 셈이었다. 아내는 내가 그의 집에 드나드는 것을 모르고 있었다. 언젠가 욕실에서 젖은 머리를 털며 나오던 아내가 문득 생각난 듯 현관문을 나서려는 나를 불러세운 적이 있었다.

"어디 가?" "공원에서 조깅한다고 했잖아." 아내는 천천히 고개를 끄덕이며 말했다. "음, 그랬었지." 아내는 더이상 내게 묻지 않았다.

가구나 가전제품을 전혀 찾아볼 수 없는 그의 집에 에어컨이, 그것도 값비싼 최신형 에어컨이 거실과 주방에 두 대나 놓여 있다는 것이 좀 이상하긴 했다. 하지만 어느새 그의 집에 매일같이 드나들게 된 마당에 의문이 들 때마다 남의 사생활에 대해 사사건건 물어볼 수는 없는 일이었다. 그냥 나는 다른 사람에 비해 살집이 있는 그가 더위를 잘 타기 때문일 것이라고 유추해볼 뿐이었다.

그가 내게 자신의 가족들에 관해 말해준 후론, 점차 우리 두 사람의 대화는 서먹해져만 갔다. 더이상 대화에서 예전 같은 친밀감이 느껴지지 않았던 것이다. 서로에 대해 너무 급속도로 알게 된 나머지, 뒤늦게 반작용이 나타나는 것인지도 몰랐다. 그는 내가 자신의 집에 종일 죽치고 있는 것에 대해서는 전혀 신경쓰지 않는 눈치였다.

그런 식의 어색한 상태가 한 달가량 지속되던 어느 날 오후였다. 말없이 한 시간이 훌쩍 넘게 각자 자기 생각에 잠겨 있던 참이었는데, 불쑥 그가 침묵을 깨고 〈푸른 천사〉라는 영화를 봤느냐며 내게 물었다. 마침 나는 시선을 둘 곳이 마땅찮아 액자를 응시하고 있었는데,

그는 이런 나를 오해한 것 같았다. 그는 정작 자신의 물음에 내가 대답을 하기도 전에, "그 영화의 여주인공 '롤라 롤라'가 디트리히였어…… 의자에 다리를 벌리고 앉아 속옷을 내비치던 디트리히의 연기는 정말이지 일품이었지" 했다. 그의 말에 의하면 마를렌 디트리히는 어떻게 하면 남자들을 단숨에 흥분시킬 수 있는지 본능적으로 알고 있던 여배우였다는 것이었다. 이 말을 하며 그는 은연중에 온몸을 떨고 있었다. 무심코 그의 얼굴로 시선을 돌리던 나는 순간 등골이 오싹해져버렸다. 나는 그때 그의 표정을 떠올릴 때마다 무서워진다. 돌연 그의 사람 좋아 보이는 둥근 얼굴이 심하게 일그러지면서, 물기어린 두 눈에서 광기인지 분노인지 모를 이상한 빛이 번들거렸던 것이다.

그의 집에 있는 시간이 길어지면서 나는 한 가지 새로운 사실을 알게 되었다. 두세 시간마다 규칙적으로 그가 화장실을 간다는 구실을 대며 이십 분쯤 집 안 어딘가에 있다가 내가 있는 거실로 돌아오는 것이었다. 그때마다 그가 입고 있던 옷에 배어온 마른 풀냄새와 동물의 배설물 비슷한 냄새가 축농증을 앓아 그다지 예민하지 않은 나의 후각에도 감지될 정도였다. 하지만 나는 에어컨에 대해 묻지 않았듯이 그의 옷에 밴 냄새에 대해서도 굳이 묻지 않았다. 그저 나는 그가 집 안 어딘가에서 애완동물을 키우고 있겠거니, 상상해본 것이 전부였다. 아마 내가 그에게 물었어도 그는 대답하기 귀찮은 화제에 관해 항상 그랬듯이, "그저 내 취향일 뿐이야"라며 짧게 대답하고는 더이상 언급하지 않았을 것이다.

11월 초 아침이었다. 밤새도록 가위에 눌려 뒤척였던 터라 나는 목이 몹시 마른 상태였다. 악몽 속에서 나는 신고 있던 털양말을 벗으려고 안간힘을 쓰고 있었다. 하지만 발목 위까지 오는 털양말에 바늘같이 가느다란 이쑤시개들이 가득 박혀 있어 도무지 벗겨지질 않았다. 이쑤시개가 가득 박힌 털양말을 신고 있는 내 두 발이 마치 흉측한 고슴도치 같았다.

겨우 자리에서 일어나 냉장고에서 물을 꺼내 마시는데 뒤쪽에서 기척이 느껴졌다. 아직 해가 뜨지 않아 어두컴컴한 주방의 식탁에 아내가 앉아 있었다. 내가 말을 꺼내려는 순간, "나도 물 좀 따라줘"라고 아내가 먼저 말했다. 말끝에 아내는 잔기침을 하더니 갑자기 식탁에 엎드려 우는 것이었다. 아직 냉장고 문도 닫지 못한 채였다. 열린 냉장고 안의 주황색 불빛이 어깨를 들썩이며 흐느끼는 아내를 비추고 있었다. 나는 가만히 어둠 속에서 맞은편 의자에 앉아 울고 있는 아내를 바라보았다. "나 어제 회사 그만뒀어." 이윽고 아내가 쉰 목소리로 내게 말했다.

아내가 집에 있게 되자 나는 그의 집에 드나들기가 점점 어렵게 되었다. 무엇보다 나도 가장의 역할을 해야 될 때가 온 것이었다. 가장의 제일 큰 역할은 식구의 생계를 책임지는 것이라는 사실을 그동안 완전히 잊고 있었던 것은 아니었다. 때마침 마지막 남은 한 곳의 대학에서마저 조교를 시켜 다음 학기에는 강의를 줄 수 없다는 전화를 걸어온 참이었다.

대단지 아파트 안의 상가건물 삼층에 D학원의 커다란 파란색 간판이 걸려 있었다. 화창한 오후였다. 지은 지 얼마 되지 않은 상가건물

왼편에는 역시 새로 만든 듯한 작은 공원이 조성되어 있었다. 겨울이라 그런지 공원에는 사람들이 보이지 않았다. 나는 인적 없는 공원을 한참 동안 바라보다가 상가건물의 계단을 올라갔다.

"보기보다 나이가 좀 많으시네요." "아, 네에……" 나는 고개를 숙여 신고 있는 구두 발등을 응시했다. 원장은 사십대 후반으로 바짝 마른 여자였다. 말상의 길쭉한 얼굴에다 가늘게 그린 갈색 눈썹이 왠지 인조적인 느낌을 주었다. "다행히 경력은 있으시고…… 페이는 얼마 정도 생각하시나요?" 슬쩍 웃는 여자의 윗입술이 말려올라가며 치열이 고르지 못한 이와 붉은 잇몸까지 드러나 보였다.

일주일에 세 번, 여섯시부터 열한시까지 파트타임으로 고등부 아이들에게 영어를 가르치는 일이었다. 원장은 파트타임으로 일하고 싶다는 내게 영 못마땅한 표정을 지었으나 그만큼 돈을 덜 받겠다는 말을 덧붙이자 이내 찡그린 얼굴을 폈다. 그 당시 나로서는 이 정도가 현실과 타협할 수 있는 마지노선이었던 셈이다. 파트타임으로 일한다는 것이, 내게는 언제든 이상적인 미래에 합류할 수 있는 티켓처럼 여겨졌던 것 같다. 실은 그 티켓이 벌써 오래전에 휴짓조각이 되어버렸다는 것을 나 자신은 아직 인정하고 싶지 않았던 것이다.

한 달쯤 지난 목요일 밤이었다. 마침 기말고사를 앞두고 있어 그 주 내내 한 시간씩 연장수업을 하던 차였다. 자정이 넘은 시간이었다. 집으로 돌아오는 골목에서 나는 커다란 비닐봉지를 한쪽 어깨에 짊어지고 가는 남자를 발견했다. 커다란 비닐봉지는 속에 뭐가 잔뜩 들어 있는지 금방이라도 펑, 하고 터질 것처럼 위태롭게 보였다. 어딘지 익숙한 느낌이었다. 빠른 걸음으로 남자 옆을 막 지나가려는 순간, 나도 모르게 몸을 돌려 남자의 얼굴을 확인해봤다. 예감은 틀리지 않았다. 바로 그였다.

"아, 아." 그도 나를 알아본 모양인지 뜻 모를 소리를 냈다. "아니, 이 밤중에 어딜 다녀오시는 거예요?" 내가 그에게 호감을 가졌던 것은 사실이었던 것 같다. 그 순간, 나는 분명 그와 마주친 것을 반가워하고 있었으니 말이다.

"그저…… 일이 좀 있어서." 그는 혀로 아랫입술을 내리눌렀다.

내가 그날 밤 왜 그의 집에 아이처럼 따라갔는지 솔직히 지금도 이유를 잘 모르겠다. 내 신뢰하기 힘든 어설픈 기억 속에선, 그때 내가 그의 출현 자체에 큰 위안을 받았던 듯도 하지만, 물론 확실한 것은 아니다. 어쩌면 그가 흔히 내뱉던 말대로 '그저' 아무 이유 없이 그를 따라갔을 수도 있었을 것이다.

어둠 속에서 대문 앞에 바짝 다가와 있는 듯한 그의 단층집은 흡사 웅크린 짐승 같아 보였다. 현관에 들어서자마자, 그는 어깨에 짊어지고 있던 커다란 비닐봉지를 내려놓았다. 펼쳐진 비닐봉지 속에서 코를 찌르는 듯한 강한 풀냄새가 풍겨왔다. 의아해진 나는 현관에 멈춰서서 비닐봉지 속을 들여다봤다. 그것은 풀더미였다. 도시에서 자란 나로선 이름도 알 수 없는 풀들이 잔뜩 뒤엉켜 있었다. 풀더미에 대해 그에게 물어보려던 찰나였다. 나는 어두운 거실 쪽에서 뭔가 거대한 덩어리가 천천히 움직이는 것을 보았다. 깜짝 놀란 내가 소리를 지르려는데 등산화를 벗던 그가 한쪽 신발을 신은 채 집 안으로 달려들어갔다. 불 켜진 거실에 서 있는 것은 놀랍게도 소였다. 머리에 뿔이 없었으니 암소였을 것이다.

"마를렌!" 그가 소리쳤다. "마를렌! 방으로 들어가! 어서!"

암소는 현관에 서 있는 나를 물기 어린 큰 눈으로 흘끔 쳐다보더니 안방 쪽으로 느릿느릿 걸음을 옮겼다. 이윽고 보이지 않는 집 안 어딘가에서 TV에서나 들었던, "음매" 하는 암소의 울음소리가 들려왔다.

"세상에!" 나는 그대로 숨이 막히는 것만 같았다.

그날 밤 이후 그를 다시는 볼 수 없었다.

열 번도 넘게 나는 그의 집을 찾아갔으나 아무리 현관 벨을 누르고 그의 이름을 불러도 단층집 안에선 어떤 기척도 들려오지 않았다. 일요일 아침마다 혹시나 그와 마주칠지도 모른다는 생각에 일부러 두 시간 넘게 재활용쓰레기 수거함 근처를 서성거리기도 했지만, 역시 소용이 없었다. 저녁에도 그의 집에는 불이 켜지지 않았다. 그가 정말 어딘가로 홀연 사라지기라도 한 것일까. 나는 하루에도 몇 번씩 그를 생각하며 불길한 예감에 마음을 졸였다. 정확하게는 그와 암소 마를렌을 생각하며. 나는 마를렌이라는 이름을 계속 입안에서 굴리듯 발음해보다가 그의 집 거실에 걸려 있던 여배우 마를렌 디트리히의 사진을 떠올릴 수 있었다. 암소와 여배우라니, 다분히 이질적인 조합이었으나, 한편으론 어쩌면 그리 다르지 않을 수도 있다는 괴상한 생각도 드는 것이었다.

그로부터 한 달이 지나갔다. 겨울에도 이상고온현상이 이어져 제대로 된 강추위 한 번 없이 내내 초봄처럼 따뜻한 날씨가 계속되던 때였다. 전날 오후부터 가랑비가 내리기 시작하더니 잠에서 깨어나자 장맛비 같은 폭우가 쏟아지고 있었다. 폭우는 이틀 동안 이어졌고, 매스컴에서는 또다시 사십 년 만의 기상이변이라는 호들갑스러운 보도를 연일 내보냈다. 그리고 기습폭우에 이어 강추위가 몰려왔다. 올겨울 들어 가장 추운 날이 일주일 동안 지속될 것이라는 보도가 있었다.

강추위가 시작된 지 사흘째 되는 날이었다. 예전의 내가 그랬듯 그 무렵 아내는 매일 아침을 먹자마자 운동복으로 갈아입고 집을 나섰다. 공원에서 또래의 이웃 여자들과 함께 걷기운동을 한다는 것이었다. 어느새 아내는 결혼 전부터의 바람대로 전업주부의 삶을 즐겁게 실천하고 있었다. 내가 아내에게 반했던 연애 시절처럼 아내의 피부는 다시 깨끗해졌고, 두 눈엔 반짝이는 생기가 돌았다. 십여 년간 직장생활을 해온 아내에게 익숙했던 나는 평범한 전업주부의 생활을 잘 알지 못했다. 그래도 아침 일찍부터 집을 나가 저녁 먹을 무렵에야 돌아오는 아내의 생활이 그리 일반적인 주부의 그것이 아니라는 것쯤은 짐작하고 있었다. 아내는 이런 내 생각에 답답하다는 반응이었다.

"나도 이제 내 인생을 즐기고 싶어." 아내는 빙긋 웃으며 말했다. "그리고 다들 이렇게 살아."

베란다에 서서 윗집 여자와 함께 골목길을 빠져나가는 아내의 모습을 눈으로 좇던 나는 문득 그의 집 쪽으로 시선을 돌렸다. 단층집을 둘러싼 담장 위에 하룻밤 새 철조망이 둘러쳐져 있었다. 요즘 주택에서는 거의 보기 힘든, 소용돌이 모양의 가시철조망이었다. 전날 저녁까지만 해도 나는 철조망을 보지 못했다. 아마 한밤중에 철조망을 설치한 모양이었다. 재빨리 나는 집 밖으로 뛰쳐나갔다. 그의 집 벨을 누르고 대문을 정신없이 두드리면서 나는 어떤 절박한 느낌에 사로잡혀 있었다.

"문 좀 열어봐요!" 나는 소리쳤다. "안에 있다는 거 다 알아요!"

끝내 집 안에선 아무런 기척이 없었다. 나는 목소리가 갈라지고 손바닥이 빨갛게 부어오를 때까지 소리를 지르며 대문을 두드리는 것을 멈추지 않았다. 한참 만에 지쳐버린 나는 그의 집 대문 앞에 우두커니 서서 담장을 둘러친 철조망을 멍하니 바라보았다. 계속해서 응시하다 보니 어느 때인가부터 철조망이 살아 있는 생물처럼 한 방향을 향해 꿈틀꿈틀 나선운동을 하고 있는 것처럼 느껴졌다. 온몸에 소름이 돋을 만큼 끔찍한 느낌이었다.

"우리 집 앞 단층집에 사는 남자 말이야." 며칠이 지난, 저녁식사 때였다. 갈치구이를 젓가락으로 뒤적이던 아내는 말끝에 조금 웃었다. "글쎄, 집 안에서 소를 기른다는 거야. 그것도 암소를 말이야."

아내는 이어서 암소가 그의 아버지가 남긴 마지막 유산인 셈이어서 그가 몇 년 전인가부터 집 안에서 기르는 것이라는 둥, 암소를 기르기 위해 집 안을 아예 싹 뜯어고쳤다는 둥의 얘기를 제법 자세하게 말해 주었다.

"근데 말이야……" 아내는 갑자기 목소리를 낮추며 마치 누군가가 우리의 얘기를 엿듣고 있기라도 한 듯 주위를 살펴보는 것이었다.

"그 암소랑 망측한 짓을 한다는 거야. 그걸 목격한 사람도 있대!"

아내는 은근히 자신의 얘기에 흥분한 눈치였다. 상기된 얼굴로 소문 속의 목격자에 대해 말하는 아내를 바라보며 나는 아무런 말도 할 수 없었다. 나는 좀 멍한 상태였던 것 같다. 가스검침원…… 열린 문…… 암소의 울음소리…… 고함소리…… 아내의 말이 그저 툭툭,

분절된 몇 개의 단어들로 이어질 뿐이었다. 최초의 충격이 가라앉은 뒤, 나는 아내를 알게 된 이후 처음으로 그녀가 낯설게 느껴졌다. 그리고 그때 내가 느낀 낯섦이 그의 망측한 짓보다 더욱 놀랍게 느껴졌다. 그 놀라운 느낌은 혐오감이라고 표현해도 무방할 것이었다.

어쨌든 아내가 그에 대해 말해준 뒤로 동네에서 소문은 점점 더 나쁘게만 퍼져가는 것 같았다. 이웃들과 전혀 교류가 없는 폐쇄적인 생활을 했던 그였기에 악의적인 소문이 떠도는 것에 대해 제대로 해명할 수 있는 기회조차 없었을 것이다. 하긴 그가 해명한다 한들 사람들에게 뭐라고 말할 수 있었겠는가. 거기다 집 담장에 철조망을 둘러친 것이 소문을 더욱 안 좋게 만드는 결과를 가져왔다. 동네에서 담장에 철조망을 친 집은 오직 그의 집뿐이었으니 말이다.

"그 흉측한 철조망을 보라니깐." 아내는 고개를 저으며 내게 말했다. "정말이지 제정신이 아니야. 점점 더 미쳐가는 증거라구."

새 학기가 시작되자 원장은 내가 중등부의 영어수업까지 맡아주기를 바랐다. 마침 아내가 직장을 다니며 모아두었던 돈도 거의 다 써버린 터라 나는 군말 없이 원장의 제안을 받아들였다. 그렇게 나는 더이상 파트타임 강사가 아닌, 진짜 학원강사가 되었다. 하지만 기분은 그다지 나쁘지 않았다. 결국 올 것이 온 셈이라고 생각하니 어떤 면에선 마음이 편안해지기도 했다.

아내와의 결혼기념일을 이틀 앞둔 일요일 오후였다. 그날도 아내는 모임이 있다면서 아침 일찍부터 집을 나섰다. 여덟시가 조금 넘은 시각이었다. 내가 무슨 모임이냐고 묻자, 아내는 그저 여자들의 모임이라고 대답했다. "만나서 맛있는 거 먹고 수다 떠는 그런 모임 있잖아."

바깥은 완연한 봄날이었다. 베란다의 창문을 통해 불어오는 바람은 매우 부드러웠고 햇빛은 포근했다. 한없이 나른해지는 봄날의 오후였다. 같이 먹을 사람도 없이 나만의 일 인분 식사를 준비하는 게 번거롭게만 생각되어 삶은 계란 세 개로 늦은 점심을 때웠다. 일단 허기를 면하니 참기 힘들 정도로 졸음이 쏟아졌다. 긴 소파에 눕자마자 잠이 들었던 것 같다. 내내 꿈도 꾸지 않고 깊은 잠에 빠져 있었다.

"일어나! 빨리 일어나봐!" 아내가 세차게 나를 흔들고 있었다. "일어나라니까!"

눈을 뜨자마자, 나는 다시 눈을 감았다. 그리고 다시금 눈을 떴다. 내 눈으로 직접 본 것을 믿기 어려웠다. 주위가 온통 너울거리는 붉은색으로 물들어 있었다. 잠이 확 달아난 나는 외마디 비명을 지르며 소파에서 몸을 일으켰다.

"앞집에 불이 났어!" 나를 내려다보는 아내의 얼굴도 붉게 물들어 있었다. "아직까지 사람이 못 빠져나오고 있대. 참, 그 암소도 말이야."

구조대원들이 도착했을 때는 벌써 온 집 안이 불길에 휩싸여 있었다. 어찌나 불길이 맹렬하게 타올랐던지 단층집 왼편에 있는 연립주택에까지 옮겨붙었을 정도였다. 바람까지 세차게 불었던 탓에 불길은 한 시간이 넘도록 잡히지 않았다.

"어떡해!" 어느새 베란다에 서 있는 내 옆에 다가온 아내가 발을 동동 구르며 말했다. "구조대는 뭘 하는 거야. 저러다 사람이 죽겠어."

나는 그의 집이 불타는 내내 그 모습들을 지켜보고 있었다. 마치 한 장면도 놓치지 않겠다는 듯이, 그 모든 것들을 나는 묵묵히 지켜보기만 했다. 넘실거리며 솟구치는 주홍빛 불길을 보며 나는 속으로 이것은 사실이 아니야, 라고 중얼거렸다. 그렇게 몇 번이고 중얼거리다보니 어느 순간 그것이 진실처럼 생각되었다.

어느덧 수십 명의 동네 사람들이 불타는 그의 집 주변을 에워싸고 있었다. 더러는 내 옆에 선 아내처럼 발을 동동 구르며, 안타까운 얼굴로 눈물을 닦으며, 뭔가를 수군거리며, 더러는 흥미롭게 바라보며, 모여들고 있었다.

"사실이 아니야." 나는 소리를 내어 말했다. 그러자 내 말이 무슨 신호라도 된 것처럼 옆에 서 있던 아내가 별안간 울기 시작했다. 그때 내 마음속에서 무엇인가가 죽어버렸다. 불타는 집과 울고 있는 아내를 번갈아 바라보며 나는 이상하게도 마음이 차분해지는 것을 느낄 수 있었다.

끝내 그는 불타는 집에서 빠져나오지 못했다. 그의 사체는 반쯤 불에 탄 마를렌의 육중한 몸뚱어리 밑에 포개지듯 완전히 깔린 상태로 구조대원들에게 발견되었다. 경찰은 현장에서 심지로 쓰인 타다 남은 라면상자를 찾아냄에 따라 누군가 일부러 불을 지른 것으로 추정했다. 라면상자 안에는 손바닥만한 철판때기가 들어 있었는데, 누가 그랬는지 예리한 정으로 '역겨운 새끼, 뒈져버려'라는 문장이 새겨져 있었다.

서울 한복판의 주택가에서 홀로 암소를 키우는 오십대 남자가 있었다는 사실을 뉴스로 접하는 것만으로도 사람들은 경악했다. 더욱이 그 남자에게 암소와 관련된 추잡스런 소문이 있다는 익명의 글들이 인터넷을 통해 떠돌면서 정작 누군가 방화를 저질렀다는 사실은 조용히 묻혀버렸다.

그로부터 삼 개월이 지나, 지방인 P시로 이사를 가게 되었다. 아내는 한사코 반대했지만 우리의 재정 상태를 볼 때 어쩔 수 없는 일이었다. 날이 갈수록 우리는 삶의 질이 떨어져간다는 것을 절감하고 있었다. 결혼생활 십일 년차가 되도록 아직 아기를 가질 엄두가 나질 않았고, 앞으로도 그럴 것이라는 사실을 우리는 알고 있었다. 아기뿐만이 아니었다. 이것도, 저것도, 어떤 것도, 마찬가지일 것이었다. 그러나 아내와 나는 아직 그런 것들에 관해 얘기해본 적은 없었다. 앞으로도 우리는 말하지 않을 것이다.

P시에서 나는 다시 학원에서, 이번에는 중고생 대신 초등생을 가르치게 되었고, 아내는 대형마트의 캐시어로 일하게 되었다. 아내와 나는 그럭저럭 P시에서 자리를 잡아가고 있는 셈이었다. 전에도 그랬듯 우리는 거의 대화를 나누지 않는다. 어쩌다 잠자리에 들기 전 나누는 대화의 화제도 TV프로그램 따위의 시시한 얘기였다. 아내와 나는 그 사건 이후 그 일을 떠올리게 하는 말은 일절 하지 않았다. 하지만 나는 그 사건을 한참이 지난 지금까지도 기억하고, 그리고 앞으로도 기억할 것이다.

가끔 나는 악몽을 꾼다. 나의 불길한 꿈에선 온몸이 불타는 암소가 자주 나타나곤 한다. 암소는, 아니 마를렌은 온몸에 불이 붙은 채 나를 가만히 응시하고 있었다. 딱 한 번 마주쳤을 때와 같이 커다란 두 눈엔 물기가 어려 있었다. 잠에서 깨면 불타는 마를렌의 잔영이 종일 나를 따라다니는 것만 같아 자꾸 뒤돌아보게 된다. 정확히 뭐라 말하기는 그런, 어떤 물음이 내 마음속에 떠오르는 것을 억누르며.

죽음의 도시

2월 16일 아침, 회사원 이안은 지하도를 나서다가 별안간 사방에 내리꽂히는 엄청난 굉음을 들었다. 마치 거대한 건물이 일시에 무너져내리는 듯한 굉음이었다. 이안은 본능적으로 제자리에 주저앉아 전신을 움츠리며 손으로 귀를 막았다. 보도블록 위에 모여 있던 수십 마리의 비둘기들이 하늘로 날아올랐다. 건물들의 유리창이 흔들리며 금방이라도 깨질 듯 미세한 금이 번져갔다. 예상치 못한 소리의 폭격에 소스라치게 놀란 행인들은 이안처럼 손으로 귀를 막고 보도블록 위에 엎드리거나 어딘가 숨을 곳을 찾기 위해 가까운 건물로 뛰어갔다. 반면 건물 안에 있던 사람들은 밖으로 뛰쳐나와 행인들 옆에 함께 엎드렸다. 도로의 차량들 역시 멈춰 섰다. 몇몇 운전자들이 차창을 열고 고개를 내밀었다. 약 오 초간 지속된 굉음이 사라지자, 비로소 도로변에 불법 주차해 있던 자동차들의 차량경보기가 요란하게 울리는 소리가 들려왔다.

사람들은 굉음이 멈춘 후에도 몇십 초가량 제자리에서 움직이지 않았다. 이안도 차량경보기가 울리는 소리를 들으며 더욱 세게 귀를 틀어막았다. 이윽고 더이상 굉음이 들리지 않는다는 사실을 깨달은 사람들은 잔뜩 불안한 얼굴로 곁에 있던 모르는 이에게 말을 걸었다. 이안에게도 한 중년 남자가 쉰 목소리로 물었다. 이게 도대체 무슨 소리요? 이안은 말없이 고개만을 가로저었다. 혹시 폭탄이라도 떨어진 게 아닐까요? 뒤쪽에서 젊은 여자의 목소리가 들려왔다. 폭탄이라니, 혼잣말을 하던 중년 남자는 황급히 휴대폰을 꺼내 119를 눌렀다. 여보세요? 여보세요! 어떤 이는 기상청에 전화를 걸어 실랑이를 벌였다. 글쎄, 지진이 일어났는지 사실대로 말해달란 겁니다! 곧 가스공사와 소방본부, 경찰청에 이어 가족과 애인의 안부를 묻는 통화로 거리는 시장판처럼 시끄러워졌다. 사람들의 고성 속에서 퍼뜩 정신을 차린 이안은 시간을 확인했다. 팔 분 후면 지각이었다. 중년 남자가 무언가를 이안에게 말하려 했다. 하지만 이안은 몸을 일으켜 왼쪽 어깨에 걸쳐 있는 서류가방을 고쳐메고는 웅성거리는 행인들 틈으로 뛰어갔다.

이안은 출근시간인 아홉시를 이 분 정도 남겨두고 사무실로 들어섰다. 아직 도착하지 못한 직원이 열한 명이나 더 있었다. 전 직원이 스물세 명인 조그만 회사여서 열한 명의 지각은 이례적인 경우였다. 심지어 이안이 입사한 칠 년 전부터 언제나 여덟시 정각에 출근하던 사장도 아직 오지 않았다. 직원들은 책상에 걸터앉아 P시 전역에서 발생했다는 정체불명의 굉음에 대해 한참 동안 떠들고 있던 중이었다. 이안이 책상에 앉기 무섭게 박이 질문을 쏟아냈다. 자네도 그 굉음을 들었지? 들었네. 어디에서 들었나? 지하도를 나서는데 갑자기 쾅, 하고 울리더군. 그래, 자네가 듣기엔 무슨 소리처럼 들렸나? 열두 명의 시선들이 이안에게 모아졌다. 글쎄. 이안은 왠지 거북해져서 말을 얼버무렸다. 이안이 다시 말을 꺼내려고 할 때, 마침 사장이 들어왔다. 사장은 잔뜩 화가 난 상태였다. 도로 정체가 극심해서 사십 분이 넘게 시간을 허비했다는 것이었다. 쓸모없는 기상청 놈들 같으니라구, 언제 한번 제대로 예보를 맞힌 적이 있어야지! 사장은 계속해서 오늘 아침의 굉음은 기상청의 무능함을 제대로 보여주는 사건이었다고 말했다. 누군가 조심스럽게 폭탄이 터진 것일 수도 있다는 말을 꺼내자마자, 사장은 확신에 찬 어조로 단언했다. 폭탄 같은 소리하지 말게, 그런 건 요즘 애들이 떠드는 같잖은 음모론일 뿐이니까!

여느 날과 마찬가지로 이안은 일을 많이 했다. 재무관리를 맡은 직원은 이안과 올해 입사한 두 명의 직원이 전부여서 사실상 거의 모든 일을 이안이 도맡아해야 했다. 이안은 그 두 명의 신입사원에게 최대한 많은 일들을 알려주려고 했지만 상황은 여의치 않았다. 곧 이안은 평소 하던 대로 신입사원들을 의식하지 않은 채 당장 처리할 일들을 선별하기 시작했다. 정오가 되어 구내식당에서 허겁지겁 점심을 먹을 때쯤엔 이안은 굉음에 대해 더이상 생각하지 않았다. 다른 동료들도 마찬가지였다. 오후에도 줄곧 일을 한 이안은 저녁 여덟시가 넘어서야 퇴근을 할 수 있었다. 종일 흐렸던 날씨는 밤이 되자 때 이른 비를 뿌릴 것처럼 잔뜩 구름이 끼어 있었다. 하지만 바람은 약하게 불어서 그다지 춥진 않았다. 지하철을 타고 열두 개의 역을 지나 하차한 이안은 다시 마을버스를 타고 오 분을 지나 아파트 입구에 도착했다.

아이가 현관문을 열어주며 이안에게 펄쩍펄쩍 뛰어올랐다. 아빠!

아빠! 작년에 초등학교에 입학한 아이는 유독 이안을 따랐다. 아들의 장난기 가득한 표정이 매우 귀여웠다. 피곤으로 굳어 있었던 이안은 자신도 모르게 미소를 지었다. 아이는 이안의 품에 안겨 몇 마디 우스갯소리를 한 다음 잠자리에 들기 위해 방으로 갔다. 이안이 간단한 세면을 하고 주방으로 나오자 아내는 데운 찌개를 식탁에 놓았다. 거실에 켜놓은 TV에서 뉴스를 진행하는 남자 앵커의 목소리가 들려왔다. 굉음의 원인을 알 수가 없대요. 식사를 하는 이안에게 물잔을 건네며 걱정 어린 얼굴로 아내가 말했다. 으응? 잠시 다른 생각에 잠겨 있던 이안이 되물었다. 내일 사장에게 두 명의 신입사원 중 한 명을 다른 이로 바꿔달라고 건의할 작정이었던 것이다. 최대한 사장의 기분이 상하지 않게 자신의 뜻을 관철시켜야 했다. 게다가 굉음이 들린 후에 한두 시간 간격으로 투신자살을 하는 사람들이 나오고 있대요. 투신자살이라니? 이안은 아내를 마주 보며 물었다. 그건 또 무슨 소리야? 아직 굉음과의 연관성에 대해선 언급하고 있진 않지만, 아무래도 너무 이상해요. 참 별일이군. 그래도 설마 굉음 때문에 투신자살이라도 했다고 생각하는 건 아니겠지? 이상하긴 하잖아요. 이안은 잠자코 앉아 식사를 마쳤다. 확실한 증거가 없는 한 선불리 결론을 내릴 수는 없다는 것이 이안의 생각이었다.

이튿날 2월 17일 아침, 지하철역으로 향하는 마을버스를 타고 가던 이안은 갑자기 운전사가 급브레이크를 밟은 바람에 버스 손잡이에 머리를 세게 부딪혔다. 버스 안은 아수라장이 되었다. 젊은 여자의 하이힐에 밟혀 발가락이 부러진 것 같다고 소리 지르는 노인, 안전장치가 없는 뒷좌석에서 앞으로 튕겨나가 넘어진 중년 여자의 신음소리, 남고생의 묵직한 책가방에 옆구리를 강타당한 아이의 울음소리가 운전사에게 항의하는 사람들의 고성과 섞여 버스의 사면을 울렸다. 이윽고 유리창을 열고 밖을 살피던 누군가가 버스 앞에 피를 흘리며 널브러져 있는 젊은 남자가 있다고 소리를 질렀다. 놀란 사람들은 버스가 흔들릴 정도로 우르르 앞쪽으로 몰려가 제각기 웅성거렸다. 죽은 걸까? 상태가 꽤 심각해 보이는데? 119를 불러야지! 운전사 양반! 이봐요, 여기 문 좀 열어봐요! 구급차는 왜 빨리 안 오는 거야! 가까운 사거리에서 교통정리를 하던 경찰관이 달려왔다. 운전사는 그때까지 사람들의 아우성에도 불구하고 온몸이 굳어버린 것처럼 운전대 위에 상체를 푹 수그린 채 두 손으로 머리를 감싸고만 있었다. 경찰관이 여러 번 앞문을 두드린 후에야 운전사는 문을 열어주었다. 사고 경위를 묻는 경찰관에게 운전사는 같은 말만을 더듬더듬 되풀이하는 것이었다. 저기, 난, 아무 잘못도, 없어요. 저기, 저 사람이, 버스에 느닷없이, 뛰어든 겁니다. 난, 정말이지 아무 잘못도, 안 했어요.

사고 때문에 이안은 한 시간이나 늦게 회사에 도착했다. 자살로 추정되는 아침의 사건으로 마음이 뒤숭숭했던 이안은 몇 번이나 글자를 잘못 읽어서 그때마다 다시 서류를 작성해야 했다. 두 명의 신입사원은 여전히 이안에게 도움이 되지 못했다. 오히려 그 두 사람이 계속 붙어 있는 탓에 이안은 마치 자신이 감시당하고 있는 듯한 착각이 들 지경이었다. 내내 불편했던 이안은 정오가 되기 십오 분 전에 두 명의 신입사원을 구내식당으로 보냈다. 홀로 남은 이안은 서류를 읽고, 작성하기를 반복했다. 매일 필사적으로 일에 매달리고 있는데도 언제나 또다른 서류뭉치들이 책상 가득 쌓여 있다는 것이 놀라울 따름이었다. 이안은 시간을 확인했다. 열두시 사십오분, 이미 점심을 먹기에는 늦은 시간이었다.

조금 뒤 식사를 마친 동료들이 사무실로 들어왔다. 아, 정말이라니까, 그놈의 굉음 때문에 자꾸 이상한 일들이 일어나고 있다는 거야. 인사관리팀의 조가 잔뜩 흥분한 어조로 말했다. 오늘 아침만 해도 그래, 육교 위에서 갑자기 노인이 도로로 몸을 던졌지 뭔가, 마침 육교 밑을 지나가던 자동차 위에 떨어지는 바람에 보닛이 완전히 찌그러져버렸어, 까딱 잘못했으면 운전석에 있던 사람까지 죽을 뻔했지. 그 노인이 자살이라도 했단 말이야? 박이 물었다. 그렇다니깐, 출근길에 못 볼 꼴을 봐서 그런지 종일 기분이 아주 더러워. 그것 참 이상하군. 총무팀의 김이 고개를 갸웃거리면서 말했다. 나도 아침에 전철에서 자살한 여자애를 봤는데. 아니, 자네도 못 볼 꼴을 봤나? 조가 다그치듯이 물었다. 난 못 볼 꼴이라기보다는, 어쨌든 기분이 더럽긴 했지. 바로 앞에 서 있던 고등학생쯤으로 보이는 여자애가 별안간 손에 들고 있던 휴대폰을 입속에 꾸역꾸역 집어넣는 거야. 김은 잠시 말을 멈췄다. 난 그때까지 여자애가 못된 장난이라도 치는 줄만 알았네, 설마 그걸 삼켜버릴 거라고 누가 생각이나 했겠나, 얼굴이 새파래져서는 두 손으로 가슴을 쥐어뜯을 듯 몸부림을 치더니 좀 있다 축 늘어지더군. 사람들이 그걸 그냥 보고만 있었나, 응급처치를 시도한 사람이 아무도 없었단 말이야? 박이 물었다. 다들 너무 놀라서 쳐다만 보고 있었어, 자네도 막상 그곳에 있었다면 별수 없었을 거야. 김이 대꾸했다. 하긴 그렇겠군, 정말 그 굉음 때문에 멀쩡한 사람들의 머릿속이 이상하게 변해버린 건 아닐까? 박이 말했다.

어느새 이안은 일을 멈추고 동료들의 얘기에 정신을 팔고 있는 자신을 발견했다. 이안 역시 출근길에 달리는 마을버스 앞으로 뛰어든 젊은 남자를 목격하지 않았던가. 실은 나도 말이야, 이안이 막 입을 열려는 찰나였다. 이안의 책상에서 전화벨이 울렸다. 자신의 얘기를 하고 싶었던 이안은 전화벨이 다섯 번 정도 울리고 나서야 마지못해 전화기를 들었다. 전화를 건 사람은 이안이 살고 있는 아파트의 옆집 노부인이었다. 지금 애기 엄마가 H병원 응급실에 있어요. 노부인이 다급한 어조로 말했다. 응급실이라뇨? 어안이 벙벙해진 이안이 물었다. 베란다에서 떨어져서 팔 하나가 부러졌다니까! 노부인은 답답하다는 듯 어조를 높였다. 네에? 깜짝 놀란 이안이 소리쳤다. 아내가 많이 다쳤나요? 지금 다른 검사를 하는 중이니까 빨리 응급실로 와요.

택시를 타고 H병원에 도착한 이안은 응급실로 달려갔다. 응급실은 만원이었다. 미처 안으로 들어가지 못한 십수 명의 환자들이 응급실로 통하는 복도의 양옆에 얇은 모포만을 깔고 누워 있었다. 이안은 그 중에 아내가 있을 것이라고 생각하고는 누워 있는 환자들의 얼굴을 일일이 확인했다. 아내가 보이지 않았다. 초조하게 입구 쪽의 환자를 살펴보는 이안의 어깨를 누군가가 세게 쳤다. 아니, 여기서 뭘 하는 거예요? 옆집 노부인이었다. 애기 엄마는 안에서 찾아야지. 노부인은 이안의 팔을 덥석 잡았다. 침상 위에 눕거나 앉아 있는 환자들의 대부분이 한눈에 보기에도 부상이 심했다. 두 다리가 으스러져 끔찍한 비명을 지르는 환자와 전신이 붉은 수포로 뒤덮여 탄내를 풍기는 화상 환자를 지나자 아내가 누워 있는 침상이 보였다. 왼쪽 팔에 부목을 댄 아내는 멍한 눈으로 천장을 바라보고 있었다. 여보. 이안이 아내를 불렀다. 여보, 대체 어떻게 된 일이야? 아내는 이안의 말에도 반응을 보이지 않았다. 아까부터 줄곧 이런 상태예요. 곁에 선 노부인이 이안에게 작게 말했다. 내가 말을 시켜보려 했는데 영 대답이 없어. 이안은 누워 있는 아내의 눈앞에 왼손을 흔들어보았다. 여보? 날 좀 봐봐. 여전히 아내의 시선은 천장에 고정되어 있었다. 이안이 몇 번이고 왼손을 반복해서 아내의 눈앞에 흔들고 있을 때였다. 손 좀 치워요. 이윽고 아내는 목쉰 소리로 말했다. 눈이 부셔요.

아내는 왼팔이 부러진 것 외엔 별다른 큰 부상은 없어 보였다. 비록 온몸에 심한 타박상을 입었고, 뒷머리에 주먹만한 피멍이 맺혀 있었지만 칠층 높이에서 떨어진 것을 감안하면 경미한 상처였다. 노부인은 아내가 천만다행으로 화단에 널어놓은 이불 위로 떨어진 덕분에 목숨을 건졌다고 말했다. 정말 난 처음에 경비원의 인터폰을 받고 얼마나 놀랐는지 몰라요. 노부인은 이만하길 정말 다행이라고 거듭 말하며 이안을 위로했다. 애기 엄마가 많이 놀라서 저러는 거니까 시간이 지나면 괜찮아질 거예요. 응급실은 더욱 혼잡해져서 이안은 노부인의 말이 잘 들리지 않았다. 도시의 위급한 환자들이 모조리 H병원 응급실로 보내지고 있는 듯한 착각마저 들 지경이었다. 막 도착한 화상 환자의 가족들이 처참한 모습을 확인하자마자 외마디소리를 내지르며 울음을 터뜨렸다. 어머니로 보이는 여자는 정신을 잃고 쓰러졌다. 그 와중에도 아내는 시종 무표정한 얼굴이었다. 원래 아내는 감정을 얼굴에 쉽게 드러내는 성격은 아니었다. 그래도 함께 부부로 사는 동안 아내가 이 정도로 무심한 표정을 짓는 것은 본 적이 없었다. 이안은 침상에 누워 있는 아내가 자신이 그동안 알고 있던 사람과 전혀 다른 여자처럼 느껴졌고, 곧 그 기묘한 이질감을 떨쳐버리려는 듯이 더욱 애정이 담뿍 담긴 손길로 아내의 오른손을 어루만졌다. 천천히 아내의 텅 빈 시선이 천장에서 이안에게로 옮겨졌다. 다음 순간 아내는 이안의 손에서 자신의 오른손을 쓱 빼냈다. 이안은 마치 뺨을 철썩 얻어맞은 듯한 충격을 느꼈다. 저도 모르게 이안은 노부인을 쳐다보았다. 노부인은 짐짓 못 본 것처럼 분주한 응급실 입구를 바라보고 있었다. 아참, 늙은이 정신이 이렇지 뭐야. 문득 생각난 듯 노부인은 손뼉까지 치며 이안에게 말했다. 우리 바깥양반 혈압약을 챙겨줘야 하는데 깜빡했네. 노부인은 배웅하려는 이안을 말리며 재빨리 응급실을 빠져나갔다.

이안은 노부인이 사라지자 한숨을 내쉬었다. 뭔가 잘못되었다는 생각이 자꾸 들었는데 그것이 구체적으로 무엇인지 말하기는 어려웠다. 여보. 이안은 아내를 불렀다. 아내는 이안을 물끄러미 바라보았다. 빨래라도 널다가 발을 헛디뎠던 거야? 도대체 어쩌다가 베란다에서 떨어졌어? 이안은 물었다. 나도 몰라요. 이안을 빤히 바라보던 아내가 대답했다. 모른다니? 나도 모른다구요. 그런 대답이 어딨어? 이번엔 이안이 아내를 빤히 쳐다보았다. 추락한 이유가 있을 것 아니야? 베란다를 청소하던 기억은 있는데, 어느 순간부터 기억이 전혀 나지 않아요. 혹시 단기기억상실증에라도 걸린 거야? 그래도 떨어지던 순간은 기억날 것 아니야. 몰라요, 몰라요, 모른다구요, 내가 왜 여기 이렇게 누워 있어야 하는지도 모르겠어요! 말끝에 아내는 감정이 북받쳐 올랐는지 이안을 똑바로 노려보기까지 했다. 이안은 아내의 화난 눈초리에 놀라 그만 입을 다물었다. 이안은 머릿속이 복잡해졌다. 이 상황을 어떤 식으로 이해해야 할지 알 수 없었다. 마침 의사가 검사 결과를 알려주려고 오지 않았다면 이안은 꽤나 곤혹스러운 상상 속에서 얼마간 마음이 무거웠을 것이었다. 의사는 이안의 아내에게 별다른 이상이 발견되지 않았다고 말했다. CT촬영 결과도 깨끗합니다. 다만, 의사는 누워 있는 아내를 힐끗 쳐다보더니 목소리를 낮춰 말을 이었다. 남편 분께서 당분간 부인을 잘 살펴보셔야 합니다, 한번 자살을 시도한 사람은 또다시 자살을 하려 하니까요. 네에, 자살이라뇨? 이안의 목소리가 높아졌다. 의사는 아랑곳하지 않고 말했다. 자살 예방 상담가의 도움을 받으시거나, 아니면 정신과 상담을 받아보시는 것도 좋을 겁니다. 이보세요, 도대체 무슨. 이안이 미처 말을 맺기도 전에 의사는 빠른 걸음으로 다른 환자에게 가버렸다. 자살이라니. 이안의 머릿속이 백지처럼 하얘졌다. 아내의 사고에 대한 이런저런 가정 중에서 자살만은 이안이 유일하게 고려해보지 않은 경우였다. 의사가 회진하는 응급실 곳곳에서 보호자들의 웅성거리는 소리와 훌쩍거리는 울음소리가 들려왔다. 화상 환자의 가족은 레지던트에게 격하게 항의를 하고 있었다. 우리 아들이 자살을 시도했다니요, 어디 그런 말을 함부로 할 수 있습니까! 그래도 분이 풀리지 않았는지 레지던트의 멱살을 잡으려는 환자의 아버지를 아들로 보이는 남자가 가까스로 말렸다. 한동안 우두커니 서 있던 이안은 말없이 묻는 시선으로 아내를 바라보았다. 그러나 분명 의사와 이안의 대화를 들었을 아내는 다시금 무심한 얼굴로 돌아가 입을 굳게 다물고 있었다.

진료비를 치른 이안은 아내와 함께 택시를 타고 아파트로 왔다. 벌써 오후 다섯시가 넘어 있었다. 학교에서 돌아온 아이는 TV를 켜둔 채 소파에 웅크리고 누워 잠들어 있었다. 이안은 아내를 부축해 소파에 앉혔다. 자고 있던 아이가 깨어났다. 이안은 아내에게 안기려는 아이를 부드럽게 떼어놓으며 말했다. 엄마가 팔을 다쳤어. 잠이 덜 깬 아이가 고개를 갸웃거리더니 왼팔에 부목을 댄 엄마를 보았다. 아이의 두 눈이 휘둥그레졌다. 엄마, 많이 아파? 그렇진 않아. 이안은 얼른 아이를 안심시켰다. 그래도 엄마를 귀찮게 하면 안 돼. 아내는 아이에게 눈길조차 주지 않았다. 아이가 자꾸만 말을 시키며 다가앉으려 하자 몹시 성가시다는 듯 성한 오른손으로 아이의 어깨를 슬쩍 밀쳐내는 것이었다. 엄마의 예상치 못한 반응에 당황한 아이는 어쩔 줄 모르며 이안을 향해 울상을 지었다. 당황하기는 이안도 마찬가지여서 그저 아이의 머리를 쓰다듬으며 뭔가 잘못되어가고 있다는 생각만을 떠올렸다. 좀 씻어야겠어요. 아내는 소파에서 일어나 욕실로 들어가버렸다. 아빠, 엄마가 이상해. 엄마가 아파서 그래. 오늘밤만 지나면 다 괜찮아질 거야. 아이를 달래주던 이안이 슬슬 저녁을 준비해야겠다고 생각하던 참이었다. 욕실에서 요란한 소리가 들려왔다. 이안은 욕실로 달려갔다. 문은 잠겨 있지 않았다. 이안은 어쩐지 선뜻 문을 열기가 두려웠다. 하지만 이안은 욕실 문을 열었다. 욕실 바닥에 목욕용품들이 어지럽게 떨어져 있었다. 샤워기 걸이에 스타킹으로 목을 맨 아내가 매달려 있었다. 이안은 아내에게 가까이 갔다. 길게 혀를 빼물고는 목이 완전히 꺾인 아내는 마지막까지 필사적으로 무언가를 움켜쥐려는 것처럼 있는 힘껏 주먹 쥔 양 손등에 퍼런 힘줄이 돋아나 있었다. 아아아아악! 어느새 이안의 옆에 선 아이가 제 엄마를 보고 새된 비명을 내질렀다.

2월 18일, 이안은 회사에 이 주일간 휴직을 신청했다. 휴직의 이유는 건강이 나빠져서라고 둘러댔다. 사장은 믿지 않는 눈치였지만 갑자기 휴직을 결심한 이안을 굳이 붙잡지 않았다. 왠지 사장은 이번 기회에 이안이 제 발로 회사를 떠나주기를 바라는 것 같았다. 물론 이안의 괜한 오해일지도 몰랐다. 하지만 이안이 책상을 정리하기도 전에 두 명의 신입사원 중 한 명이 이안의 직무대행을 하기로 정해진 것을 보면 그리 틀린 생각은 아닌 것 같았다. 반면 동료들은 이안의 신변에 차마 말 못 할 안 좋은 일이 일어났다는 것을 대강 짐작하고 있는 듯했다. 내일이라도 마음이 바뀌면 바로 출근하게. 회사 밖까지 이안의 짐을 들어다준 박은 아무래도 이안이 걱정되는지 말을 이었다. 말이 이 주일이지 다시 회사로 돌아올 때쯤엔 자네가 적응하기가 어려워질지도 모르잖나.

아내의 장례식은 조촐하게 치러졌다. 장인과 장모는 이미 십여 년 전에 세상을 떠난 터라, 죽은 이안의 아내에겐 처형이 유일한 혈육이었다. 이안은 외국에 있는 처형에게만 전화로 아내의 불행한 죽음을 알렸다. 처형은 아내를 화장할 것이라는 이안의 말에 끝내 울음을 터뜨렸다. 아내의 시신을 화장하는 날은 유난히 추웠다. 유골가루가 담긴 작은 단지를 건네받은 이안은 누구에게도 알리지 않고 아이와 함께 도시를 가로지르는 큰 강으로 갔다. 유골가루를 강에 뿌리고 몇 송이의 장미를 던지는 것으로 아내의 장례식은 끝이 났다. 이날 줄곧 훌쩍이던 어린 아들은 유골가루가 없는 빈 단지를 확인하며 기어코 강가에 주저앉아 큰 울음을 터뜨렸다. 매서운 겨울바람이 눈물로 얼룩진 아이의 두 뺨에 갈퀴로 그은 듯한 붉은 자국을 남겼다. 이안은 아이를 따라 울고 싶어졌다. 그러나 이안은 우는 대신 자신의 목에 둘렀던 목도리를 풀러 아이의 눈물 젖은 얼굴에 마스크처럼 둘러주었다. 목도리 위로 드러난 아이의 두 눈이 이안에게 향해 있었다. 아빠. 아이가 이안을 불렀다. 아빠는 죽지 않을 거지? 이안은 마음이 아파 아무 말도 할 수 없었다. 대답 대신 아이를 꼭 껴안았다. 아이는 집으로 오는 내내 이안의 품에 갓난아이처럼 안겨 있었다.

부자는 슬픔과 무기력에 빠져 사흘을 내리 집 안에서만 보냈다. 아이는 이안이 잠시만 눈에 보이지 않아도 몹시 불안해하며 소리를 질러댔다. 아빠, 아빠, 어디 있어! 그럴 때마다 이안은 하던 일을 멈추고 황급히 아이에게 달려와야 했다. 괜찮아, 아빠 여기 있어. 이안은 계속해서 자신을 불러대는 아이 때문에 제대로 씻을 수도, 음식을 장만할 수도, 심지어는 맘 편히 용변을 볼 수도 없을 지경이었다. 게다가 아이는 아내가 목을 맨 욕실에 들어가기를 한사코 거부했다. 하긴 이안도 아내가 자살한 욕실을 사용하는 것이 내키지 않는 것은 마찬가지였다. 그러나 당분간은 어쩔 도리가 없었다. 도시 여기저기에 지어진 미분양된 신축 아파트 매물이 넘쳐나고 있는 시점이었다. 이사온 지 이 년도 채 안 되는 아파트를 양도세를 고스란히 부담하면서 시세보다 훨씬 낮은 급매물로 내놓을 수는 없는 노릇이었다. 욕실에서 머리를 감지 않겠다고 울다 지쳐 잠든 아이를 내려다보며 이안은 새삼 마음이 무거워졌다. 이안은 아내가 왜 별다른 이유도 없이 그토록 극단적인 방법으로 자살을 결심했는지, 여전히 이해할 수 없었다. 정말 회사 동료들의 말처럼 그 빌어먹을 굉음 때문에 사람들의 머릿속이 이상하게 변해서 자살을 하고 있는 것일까, 하고 생각하던 이안은 스스로도 어이가 없어져 실소했다. 이런 터무니없는 억측이나 하다니, 이안은 한숨을 내쉬었다. 어쨌든 회사까지 휴직한 마당에 앞으로 먹고살 궁리를 짜내야 했다. 산 사람은 어떻게든 살아야 했다. 우선 내일은 며칠간 형편없는 인스턴트 식품만을 먹어온 아이에게 영양가 높고 맛 좋은 음식을 먹여야겠다고 생각하면서 이안은 모처럼 깊은 잠에 빠졌다.

그 이튿날 2월 21일, 이안은 아이가 깨어나기 전에 아침 일찍 집을 나섰다. 오랜만에 쐬는 바깥공기가 이안의 기분을 상쾌하게 만들었다. 발걸음이 가벼워진 이안은 아파트 정문을 지나 큰길로 나왔다. 십분쯤 걸었을 때였다. 수십 명의 사람들이 보도에 모여 있었다. 어이쿠, 저걸 어째. 죽은 거 아니야? 이안은 웅성거리는 사람들의 틈을 지나가려다가 처참한 사고현장을 목격했다. 보닛이 종잇장처럼 우그러든 은회색 쏘나타가 가로수에 박혀 있었다. 서너 명의 사람들이 차 문을 열기 위해 안간힘을 쓰며 외쳤다. 이거 큰일인데, 아무래도 열리지가 않아! 자동차의 일격을 받아 보도에 가로누운 나무는 뿌리가 반쯤 땅 위로 드러났다. 차체에서 흘러나오는 검붉은 핏물이 보도블록 위에 기묘한 문양을 그렸다. 우그러든 쏘나타로 시선을 돌린 이안은 흠칫 몸을 떨었다. 놀랍게도 아직 부상당한 사람이 차 안에 있었던 것이다. 깨질 듯 금이 간 앞유리에 피범벅이 된 머리를 박고 있는 운전자는 안전벨트도 매지 않은 상태였다. 앞으로 쏠린 운전자의 상체가 금방이라도 앞유리를 뚫고 보도 위로 튀어나갈 것처럼 위태롭게 보였다. 글쎄 느닷없이 가로수를 들이받는 통에 하마터면 길 가던 사람들까지 덮칠 뻔했지 뭐요. 한 늙은 남자가 둘러선 사람들에게 말했다. 완전 죽으려고 환장을 한 사람이구만. 다른 이가 혀를 쯧쯧 차며 말했다. 저것 보게, 안전벨트도 매지 않았잖아. 사람들이 차 안을 들여다보았다. 그러고 보니 에어백도 안 보여요. 거봐, 죽으려고 작정한 사람이라니깐. 아직도 119가 도착하지 않은 건가? 한 중년 남자가 말했다. 요즘엔 왜 이렇게 꾸물거리는지 모르겠어. 많이 다친 것 같은데 저러다가 죽겠어. 몇 분 후, 구급차가 도착했다. 차 문이 잠겨 있던 바람에 구조대원들이 부상자를 구출할 시간이 얼마간 지체되었다. 둘러선 사람들은 두 명의 구조대원이 손이 들어갈 만큼 차창에 조그만 구멍을 내고 차 문을 여는 모습을 숨죽여 지켜봤다. 이윽고 차 문이 열리자 사람들은 절로 외마디 소리를 냈다. 어떤 이는 부상당한 운전자가 이제 살았다는 듯 손뼉을 치며 눈을 빛냈다. 이안은 구조대원 중 한 명이 부상자의 이마에다 손을 짚으며 다른 손으로 팔을 들어 맥을 찾는 것을 보았다. 맥을 찾던 구조대원이 말없이 고개를 저었다. 실망한 사람들은 침묵을 깨고 저마다 말을 하기 시작했다. 내 말이 맞지 않나, 가로수에 부딪혔을 때 이 사람은 이미 죽었던 거야. 그래도 119가 빨리 왔으면 혹시 살았을지도 모르잖나. 어차피 죽은 사람 아닌가. 이래도 저래도 이 사람은 죽었단 말이지. 그건 그렇고, 진짜 그 빌어먹을 굉음이 사람들을 이상하게 만드는 것 같아. 요새 자살하는 사람이 부쩍 늘어가고 있지 않나. 아, 그 굉음 말이지! 에이 이 사람아, 설마 굉음 때문에 사람들이 스스로 죽기야 하겠나. TV나 신문에선 더이상 자살 이유가 분명치 않은 자살자는 없다던데? 그거야 시간이 좀더 지나봐야 알 일이지. 구조대원들이 시신을 차체에서 끌어내리는 것을 지켜보던 이안은 하나둘씩 떠나가는 사람들을 쫓아 사고현장을 빠져 나왔다.

근처의 마트에서 불고기용 쇠고기 두 근과 양파와 마늘 그리고 사과를 산 이안은 사고현장을 다시 보지 않기 위해 부러 멀리 길을 돌아 아파트로 돌아왔다. 아파트 정문에 의자를 놓고 앉아 있던 경비원이 이안을 보고 반색하며 인사를 했다. 안녕하세요. 조금 망설이던 경비원은 말을 더 하려고 했으나 이안은 고개만을 까딱하고는 얼른 엘리베이터를 탔다. 이안이 문을 열자, 아이가 보였다. 아빠, 어디 갔다 와? 아이는 울고 있었는지 두 눈이 빨갛게 충혈되어 있었다. 거실의 TV에서 아이들이 깔깔대며 웃는 소리가 크게 들려왔다. 네가 자고 있어서 얼른 마트에 다녀온 거야. 아이는 이안의 바짓자락을 움켜쥐며 두 발을 마구 굴렀다. 아빠, 아빠, 다음엔 나도 꼭 데려가! 제발 날 혼자 두지 마! 이안이 주방으로 발걸음을 옮기자, 매달린 아이도 질질 끌려왔다. 알았다, 알았어. 이안은 한숨을 쉬며 말했다. 다시는 널 혼자 두지 않을게. 정말이지, 약속하는 거지? 응, 약속할게. 아이들의 소리가 들리던 TV에서 갑자기 남자 앵커의 목소리가 흘러나왔다. 속보입니다. 비닐봉지에서 사과를 꺼내던 이안은 거실로 갔다. 정체 모를 굉음의 원인은 소닉붐으로 밝혀졌습니다. 전투비행단 소속의 전투기 한 대가 P시 인근 상공에서 음속 돌파한 사실을 비디오 판독으로 밝혀냈습니다. 비행기의 속도가 규정 속도를 넘어 굉음이 발생한 것입니다. 군 당국은…… 이안은 리모컨을 들어 TV를 껐다. 굉음의 정체 따위는 알고 싶지도 않았고, 관심도 없었다. 굉음 따위를 핑계로 아내의 돌연한 죽음을 설명할 수는 없었다.

그리고, 그날 저녁 여덟시에 두번째 굉음이 들렸다. 십여 초간 지속된 두번째 굉음은 첫번째 굉음보다 지속시간이 두 배나 길었다. 이안은 이른 잠자리에 든 아이의 방에서 두번째 굉음을 들었다. 굉음이 시작되자, 이안의 품에 안겨 있던 아이는 너무 놀란 나머지 전신을 경련하듯 덜덜덜 떨어댔다. 이안 역시 놀라기는 마찬가지였다. 마치 무방비 상태에서 악귀가 울부짖는 지옥의 한가운데로 내던져진 것만 같았다. 전면의 벽면이 진동하며, 수십 개의 실핏줄 같은 금이 새겨진 유리창이 하나씩 깨어졌다. 이안의 양쪽 귓속에 엄청난 통증이 느껴졌다. 온몸을 짓누르는 압력이 너무 높아서 손을 들어 귀를 막을 수조차 없었다. 매트가 흥건히 젖을 만큼 오줌을 지린 아이는 굉음이 멈추자, 쉿소리를 지르며 크게 울었다. 아이의 울음소리 속에서 침대 위에 멍하니 앉아 있던 이안은 벽시계가 여덟시 십이분을 가리키는 것을 보았다. 곧이어 다급한 고함소리와, L자형으로 지어진 아파트의 건물벽을 꽝, 하고 울리는 공명음이 들려왔다. 흡사 거대한 수박이 일격에 쪼개지는 듯한 소리였다. 안 돼! 남자의 고성이 어둠이 내린 아파트 허공에 울려퍼졌다. 극심한 불안 속에서 이안은 한참을 망설였다. 경찰차의 사이렌 소리가 들려왔다. 그때야 이안은 베란다로 나가보았다. 사방으로 핏물이 튄 콘크리트 바닥 위에 온통 피범벅이 되어 대자로 엎드려 있는 시체가 보였다. 두 명의 경찰관이 상체를 굽히며 시체의 양옆에 서 있었다. 몇 발자국 떨어진 곳에 주저앉아 오열을 터뜨리는 남자가 보였다. 서너 명의 사람들이 둘러서서 그들을 지켜보고 있었다. 창백한 가로등 아래 핏물은 검게 보였고, 경찰관과 남자와 시체를 에워싼 사람들이 마치 유령들처럼 느껴져서 이안은 혼란스러워졌다. 어쩌면 지금 자신이 악몽을 꾸고 있는지도 모른다고 이안은 생각했다. 조금만 지나면 아침이 될 것이다. 그러면 이 나쁜 꿈에서 깨어나 다시금 평온한 일상으로 돌아갈 수 있을 것이었다.

여기까지 생각했을 때였다. 초인종이 울리더니, 다급하게 현관문을 두드리는 소리가 났다. 이봐요, 문 좀 열어봐요! 여자의 목소리가 어찌나 절박하게 들렸던지 이안은 평소의 조심성을 잃고 누군지 묻지도 않고서 문을 열었다. 옆집 노부인이었다. 우리 집 양반이! 노부인은 부들부들 몸을 떨며 이안의 한쪽 팔을 잡아끌었다. 무슨 일이세요? 빨리, 빨리! 노부인은 활짝 문이 열린 자신의 집으로 이안을 끌고 갔다. 집 안에서 늙은 남자의 고통스런 울부짖음이 들려왔다. 이안은 소리를 좇아 베란다와 가까운 작은방으로 뛰어갔다. 노인이 흰자위가 드러나게 눈을 치뜬 채 개처럼 온 방 안을 기어다니고 있었다. 이안은 구석에 노인이 마시다 떨어뜨린 듯한 플라스틱 컵을 보았다. 코를 찌르는 강한 아몬드 냄새가 방 안에 가득 차 있었다. 뭐하시는 겁니까, 독극물을 마신 것 같은데 어서 빨리 119에 연락하셔야죠! 했어요, 그런데 아직도 안 오는 걸 난들 어떡해! 모로 쓰러진 노인은 전신에 경련을 일으키며 구역질을 해댔다. 울부짖음과 구역질이 반복되더니 노인은 피를 토해내기 시작했다. 아아, 왜 이렇게 119가 안 오는 거야! 노부인은 문가에 기대앉아 새파랗게 질린 얼굴로 숨죽여 울고 있었다. 어찌나 경련이 격하고 끔찍했던지 이안 역시 방 안에 차마 들어가지 못하고 문가에 서서 노인을 지켜볼 뿐이었다. 오 분쯤 지나자, 경련이 눈에 띄게 잦아들었다. 이윽고 웅크린 자세로 전신이 빳빳하게 굳은 노인이 입에 거품을 문 채로 마지막 숨을 거뒀다.

구조대원들은 이십여 분이 더 지나서야 도착했다. 노인이 입고 있던 스웨터 안주머니에서 작은 사이안화칼륨 병이 발견되자 구조대원들은 혀를 차며 고개를 절레절레 저었다. 아니, 사이안화칼륨이 얼마나 고통스러운데 하필 이걸 드시고 자살을 하셨을까. 노인의 죽음을 확인한 구조대원의 말에 노부인은 큰 울음을 터뜨렸다. 사이안화칼륨이라니, 그게 도대체 뭡니까? 이안의 물음에 혀를 차던 구조대원 중 한 명이 대답했다. 청산가리라고 하면 아실 겁니다, 일반인들이 손에 넣기는 힘든 독극물인데. 노부인은 구조대원의 말을 자르며 소리쳤다. 내 남편은 약사였어요, 한평생 요령 없이 반듯하게 사신 양반이란 말입니다! 자살을 하실 분이 아니에요, 절대 아니에요! 노부인은 오열하며 바닥을 굴렀다. 그런 양반이 이런 식으로, 이렇게 끔찍하게, 어떻게 돌아가실 수가 있어요! 끝내 노부인은 실신하고 말았다.

구조대원들은 서둘러 노부인을 앰뷸런스에 실었다. 그러나 아파트의 다른 부상자들 때문에 바로 병원으로 떠나지는 못했다. 손목을 그어 자살을 시도한 여고생과 숟가락과 포크를 삼켜 자살하려던 중년 남자가 구조대원들에게 응급처치를 받고 목숨을 구했다. 그동안 이안은 링거를 맞으며 침상에 누워 있는 노부인의 곁을 지켰다. 노부인은 간간이 신음소리를 내며 알아듣기 힘든 헛소리를 했다. 구조대원들이 돌아오자 이안은 노부인의 오른손을 한번 꽉 잡아준 다음 앰뷸런스에서 내렸다. 앰뷸런스는 요란한 소리를 내며 아파트를 빠져나갔다. 아파트 입구로 들어서려던 이안은 흠뻑 젖은 대걸레를 들고 있는 경비원과 마주쳤다. 아, 청소를 하던 중이라서요. 경비원은 어색한 표정으로 말했다. 이렇게 늦은 시간에요? 무심코 되물은 이안은 멀리서 울리는 사이렌 소리를 들었다. 경비원은 자신이 들고 있는 대걸레를 쳐다보는 이안에게 빠른 어조로 말했다. 그게, 아무래도 오늘밤이 지나기 전에 닦아내야 할 것 같아서 말이죠. 이안이 뭐라고 말하기도 전에, 경비원은 기수처럼 대걸레를 앞세우고 성큼 걸어나갔다. 경비원의 뒷모습을 눈으로 좇던 이안은 경비원이 대걸레를 들고 콘크리트 바닥을 여기저기 부지런히 닦아내는 것을 보았다. 이안은 잠시 경비원이 무엇을 청소하는지 바라보았고, 그것이 바로 한 시간 전쯤에 투신한 여자가 흘린 피라는 사실을 깨닫는 순간 두 눈을 질끈 감았다. 이안은 겨우 걸음을 옮겨 엘리베이터 앞으로 다가갔다. 이안은 치밀어오르는 구토를 겨우 가라앉혔다. 마치 온몸에 핏물을 뒤집어쓴 것만 같았다. 엘리베이터 문이 열렸다. 엘리베이터에 올라탄 이안은 눈물로 앞이 뿌옇게 흐려져 버튼이 잘 보이지 않았다. 이안은 두 손으로 머리를 감쌌다. 오, 여보, 도대체 뭐가 잘못된 거지. 이안은 갈라진 목소리로 중얼거렸다.

2월 25일, 관계 당국은 여전히 2차 굉음의 원인을 밝혀내지 못했다. 연일 매스컴은 두 차례에 걸친 굉음의 원인을 다각도로 분석하는 방송과 기사를 내보내기에 혈안이 되었다. 불과 나흘 전, 1차 굉음의 원인으로 지목되었던 소닉붐은 결국 거짓으로 판명되었다. 공군 당국이 문제의 비디오를 조작했다는 내부의 제보를 한 신문사가 입수하여 1면 톱기사로 다루었던 것이다. 조작의 책임을 지고 공군 대장급 장성 세 명이 사임했고, 더불어 관련 정도에 따라 외부 공모자 다섯 명이 사법처분을 받을 것이라는 신문기사를 읽으며 이안은 깊은 한숨을 내쉬었다. 요즘 상황 같아선, 차라리 비디오 판독 결과가 조작된 것이라는 사실을 모르는 것이 나을 뻔했다는 생각마저 들었다. 때론 진실을 외면하는 편이 단순히 살아가기엔 도움이 될 수도 있는 것이다. 이안은 신문을 넘겼다. 불안에 떨고 있는 시민들 사이에서 떠도는 굉음에 대한 갖가지 추측성 가설들에 대한 기사들, 이를테면 지하에서 은밀히 행해진 핵실험이라거나, 미사일이 공중분해된 것이라거나, 심지어는 외계인의 지구침공으로 인해 굉음이 발생했다는 기사가 이어졌다. 스포츠와 TV스타와 유력인사들의 칼럼을 읽던 이안은 뭔가 잘못되었다는 생각이 들었다. 이안은 다시 한번 신문을 꼼꼼히 살펴보았다. 이상하게도 넘쳐나는 자살자들에 대한 어떠한 기사도 없었다. 이안은 퍼뜩 근래에 자살자에 관한 기사와 뉴스를 본 적이 없었다는 것을 떠올렸다. 첫번째 굉음이 일어났던 직후 불과 며칠 동안만 정부의 공식적인 입장은 발표되지 않은 채, 의문의 자살자에 대해 짧은 추측성 보도 기사만이 났을 뿐이었다. 이안은 신문을 현관께로 집어던지고는 TV를 켰다. 꼬박 세 시간 동안 채널을 돌리면서 뉴스만을 찾아봤으나, 역시 자살자에 대해 언급하는 뉴스는 없었다. 이안은 손에 들고 있던 리모컨을 거실 바닥에 던졌다. 잠이 깬 아이가 안방에서 눈을 비비며 걸어나오고 있었다. 2차 굉음으로 아이 방의 유리창이 모조리 깨지는 바람에 아이는 안방에서 잠을 자고 있었다. 아빠? 아이가 이안을 불렀다. 이안은 말없이 아이를 껴안아주었다. 이안의 품에서 아이가 버둥거렸다. 아빠, 숨 막혀.

2월 27일 아침 여섯시, 이안은 베란다 밖에서 들리는 기계 소리에 잠이 깼다. 군데군데 깨진 유리창에 두꺼운 판지를 테이프로 붙인 터라 안방은 토굴처럼 어두컴컴했다. 이안은 곁에서 잠든 아이를 깨우지 않으려고 조심하며 베란다로 나왔다. 아직 해가 뜨지 않은 시간이었다. 이안의 집과 같은 줄 위층으로 고가 사다리차가 세워져 있었다. 몇 미터 뒤편에 있던 이삿짐센터 트럭이 헤드라이트를 밝히며 사다리차 바로 옆에 멈췄다. 녹색 조끼를 입은 두 명의 직원이 두 팔을 휘두르며 사다리차의 양옆에 서는 모습을 바라보던 이안은 무거운 걸음으로 안방에 돌아갔다. 요 며칠간 자살자가 가장 뜸한 이른 아침에 이사를 떠나는 집이 부쩍 늘고 있었다. 이안이 알고 있는 것만도 열댓 세대가 넘었다. 사실대로 말한다면 사람들은 이사를 떠난다기보다는 이 도시를 탈출하려는 것이었다. P시에 발생한 2차 굉음 이후로 이안에게 수십 통의 전화가 걸려왔다. 잇따른 굉음과 넘쳐나는 자살자에 대한 소문을 전해들은 이안의 부모와 두 형제, 친척들과 지인들은 끊임없이 이안을 설득하려 했다. 그들은 모두 입을 모아 말하는 것이었다. 어서 빨리 그 도시를 떠나라. 그러나 이안은 당장 아무런 대책도 없이 이곳을 떠날 수는 없다고 말했다. 아파트를 양도세까지 물면서 헐값에 넘길 수도 없고, 칠 년째 다녔던 직장도 이곳에 있고, 작년에 초등학교에 입학한 아이를 전학시키는 일도 내키지 않았고, 무엇보다 그동안 기반을 잡아 정이 든 이 도시에서 모든 것을 버려두고 떠나기가 어렵다고, 이안은 대답했다. 어쨌든 버틸 수 있을 때까지는 버텨볼 생각입니다, 다행히 교통이 끊긴 것도 아니고 식량도 쉽게 구할 수 있어서 사는 데 큰 불편은 없으니까요, 아직까진 그럭저럭 살 만합니다. 그래도 늦기 전에 떠나야 해. 네, 저도 압니다. 그래도 조금만 더 상황을 지켜보다가, 정 안되면 떠날 겁니다.

하지만 3월이 되자, 사태는 점점 더 심각해졌다. 겨울방학이 끝나고 초등학교에서부터 대학교까지 도시 내의 크고 작은 열세 개의 학교가 일제히 개학을 맞았던 것이다. 자살자들에 대한 매스컴의 보도가 전무한 가운데 다른 지역에 살고 있는 사람들은 말할 것도 없었고, 도시에 살고 있는 사람들조차 1차 굉음 이후에 미심쩍게 자살한 사람의 수가 몇 명인지, 이 기이한 현상이 도시 전체에 얼마나 큰 충격을 주고 있는지, 그런 류의 정확한 사정들에 관해 거의 아는 바가 없었다. 시민들은 오직 자신의 눈으로 보고 귀로 들은 참담한 상황들에 관해서만 단편적으로 알고 있었다. 따라서 인근 지방에서 도시로 자취를 하러 오거나 통학을 하는 학생들의 학부모들은 그저 도시에 두 차례에 걸쳐 굉음이 들렸고 자살자들이 여느 때보다 좀 많아졌다는 식으로만 알고 있을 뿐, 이 시점에 자식들을 학교에 보내는 것이 얼마나 위험천만한 일인지에 대해서는 까맣게 모르고 있었다. 이안도 아이를 등교시키는 것이 불안하기는 했으나, 그렇다고 무작정 학교에 보내지 않을 도리도 없었다. 결국 개학을 맞은 첫날부터 이안은 아들과 등하교를 같이하게 되었다.

개학한 지 나흘째 되는 날이었다. 이안은 아이를 교문 앞까지 데려다주고 짧은 인사를 나누던 중이었다. 이따가 아빠가 또 데리러올게. 오늘도? 아이가 두 눈을 동그랗게 뜨며 이안을 마주 보았다. 응, 그러니까 혹시 내가 좀 늦더라도 교문 앞에서 기다려라. 오늘은 친구 생일인데. 아이가 입을 비죽 내밀었다. 그래도, 이안이 말을 하려는데 근처에 서 있던 한 남자가 학교 안쪽을 손가락으로 가리키며 고함을 질렀다. 애들을 막아, 저애들을 붙들란 말이야! 놀란 이안과 아이는 남자가 가리키는 운동장 왼편을 향해 눈을 돌렸다. 수십 명의 남자아이들과 여자아이들이 운동장 한구석에 쌓아놓은 철근과 건축자재 더미를 향해 전속력으로 달려가고 있었다. 아아아아악! 아이들의 외침이 들려왔다. 아빠, 아빠! 저애들이 왜 저렇게 달려가? 고개를 두리번거리며 아이가 물었다. 이안은 대답 대신 재빨리 아이의 두 눈을 자신의 손으로 가렸다. 각 교실에서 유리창 밖으로 상체를 내민 아이들이 외쳤다. 안 돼, 안 돼, 그러지 마! 아이들의 외침이 신호라도 되는 것처럼, 수십 명의 아이들은 차례로 철근을 향해 몸을 날렸다. 안 돼, 아아악! 비죽비죽 튀어나온 굵은 철근들이 아이들의 몸을 꿰뚫기 시작했다. 곧 수십 개의 꼬치처럼 철근에 복부와 가슴 부위가 꿰인 아이들이 온몸을 버둥거리며 고통스럽게 울부짖었다. 아이들이 외치는 끔찍한 비명이 건물의 전면을 퉁기며 허공으로 울려퍼졌다. 이안은 운동장 바닥이 아이들의 피로 물드는 모습을 지켜보았다. 어느 순간부터 비명소리는 이안에게 더이상 들리지 않았다. 다만 끊임없이 흘러넘치는 핏물로 검게 물들어가는 땅바닥만이 마치 느린 화면처럼 이안의 시선 속에 박혀 있었다. 아빠, 무슨 일이 일어난 거야? 아이가 물었다.

다음날 오후 세시경, 도시의 전 학교에 무기한 휴교령이 내려졌다. 정부는 최근 P시에서 두 차례에 걸쳐 발생한 굉음으로 인해 시민들에게 우려할 만한 이상징후가 나타나고 있다는 관계 부처의 보고에 따른 첫번째 조치로 P시 전역에 무기한 휴교를 결정했습니다. 이후 P시 사태의 추이를 지켜보며 대처하기로 정부는…… 이안은 TV를 껐다. 소파에 함께 앉아 있던 아이가 이안의 눈치를 살피며 슬그머니 TV를 다시 켰다. 엄습하는 의혹으로 초조해진 이안은 거실을 빙빙 돌아다니다가, 문득 전화기에 시선이 멈췄다. 전화기를 노려보던 이안은 수화기를 들어 직장에 전화를 걸어보았다. 아무도 전화를 받지 않았다. 이안은 다시 전화를 걸었다. 역시, 신호음만 들릴 뿐이었다. 수화기를 내려놓고 소파에 한동안 망연히 앉아 있던 이안은 이윽고 신문을 들고 안방으로 갔다. 호외로 발행된 신문도 뉴스의 보도 내용과 다를 게 없었다. 시민들에게 우려할 만한 이상징후가 나타나고 있다는, 그런 식의 모호하고 애매하기 이를 데 없는 보도라니. 이같은 보도와 기사를 통해 과연 누가 이 도시에서 일어나고 있는 심각한 죽음의 쓰나미를 상상이나 할 수 있을 것인가. 당장 P시에 살고 있는 이안 역시 일련의 자살사태에서 몇 명의 사망자가 나왔는지 예상조차 하기 힘들었다. 적어도 천 명? 만 명? 아니면 수만 명? 설혹 아직은 그 정도의 자살자가 나오지 않았더라도 멀지 않은 시간에 몇십만, 몇백만으로 늘어날 수도 있을 것이다. 최악의 경우 도시의 완전한 절멸이 이뤄질 때까지 죽음의 행렬은 멈추지 않을 수도 있었다. 그리고 언젠가는 이안과 그의 어린 아들도 죽음의 행렬에 동참해야 할 날이 다가올 것이었다. 바로 이 순간에도 예고 없는 죽음이 바짝 다가와 있다는 사실을 떠올린 이안은 몸서리를 쳤다. 왜 자신이 아직도 이 도시에서의 삶에 미련을 버리지 못하는지 스스로도 의아를 느꼈다. 그를 알고 있는 모두가 한결같이 충고하지 않았던가. 어서 빨리 그 도시를 떠나라고. 이안은 지금이 바로 이곳을 떠날 그때임을 직감했다.

결단을 내린 이안은 다용도실을 샅샅이 뒤져 바퀴 달린 커다란 여행용 가방을 꺼냈다. 십 년도 전에 이안이 죽은 아내와 신혼여행을 갈 때 썼던 인조가죽 가방이었다. 가방은 더께로 내려앉은 먼지와 습기로 인해 본래의 갈색이 군데군데 누렇게 변해 있었다. 가방의 안팎을 걸레로 깨끗이 닦은 이안은 곧 안방과 아이 방을 오가며 짐을 꾸리기 시작했다. TV를 보고 있던 아이가 다가왔다. 아빠, 어디 가? 응, 당분간 이 집을 떠나 있을 거야. 나는? 아이가 물었다. 물론, 너도 같이 가야지. 정말? 와아, 신난다, 우리 어디로 가는데? 글쎄다, 뭐 이곳저곳 좀 돌아다니다가 할아버지네 집에 머물게 되겠지. 이안의 말에 아이는 좋아서 두 발로 쿵쿵거리며 온 집 안을 뛰어다녔다. 이안은 아랫집에서 시끄럽다는 항의가 들어올 것을 염려해 아이를 제지하려 하다가, 곧 쓴웃음을 지었다. 아랫집은 이미 닷새 전에 이사를 갔던 것이다. 이 집마저 비게 되면, 같은 줄 집들 중에 절반은 빈집이 될 것이었다.

이안은 아이와 함께 아파트를 나섰다. 해가 저무는 시간이었다. 천천히 밀려드는 어둠 속에 아직 겨울의 기운이 남아 있었다. 한차례 추운 바람이 불어오자, 아이가 잔기침을 했다. 이안은 아이의 얼굴에 마스크를 씌워주었다. 마스크 위로 드러난 아이의 빛나는 두 눈이 이안에게 향해 있었다. 이안은 아이의 손을 잡고 근처의 지하철역으로 걸어갔다. 거리에는 인적이 드물었다. 도로를 오가는 차량도 뜸했다. 어쩌다 보이는 버스와 자동차 들도 최대한 속도를 줄인 상태로 느릿느릿 다녔다. 그렇게 느리게 다닐 바에야 차라리 차를 타지 않는 편이 나을 지경이었다. 그러나 조금 속력을 높인 어느 성질 급한 버스 운전사의 앞으로 보도를 건던 한 젊은 여자가 뛰어들자, 거리는 잠시 시끄러워졌다. 다행히 운전사가 재빨리 급브레이크를 밟은 덕분에 젊은 여자는 넘어져서 팔다리가 약간 긁힌 것 외에 다른 부상은 입지 않는 듯 보였다. 혼비백산하여 버스를 세운 운전사가 차창을 열고 소리쳤다. 제발 운전 좀 하게 제멋대로 뛰어들지 말란 말이야! 젊은 여자는 운전사의 고함에도 별다른 반응 없이 부스스 일어나더니 차량이 오가는 도로를 가로질러 걸어가는 것이었다. 저 미친년을 보게, 또 누굴 골탕 먹이려고 저러는 거야! 욕을 하던 운전사는 마침 반대편에서 달려오던 랜드로버에 기어코 젊은 여자가 치이자 황급히 버스를 몰고 떠났다. 랜드로버에 치인 젊은 여자의 몸이 허공으로 이 미터쯤 솟아오르더니 포물선을 그리며 도로 위에 털썩 떨어졌다. 동시에 이안의 손을 잡고 있던 아이가 움찔 몸을 움직였다. 차창을 모두 짙게 선팅한 랜드로버는 속도를 줄이지 않고 그대로 달려가버렸다. 도로에 널브러진 젊은 여자는 즉사한 듯 피조차 흘리지 않았다. 맞은편 보도를 걸어가던 몇몇 사람들이 젊은 여자의 상태를 눈으로 확인해보더니, 그냥 걸어가버렸다. 아빠, 아빠. 우리 저 누나한테 가보자. 아이가 말했다. 이안은 천천히 고개를 가로젓고는, 아이의 손을 잡아끌며 말했다. 그만 가야 돼.

이안과 아이는 지하철역 부근의 번화가에 이르렀다. 인적이 드문 것은 그렇다 치더라도 지나치게 한산했다. 여느 때라면 사람들이 한창 퇴근할 무렵인 이 시간에 이토록 생기 없고 조용한 번화가는 이안이 지금껏 보지 못한 광경이었다. 대로변에 즐비한 상점들과 식당들과 술집들은 모조리 문을 굳게 닫아걸고 있었다. 번쩍거리는 네온사인과 간판 들 역시 보이지 않았다. 사방이 조용하다 못해 을씨년스럽기까지 느껴지는 것이었다. 아이도 이런 광경이 이상하게 생각되는지 연방 고개를 갸웃거리며 주위를 둘러보았다. 아빠! 아이가 걸음을 우뚝 멈췄다. 아빠, 저기! 이안은 무심코 아이가 손가락으로 가리키는 곳을 향해 고개를 돌렸고, 대형 옷가게의 쇼윈도에 목을 맨 젊은 남자를 보았다. 점원으로 보이는 젊은 남자는 늘어선 다섯 개의 여자 마네킹들 중간쯤에서 가죽벨트로 목을 맨 채 사지를 축 늘어뜨리고 있었다. 이안과 아이가 쇼윈도에 다가서려 하는데, 한 늙은 남자가 골목에서 목줄을 맨 개를 끌고 나왔다. 늙은 남자는 부자가 바라보는 쇼윈도를 힐끔 쳐다보더니 손에 쥔 목줄을 바짝 당기며 무표정한 얼굴로 지나가버렸다. 이안과 아이는 지하철역으로 걸어가는 십여 분 동안 길가에 널브러진 어린 남자아이와, 토사물로 범벅이 되어 모로 쓰러진 여고생, 전신이 반쯤 타버린 중년 남자의 사체를 목격해야 했다.

지하철역 안으로 들어가는 입구는 폐쇄되어 있었다. 세 줄의 노란 테이프가 둘러진 입구에 푯말이 세워져 있었다. 이안은 푯말에 적힌 글을 읽었다. 3월 2일부터 8월 30일까지 B역을 잠정폐쇄합니다. 이안은 날짜를 헤아려보았다. 벌써 일주일 전에 지하철역이 폐쇄되어 있었던 것이다. 가로등도 켜지지 않은 거리는 이제 완전히 어두워졌다. 점점 추워지고 있었다. 아이가 자꾸만 잔기침을 했다. 춥니? 이안이 물었다. 아이는 마스크 위로 드러난 두 눈을 들어 이안을 마주 보더니, 설레설레 고개를 저었다. 난감해진 이안은 아들의 손을 잡은 채 어둠이 짙게 깔린 거리에 우두커니 서 있었다. 택시를 타려는 생각도 했으나 저녁이 되면서부터 마치 모종의 약속이나 한 듯이 차량이 끊겨버렸다. 이안이 하는 수 없이 한 손에는 아이의 손을 잡고 다른 한 손으로는 여행용 가방을 끌고 다시 아파트로 되돌아가려 할 때였다. 어딘가에서 고함소리가 들려왔다. 이어서 어느덧 익숙해진 예의 쿵, 하는 요란한 소리가 들려왔다. 아이는 또다시 온몸을 움찔했다. 부자는 서로에게 아무런 말도 하지 않았다. 다만 서로의 손을 더욱 세게 잡고 발걸음을 한층 빠르게 옮겨갔다.

오후 여덟시가 넘어서야 부자는 아파트로 돌아왔다. 띄엄띄엄 불을 밝힌 집들을 바라보던 이안은 얼마 전에 이사갔던 육층 아랫집에 불이 켜져 있는 것을 발견했다. 아이도 아랫집에 켜진 불을 봤는지 이안의 얼굴을 보며 기쁜 표정을 지었다. 별반 친하게 지내지 않은 이웃이었는데도 지금 이 순간만은 누구보다 가까운 사람들처럼 느껴지는 것이었다. 얼굴을 아는 사람들이 아직 이 아파트에 남아 있다는 사실만으로도 이안은 왠지 마음이 든든해졌다. 그러나 이런 낙관적인 생각은 그리 오래가지 않았다. 몇십 초 뒤, 쿵, 하는 커다란 소리가 아파트 전면을 퉁기며 울려퍼졌다. 이안과 아이가 서 있던 곳에서 불과 서너 발자국밖에 떨어지지 않은 곳이었다. 콘크리트 바닥 위에 부딪힌 두개골이 깨지며 피로 물든 골이 사방으로 튀었다. 이안과 아이의 머리부터 발끝까지 핏물이 튀었다. 핏물을 뒤집어쓴 아이는 어깨를 들썩거리며 소리없이 울었다. 이안은 아이의 눈을 자신의 손으로 가려주려고 하다가 아이가 이미 참혹한 광경을 보았다는 것을 깨달았다. 우는 아이를 달래는 대신 이안은 사체의 곁에 다가갔다. 대자로 엎드린 사체는 목과 왼쪽 다리가 꺾여 있었다. 완전히 돌아간 목 위로 위태롭게 매달려 있는 절반 이상 깨어진 머리를 쭈그리고 앉아 들여다보던 이안은 고개를 가로저으며 굳은 얼굴로 일어섰다. 사체는 옆집 노부인이었다. 아빠, 누구야? 훌쩍이던 아이가 물었다. 우리가 아는 사람이야? 이안은 대답하지 않았다.

누가 죽었소? 위쪽에서 중년 남자의 목소리가 들려왔다. 이안이 고개를 들어보니 이사를 갔다가 돌아온 육층 남자가 복도에 서 있었다. 어두워서 잘 모르겠습니다. 이안이 쉰 목소리로 소리쳤다. 어떻게 다시 돌아오셨습니까? 난들 오고 싶어 왔겠소? 도로고 샛길이고 여하튼 길이란 길은 죄다 군인들이 막고 서 있는데 무슨 수로 빠져나갈 수 있겠소. 닷새 동안 고생만 아주 제대로 하다 왔지 뭐요. 사층 남자는 화가 치밀어오르는지 목소리를 한층 높였다. 도대체 방법이 없어, 방법이! 그렇다고 여기 이렇게 죽치고 앉아서 가만히 죽을 수도 없는 노릇 아니오! 이안이 뭐라고 대꾸를 하기 전에 육층 남자는 집 안으로 들어가버렸다.

엘리베이터를 타고 칠층 버튼을 누른 이안은 문득 경비원이 어제부터 보이지 않는다는 것을 떠올렸다. 네 명의 경비원이 두 명씩 밤낮으로 교대근무를 하기 때문에 경비실이 비어 있던 적은 이제껏 한 번도 없던 일이었다. 이런저런 생각을 거듭하던 이안은 몹시 피로해졌다. 저녁으로 아이에게 겨우 라면을 끓여준 이안은 국물만을 몇 모금 떠먹는 것으로 식사를 마쳤다. 몸살이라도 걸릴 것처럼 온몸이 으슬으슬 추워진 이안은 따뜻한 물로 목욕을 하고 싶어졌다. 입고 있던 옷을 벗고 욕실로 들어간 이안은 잠시 거울에 비친 자신의 나신과 마주 보았다. 이유는 알 수 없었으나, 이안은 부끄럽다는 생각이 들었다. 너무 부끄러워서 거울 속의 자신을 마주 보기 힘들 정도였다. 하지만 여전히 그 이유는 알 수 없었다. 부끄럽다는 생각이 거듭되면서 이안은 점차 정신이 멍해지는 것을 느꼈다. 마치 저 위에 있는 또하나의 자신이 거울 앞에 서 있는 자신을 지긋이 내려다보고 있는 듯한 느낌이었다. 이안은 자신이 샤워기 걸이에 수건을 매다는 것을 보았고, 자신이

고리 모양으로 매달린 수건에 천천히 목을 매는 것을 바라보았다. 순간 이안의 목이 꺾일 듯 옆으로 쏠리더니, 무게를 견디지 못한 샤워기 걸이가 벽에서 뽑혔다. 이안은 욕조 바닥으로 굴러떨어졌다. 아빠! 아빠! 욕실 문을 열고 뛰어들어온 아이가 욕조에 쓰러진 이안을 흔들며 소리쳤다. 아빠! 아빠! 아이의 외침에 정신을 차린 이안은 자신의 목에 걸린 수건과 벽에서 뽑힌 샤워기 걸이를 응시했다. 별안간 참을 수 없는 웃음이 이안의 가슴속 깊은 곳으로부터 터져나왔다. 이안이 미친 사람처럼 웃기 시작하자, 아이는 욕실 가운데에 우두커니 서서 이안을 가만히 바라보았다. 하하하하, 하하하하! 이안은 욕조에 널브러진 채 계속 웃었다. 아빠의 웃는 모습을 바라보던 아이도 어느 때인가부터 함께 웃었다. 하하하하, 하하하하! 웃고, 또 웃던 이안은 이번엔 울기 시작했다. 아이도 이안을 따라 울었다. 마치 길 잃은 소년처럼 훌쩍이며, 이안은 끊임없이 중얼거렸다. 여보, 여보, 다 끝났어, 이제 다 끝났어.

3월 8일 정오, TV 뉴스가 시작되려는 순간 당분간 방송국 사정상 P시에 송출을 중단한다는 자막과 함께 화면이 검게 변했다. 이안은 리모컨을 들어 이리저리 채널을 돌려보다가 TV를 껐다. 아빠, 이제 TV는 못 보는 거야? 아이가 물었다. 그래도 라디오는 아직 나올 거야. 이안은 황급히 안방으로 가 장롱에서 손바닥만한 라디오를 꺼냈다. 그러나 치지직거리는 듣기 싫은 소음만 들릴 뿐 아무리 해도 주파수가 맞지 않았다. 아빠, 이제 우린 어떻게 해? 아이가 이안에게 물었다. 우리도 다른 사람들처럼 죽는 거야? 그럴지도 모르지. 이안은 말했다. 하지만 아직은 아니야, 그러니 다시는 아빠 앞에서 죽는다는 얘기를 하면 안 돼. 왜? 아이가 물었다. 우리도 언젠가는 죽을 거잖아. 왜냐하면, 이안은 말을 이었다. 아직은 너랑 나는 죽지 않고 살아 있으니까, 살아 있는 사람은 살아남아야 해, 알았니? 아이는 대답하지 않았다. 다만 생각에 잠긴 얼굴로 자신의 발끝을 내려다보았다.

4월 2일 아침, 3차 굉음이 들려왔다. 이안과 아이는 아침을 먹고 있던 중이었다. 고막을 꿰뚫는 듯한 굉음은 몇 분간 지속됐다. 아파트 밖 어딘가에서 고함소리가 들려왔다. 이어서 들리는 쾅, 하는 요란한 소리와 함께 큰 울음소리가 들려왔다. 들개떼가 짖는 소리도 들려왔다. 얼마 전부터 사체를 주식으로 삼는 들개의 수가 급속도로 늘어가고 있었다. 아빠, 또 누가 죽었나봐. 아이가 말했다. 응, 그런 것 같구나. 이안이 대답했다. 아빠. 아이가 이안을 불렀다. 응, 왜 그러니? 아빠, 나 무서워. 무서워할 필요는 없어. 그래도 너무 무서워, 아빠도 무서워? 아이가 물었다. 그럼, 나도 무서워. 이안은 말했다. 하지만 지금은 우선 아침을 먹을 거야. 그러고 나서 다시 무서워해도 늦지 않아.

해협의 **빛**

나는 홀로 수평선을 바라보고 있었다. 서서히 동쪽에서 떠오른 밤은 거대한 납빛 외투처럼 바닷가를 덮는 중이었다. 아직 남아 있는 빛과 점차 기세가 오르는 어둠이 정확히 반으로 양분되는 찰나, 흐릿한 거울 같은 바다에서 피어오른 희뿌연 수증기가 어둠 속에 녹아들며 대기는 미세하게 뒤틀렸다. 어둠은 맨 먼저 해안을 병풍처럼 두르고 있는 산등성이에 육중한 실루엣을 드리웠다. 낮게 포복하여 소리 없이 전진하는 어둠은 산 밑에 펼쳐진 잡초덤불로 뒤덮인 평원과 간석지 사이의 포석을 지나 어느새 텅 빈 바닷가에 자리잡은 막사까지 도달했다. 뒤이어 바다마저 어두워지자 사위는 이상하리만치 고요해졌다. 잉크를 풀어놓은 듯한 농밀한 안개 속에서 수평선은 보이지 않았다. 하지만 나는 줄곧 보고 있던 수평선에서 시선을 돌리지 않았다. 가끔씩 안개를 뚫고 회색빛 바닷새들이 높고 단조로운 울음소리를 내며 느닷없이 어두운 하늘로 솟구쳐 날아오르곤 했다. 그때마다 나도 모르게 온몸을 부르르 떨었으나 여전히 시선은 수평선에 고정시킨 채였다. 정확히 말한다면, 수평선으로 짐작되는 곳만을 바라보고 있었다. 달빛조차 희미한 밤이었다. 구름과 안개에 가려진 달은 반투명한 베일 속에서 겨우 일그러진 테두리로만 자신의 존재를 드러내고 있었다. 나를 비추는 유일한 빛은 불침번에게 제공되는, 갈대를 묶어 만든 작은 횃불이 전부였다. 밤이 깊어갈수록 거세지는 바닷바람 탓에 횃불은 종종 꺼질 듯이 위태롭게 흔들거렸다. 바람과 함께 흔들리는 횃불의 긴 주황빛 혓바닥이 추위로 경직된 나의 얼굴을 연신 핥아댔다. 4월 밤의 바닷바람에선 아직 봄의 기운이 느껴지지 않았다. 뚜렷한 기후 변화 없이 항상 따뜻한 내륙의 도시에 반해 이곳은 지나치리만큼 일기의 변화가 심했다. 두 달 정도의 짧은 여름을 제외하곤, 두꺼운 겉옷을 서너 벌씩 껴입어야 하는 지독한 추위가 일 년 내내 계속되는 것이었다. 누구도 이곳의 이상기후에 대해서는 뚜렷한 이유를 대지 못했다. 다만 해협이라는 특수한 지형의 영향이 클 것이라는 막연한 추측만을 할 뿐이었다. 그러나 막사의 군목은 달랐다. 올해 일흔세 살인 군목은 내가 태어나기 훨씬 전부터 이곳 바닷가의 막사에서 오십 년이 넘도록 병사들에게 설교를 해오고 있었다. 언제나 군목은 바다 저편의 죄악에 물든 도시에서 수십 년간이나 창궐하고 있다는 역병에 대해 설교하곤 했다. 이교도의 참혹한 말로에 덧붙여, 자신들의 도시에 내려진 신의 정죄를 끝까지 부정하는 저 사악한 인간들에 의해 바다로 내던져진 역병 걸린 시체들이 이곳을 황폐화시키고 있다는 것이 설교의 핵심이었다. 군목의 말대로 어쩌면 이곳의 바다는 온기보다는 생명을 집어삼키는 냉혈의 한기만을 품고 있는지도 몰랐다.

바다 스스로의 의지가 아닌, 사악한 인간의 저주로 범벅된 투기물에 의해.

우리 병사들이 투기물이라 부르는 그것들은 실상 무수한 시체들이었다. 내가 이곳에 부임한 지도 벌써 삼 년이 다 되어간다. 그동안 내가 바다 위를 부유하는 시체들을 갈고리로 건져낸 것만도 어림잡아 천여 구는 될 것이었다. 우습게도, 우습다는 표현이 물론 적절하지는 않겠지만, 병사들은 시체들을 끊임없이 바다에서 건져내야 했다. 그리고 그것이 바로 도시에서 우리 병사들에게 부여한 중요한 임무였다. 막사에 기거하는 이십 명의 병사들은 오직 바다에서 시체들을 건져내어 화장을 하고, 또한 그렇게 화장한 시체들의 정확한 수를 기록하기 위해 이곳 바닷가로 보내졌다. 시체들은 거의 사나흘에 한 번씩이 근방의 바닷가로 흘러들어왔다. 병사들은 한 번도 시체를 바다로 투기하는 자들을 보지 못했으나, 그 악인들은 아마도 D……로 칭해지는 해협 너머 도시의 사람들일 것이라고 추정했다. D……의 온전한 명칭을 말한다는 것은 우리의 도시에서는 신성모독과 동일한 의미였다. 나 같은 일개 병사로서는 감히 입에 올릴 수도 없는 불가침의 영역이었다. 무의식적으로라도 그곳의 명칭을 떠올리는 것은 곧 우리의 유일신과 맞서는 용서받지 못할 죄를 짓는 것이었고, 때문에 매일 막사에서는 조찬 기도시간마다 의도하지 않은 자신의 죄를 신께 회개하는 기도 소리가 끊이질 않았다. 신께 향하는 우리의 기도는 너무나도 간절해서 종종 앞에 놓인 음식이 식어버리기 일쑤였다. 열정적인 기도의 진정한 원동력은 바로 D……에 있었다. 지난 수십 년간의 역병 창궐로 신이 지상에서 실현한 지옥의 본보기가 되었다는 D……의 참담한 상황에 대해 난무하는 소문들이 병사들을 더욱 신 앞으로 이끄는 것이었다.

반세기 전 D……는 본래 우리의 도시에 속해 있었다. 지금도 우리와 비슷한 언어로 말하고, 비슷한 복장을 하며, 절기에 따라 비슷한 행사를 치른다는 곳이었다. 하지만 그들은 한때 자신들의 신이기도 했던 우리의 유일신을 부정하는 뻔뻔한 이교도들이었다. 과거 흥망을 거듭했던 열강들이 걸핏하면 도시의 국경을 침입하여 재물을 약탈하고 시민들을 노예로 끌고 가던 시기마다, 신은 이적을 적국에 행하시어 숱한 위기에서 조상들을 구해주셨다. 신은 끝내 침략의 야욕을 버리지 못한 적국 황제의 갓 태어난 첫아들의 숨을 멎게 하셨고, 비옥한 농토를 메뚜기떼로 초토화시키기도 하셨고, 내리꽂히는 벼락과 우박으로 몇만의 군대를 순식간에 궤멸시키기도 하셨다. 우리의 신은 경전에서나 존재하는 죽은 신이 아니었다. 자신의 형상으로 인간을 빚으신, 생명과 존귀의 신이었다. D……는 그런 유일신에게 반기를 들고 자신들이 만든 황금의 상을 경배하는 무리였다. 우리의 도시와 D…… 사이를 가르는 바다가 없었다면, 우리는 신께 드린 맹세대로 이교도인 그들을 결코 용서하지 않았을 것이다. 그동안 도시는 몇번이나 D……를 정죄하기 위한 군대를 조직했으나, 그때마다 국경을 맞대고 있는 또다른 이교도들과의 잦은 전쟁으로 인해 D……로의 행군은 번번이 좌절됐다. 다년간의 전쟁으로 피폐해진 도시는 향후 몇년간은 신께 한 맹세를 뒤로한 채 D……의 배교자들을 두고 볼 수밖에 없는 상황이었다. 물론 군사들에게 D……의 역병이 전염되어 도시로 유입될지 모른다는 우려도 전쟁을 할 수 없는 큰 이유가 됐다.

인륜이 무너진 그곳 D……의 사람들이 고통 속에서 죽어가는 사람들 틈에서 역병을 핑계 삼아 연일 술과 최음제를 복용하는 난교를 행한다는 소문 따위엔 이제 아무도 충격을 받지 않는다. 시간(屍姦)이 성행하며, 배고픔을 이기지 못한 부모가 자신들의 갓난아이를 잡아먹고, 병마의 고통으로 몸부림치는 가족과 친지를 방치하며, 숨이 붙어 있는 병자들을 강제로 집 밖으로 끌어내어 거대한 구덩이 속에 수십 수백 명씩 짐짝처럼 파묻어버리고, 병자가 지니고 있는 귀중품을 강탈하기 위해 도적떼가 출몰하며, 역병이 전염되는 것을 막는다는 명분하에 마을 전체를 불태워버리고, 오물로 뒤덮인 대로변 곳곳에 미쳐버린 병자들이 알몸으로 널브러져 있다는 등등의 끔찍한 소문들이 도시 사람들의 입에서 입으로 떠돌았다. 소문에 의하면 D……를 휩쓸고 있는 역병은 병자와 시선을 마주치는 것만으로도, 말 한마디를 나누는 것만으로도 하룻밤 새에 기어이 발병된다는 것이었다. 일단 병에 걸리면 어떻게 손쓸 도리도 없이 단 며칠 만에 절명했고, 운좋게 살아나도 몸이 기형이 되거나 정신이 이상해진다는 소문도 돌았다. 인간의 힘으로는 도저히 어찌할 수 없는 병이었다. D……의 역병은, 하늘의 영역에 속한 신의 섭리였다.

얼마 지나지 않아 나는 극심한 피로를 느꼈다. 바다 저 너머의 막연한 어떤 곳만을 줄곧 응시해야 하는 임무는 서서히 풍화되어가는 암석처럼 나의 심신을 지치게 했다. 내가 그토록 발견해야 하는 대상은 이따금씩 출몰하는 서너 개의 작은 불빛이었다. 그것은 바로 역병으로 죽은 혹은 죽어가고 있는 시체들을 가득 싣고 있을 D……의 소형선이 비추는 불빛이었다. 불침번을 서는 병사는 불빛을 발견하는 동시에 초소의 창가에 매달아놓은 고둥을 불어야 했다. 고둥 소리가 들려오면 부대에서 취침하고 있던 병사들이 모두 일어나 파도에 떠내려오는 시체들을 빠짐없이 건져내야 하는 것이다. 아무래도 오늘밤엔 불빛이 보이지 않을 듯했다. 바닷가로 불어오는 바람의 방향이 조금씩 바뀌면서 해수의 짠내가 한층 더 짙어지는 것을 보니 어느덧 새벽이 다가온 것 같았다. 내 예민한 감각은 틀리지 않았다. 이윽고 투덜거리며 초소로 올라오는 발소리가 들려왔다.

아직 어둠 속에 잠겨 있는 초소를 뒤로하며 나는 5번과 교대했다. 온통 깜깜한 어둠 속이었지만 나는 가파른 암벽의 틈새 곳곳에 박아놓은 평평한 돌조각을 익숙한 손놀림으로 더듬어가며 아래로 내려왔다. 내 키만큼 웃자란 빽빽한 골풀숲을 지나 호를 그리고 있는 모래사장을 가로질러 한참을 걸어가다보면 나무로 지어진 허름한 건물이 눈에 들어왔다. 그 잡초투성이 가건물이 병사들이 임시로 기거하고 있는 막사였다. 막사에서 스무 발자국가량 떨어진 곳에 열댓 개의 커다란 돌덩이들이 무더기로 쌓여 있었는데, 원래는 이 돌덩이가 쌓여 있는 곳이 진짜 막사를 짓기로 한 장소였다. 그러나 D……와의 전쟁을 기약할 수 없게 된 현재로서는 막사를 짓기 위한 공사가 언제쯤 재개될 수 있을지 짐작하기 어려웠다. 막사 앞에 서 있던 보초병 17번이 횃불을 들어 내 얼굴을 확인했다. 다른 병사들의 잠을 깨우지 않기 위해 나는 되도록 소리를 내지 않으려 주의하며 막사 안으로 들어갔다. 양옆 일렬횡대로 누워 있는 열일곱 명의 병사들은 깊이 잠들어 있었다. 어둠이 내린 막사 안에서 낮은 숨소리와 이따금씩 중얼거리는 잠꼬대가 들리지 않았다면 흡사 거대한 관 속에 들어가 있는 시체들처럼 보였을 것이었다. 자리에 누운 뒤에도 나는 쉽사리 잠을 이루질 못했다. 수평선에서 D……의 불빛을 발견하지 못하는 날이면 나는 뭐라 말하기 힘든 감정의 혼란을 겪곤 했다. 그것은 일종의 상실감, 어쩌면 공허라는 단어로 표현할 수도 있는 감정이었다. 나는 도시에 있는 부모님과 내가 이곳에 부임한 다음해에 결혼식을 올린 여동생을 떠올렸다. 끝내 여동생의 결혼식에 참석하지 못했다는 사실은 늘 나의 마음을 울적하게 했다. 이런저런 기억들을 떠올리다가 잠들었던 것 같다. 꿈속에서 희미한 고동 소리를 들었던 듯도 했으나 밤새 노곤했던 나는 다음날 아침까지 죽음같이 깊은 잠을 잤다.

누군가가 나를 흔들어 깨웠다. 완력으로 깨우려는 의도는 없었고, 오히려 약간 주저하는 듯 약하게 흔드는 정도였다. 내 한쪽 어깨를 잡은 손이 여인의 그것처럼 가늘고 부드러웠다. 간신히 미몽에서 깨어나는 내게 그는 말했다. "어서 일어나게. 새벽에 불빛이 보였어." 군목이었다. 황급히 자리에서 몸을 일으키며 나는 꽤나 난감한 표정을 지었던 것 같다. 군목은 말없이 미소를 짓더니 불편한 왼쪽 다리를 절룩거리며 막사 밖으로 나갔다. 취사병 두 명을 제외하고 막사 안에는 이미 아무도 없었다. 식탁 위에 내 몫으로 남겨둔 음식을 허겁지겁 먹어치우자마자 나는 동료 병사들이 모여 있는 바닷가를 향해 뛰어갔다. 내가 도착했을 때엔 벌써 여섯 명씩 조를 이뤄 탄 배가 두 척이나 바다에 떠 있었다. 나는 마지막으로 떠나려는 배에 가까스로 올라탔다. "용케도 일어났군." 선미에 서서 밧줄을 감고 있던 8번이 내게 알은체를 하며 농을 건넸다. "불빛이 보였다지?" 내 물음에 키를 잡고 있던 10번이 얼굴도 돌리지 않은 채 대답했다. "새벽 다섯시 반경. 서쪽 해상 부근에서 십여 분쯤 보이다가 사라졌음." 평소에도 스스로 정한 이해하기 힘든 기준에 따라 불필요한 말을 일절 하지 않아 동료들 사이에서 악명이 높은 10번이었다. 바다를 향해 서서 완강한 뒷모습을 보이고 있는 10번을 턱짓으로 가리키며 8번이 작게 염소 울음소리를 흉내냈다. "음매, 음매애—" 숱이 적은 10번의 턱수염을 놀리는 8번의 짓궂은 장난에 10번을 제외한 모든 병사들이 배꼽을 잡으며 웃어댔다. 갑작스런 우리의 웃음소리에, 앞서 바다에 나간 두 척의 배에 탄 병사들 중 몇몇이 영문도 모르면서 두 팔을 머리 위로 번쩍 들어올렸다. 우리도 웃음을 멈추지 않으며 각자 손에 들고 있던 노를 하늘로 들어올려 응수했다. 가벼운 안개의 여운이 남아 있는 바다 위로 떠들썩한 웃음소리와 고함소리가 퍼져나갔다.

날은 시시각각 밝아졌고 우리는 열심히 노를 저어 서쪽 해상을 향해 나아갔다. 엷은 안개장막의 곳곳을 내리비추는 빛줄기들로 구멍이 뚫리더니 어느새 눈부신 파란 하늘이 나타났다. 하늘빛을 반사하는 드넓은 바다는 내리쬐는 햇빛에 다이아몬드를 흩뿌린 듯 찬연한 광휘를 내뿜었다. 온통 번쩍거리는 빛의 도발적인 향연 앞에서 시야는 이따금 검은 안대를 쓴 것처럼 깜깜해지기를 반복했다. 흡열체처럼 한껏 달아오른 대기와 바다 특유의 기묘한 비린내가 빛에 녹아들며 우리 병사들을 일종의 가수면 상태로 이끌었다. 충분한 수면을 취하지 못한 나는 이내 지쳐버렸다. 나는 노를 젓는 손을 멈추지는 않았으나 극한 피로의 순간마다 습관처럼 그랬듯이 또다른 나를 공상하기 시작했다. 노를 젓고 있는 나는 실상 가짜이고, 진짜의 나는 이런 나를 투명한 막 너머에서 지켜보고 있다는, 다소 유치한 상상이었다. 하지만 공상 덕분에 나는 동료들에게 폐를 끼치지 않고 목적지까지 계속 노를 저어갈 수 있었다. "그만!" 10번의 외침에 병사들은 일제히 노 젓기를 멈췄다. "투기물 발견!" 우리는 묵묵히 선창에서 여섯 개의 갈고리를 꺼내어 각자 하나씩 나눠가졌다.

첫번째 투기물은 선단 쪽에 서 있던 13번이 건져냈다. 길고 짙은 갈색 머리카락이 해초줄기처럼 수면 위에 풀어져 있던 작은 아이였다. 신참인 13번이 하필 갈고리를 옆구리에 박아넣어 건져올리는 바람에 아이의 왼쪽 옆구리부터 국부까지 녹청색 피부가 반원 모양으로 길게 찢어졌다. 아이의 찢어진 뱃속에서 갑판 위로 쏟아져나온 내장이 바닷물에 뒤섞여 새까맣게 오그라들어 있었다. 13번 옆에 있던 8번이 재빨리 비켜서며 버럭 소리를 질렀다. "이런 멍청한 놈이 다 있나! 머리나 넓적다리에 갈고리를 박으란 말이야!" 8번은 보란 듯이 바닷물에 불어 공처럼 터질 듯이 부풀어오른 아이의 검은 반점으로 뒤덮인 얼굴 한가운데에 갈고리를 세게 박아넣었다. 퍽, 하는 낮고 둔탁한 소리와 함께 코나 입이 있었음 직한 부분에서 끈끈하고 누런 피고름이 흘러나왔고 뽀얗게 살이 오른 수십 마리의 애벌레들도 그 속에서 꿈틀대며 기어나왔다. 8번이 갈고리를 빼내려고 뭉개진 밀반죽 같은 얼굴을 이리저리 흔들어대자 긴 갈색 머리카락이 빗자루처럼 갑판 위에 쓸렸다. 여섯 명의 사내들이 지켜보는 가운데 아이의 하반신을 가리고 있던 천조각이 벗겨져 바다로 던져졌다. 투기물들은 얼굴을 알아보기 힘들 정도로 심하게 훼손된 것이 대부분이어서 일일이 국부를 확인해보지 않고서는 성별을 알아내기 힘들었다. 아직 성숙하지 못한 민머리 같은 국부 주위에 온통 커다란 포도알 같은 수포가 잡혀 있었다. 더러 터진 수포도 있었지만 그중 열댓 개의 수포들은 달걀만한 크기로 부풀어오르고 있었다. 육체가 이미 죽었음에도 그것들은 계속해서 증식을 거듭하고 있는 중이었다. "여자아이군." 누군가 메마른 목소리로 말했다.

정오 무렵까지 병사들은 투기물을 건져냈다. 사람의 키를 훌쩍 넘는 기다란 강철 갈고리들이 바다의 목표물을 향해 내리꽂히며 햇빛을 되쏘는 섬광의 무리가 허공의 어느 한 지점을 향해 작렬하기를 반복했다. 멀리서 보면, 어쩌면 우리는 빛으로 둘러싸인 천상의 인간들로 보일지도 몰랐다. 천인인 나는 홀로 열다섯 개의 투기물을 건져내었는데, 그중 셋은 5번과 19번의 도움을 받아야 했다. 유독 뼈대가 굵은 남자들의 시체였다. 역병에 걸리지 않았다면 제법 힘깨나 썼음 직한 투기물이었다. 길이가 이 미터가량 되는 우람한 골격의 무게만도 상당할 것인데 거기다가 잔뜩 물에 불어버린 몸의 무게까지 더해지니 갈고리 하나만으로는 도저히 건져낼 수가 없었다. 우선 내가 갈고리를 투기물의 얼굴 중앙에 단단히 박아넣고 힘껏 끌어당기자, 대기해 있던 5번과 19번이 커다란 뜰채로 젖 먹던 힘까지 끌어모아 간신히 건져올렸던 것이었다. 하나는 희끗희끗한 머리카락으로 보아 늙은 남자였고, 나머지 둘은 무슨 이유에선지 머리카락이 한 올도 남김없이 깎여 있어 대강의 나이조차 짐작하기 어려웠다. 그토록 기골이 장대한 투기물들의 국부는 안쓰러울 만큼 초라했다. 생명의 수풀이 무성해야 할 음부에는 무언가에 쥐어뜯긴 것처럼 듬성듬성한 거웃만이 남아 있었고, 당당한 남자의 심벌이 자리잡아야 할 그곳에는 손가락 크기로 쪼그라든 애처로운 살덩어리 하나가 잔뜩 독오른 채 국부를 점령한 농포들 틈에서 간신히 머리만 드러내고 있었다. "제기랄, 어차피 이렇게 짐승같이 죽을 목숨이면 무게라도 좀 가벼워야 하는 게 아닌가. 그렇지 않나?" 동료들의 우울한 기분을 바꿔보려 던진 8번의 말에 아무도 대꾸하지 않았다. 우리는 모두 자신만의 생각에 빠져 바다에서의 작업이 끝날 때까지 서로 약속이나 한 듯 굳건한 침묵을 지켰다. 하늘이 쏟아내는 자연의 빛줄기와 병사들이 만들어내는 인위의 빛줄기가 연신 교차하는 침묵의 시간은 나름대로 평온했고, 단조로운 행위가 가져오는 일종의 감미로운 환영의 순간들이 이곳에서의 우울한 정경으로부터 병사들의 두 눈을 가려주었다. 현실에서 유리된 우리는, 보아도 실제로는 보지 않았고, 그럼으로써 스스로의 근원적인 우울에서 비록 잠시나마 벗어날 수 있었다. 우리의, 나의 우울은 도시의 삶에서 제외되었다는 일종의 박탈감이었다. 병사들은 모두 순전한 타의에 의해 이곳에 오지는 않았으나, 그렇다고 이곳으로의 전출이 자의에 의한 것도 아니었기에 어쩔 수 없이 지독한 향수를 앓았다. 병사들은 확답 없는 근무기한에 혼란과 두려움을 느끼고 있었다. 이 년으로 정해졌던 나의 근무기한 역시 자꾸 늦춰져 그로부터 일 년이 더 지나도록 도시에서는 아무런 기별을 주지 않았다. 어쩌면 이곳의 병사들은 잊혀져 있는, 잊혀져야만 하는 존재들인지도 몰랐다. 우리가 태어나고 자란 도시는 이제 소문으로만 존재하는 D……와 다를 바 없는 불투명한 대상으로 점점 멀어져가고 있었다.

바다 위를 부유하는 투기물들을 어느 정도 건지고 난 뒤, 우리는 일단 해안으로 되돌아가기로 의견을 모았다. 근방을 떠도는 투기물들이 열댓 구가량 더 남아 있었으나 세 척의 배는 이미 겹겹이 쌓여 있는 투기물들로 만선이었다. 바닷속에 가라앉아 있는 투기물들을 건져내기 위해 어차피 이삼 일 뒤에 또다시 근해를 수색할 예정이어서 굳이 무리를 하면서까지 지금 투기물을 건질 필요는 없었다. 오십 구가 넘는 투기물들의 육중한 무게에 짓눌린 배는 금방이라도 숨을 거둘 듯한 노인처럼 위태롭게 바다를 가르며 나아갔다. 배 한 척에 실을 수 있는 투기물은 대략 육십 구 내외였으나 오늘은 무게가 많이 나가는 투기물들이 많아 배가 수용할 수 있는 범위를 넘어선 듯했다. 모두들 말은 꺼내지 않았지만 내심 불안해하는 기색이 역력했다. 다행히 전복될 것처럼 오른편으로 자꾸만 기울던 배는 아슬아슬한 운항 끝에 무사히 해안가에 정박했다. 취사병 두 명이 막사와 해안가를 오가며 부지런히 음식을 나르고 있었다. 병사들은 바닷물로 양손을 오래도록 씻어낸 다음 막사로 가지 않고 모래사장에 서너 명씩 모여 앉아 저마다 간소한 기도를 올린 후에 점심을 먹었다. 배를 타고 나갈 때마다 투기물의 신속한 처리를 위해 막사에서 정한 규칙이었다. 세 척의 배에서 모래사장 위로 짐짝처럼 던져진 투기물들을 지척에 두고 병사들이 식사를 하는 모습은 언제 보아도 음산한 광경이었다. 누적된 피로로 신경이 팽팽히 곤두서 있던 나는 억지로 음식을 먹어보려 했으나 정면에 보이는 투기물들 중 하나와 눈이 마주치는 바람에 그나마 남아 있던 미미한 식욕마저 완전히 잃어버렸다. 그것은 겹겹이 쌓인 투기물들의 중간쯤에 끼여 있었는데 목 부위가 기역자로 꺾여 얼굴을 내 쪽으로 향한 채 충혈된 두 눈을 부릅뜨고 있었다. 시체의 시선은 차마 말로 할 수 없는 고통과 절망을 내게 투영시키려는 것처럼 느껴졌다. 나는 내게 감응된 그 시선에서 헤어날 길 없는 지옥의 단면을 보았다. 지옥의 원천은 세상의 빛이 절멸된 곳, 아무런 희망도 가질 수 없는, 그곳으로의 끝없는 추락일 것이었다.

오후의 화장은 소란 속에서 진행됐다. 기름을 흠뻑 뿌린 짚더미 위에 피라미드형으로 쌓인 투기물들의 거대한 탑 위로 집요하게 달려드는 바닷새들 때문에, 병사들은 끊임없이 허공을 향해 위협적인 소리를 지르며 기다란 갈고리를 흔들어대야 했다. 이런 와중에도 늙은 군목은 시종 엄숙한 어조로 경전의 기도문을 읽어내렸다. 신의 공의로운 심판에 의해 배교의 죗값을 치른 투기물들을 엄하게 질책하며 차마 입에 올리기조차 꺼려지는 D……의 타락의 죄목들을 오랜 시간에 걸쳐 빠짐없이 신께 고해한 군목은 이윽고 병사들에게 화장을 시작하라는 신호를 보냈다. 그러자 투기물들의 탑 주위에 사방으로 서 있던 네 명의 병사들이 들고 있던 횃불을 동시에 기름 뿌린 짚더미 위에 올려놓았다. 의식이 진행되는 동안 바닷물이 스며든 짚더미는 쉽사리 불붙지 못했다. 그러나 천천히 짚을 까맣게 태워들어가며 얼마간 미약한 연기만을 내뿜더니 마침 서쪽에서부터 끈끈한 습기를 머금은 해풍이 불어오자 언제 그랬냐는 듯 갑자기 황금빛 불꽃이 거세게 일기 시작했다. 삽시간에 치솟은 불꽃은 하늘에 맞닿을 것처럼 무섭게 타올랐다. 병사들의 위협에도 아랑곳하지 않고 투기물들의 탑 주변을 배회하던 바닷새들이 갑작스런 불길에 놀라 날카로운 울음소리를 내지르며 화살처럼 솟아올랐다. 너울거리는 불꽃의 광기 어린 춤은 병사와 익사를 차례로 겪은 가련한 시체들의 부풀어오른 육신으로 막 옮겨가려 하고 있었다. 타닥타닥, 튀어오르던 황금빛 불꽃이 순식간에 핏빛같이 검붉게 변질되며 쉬쉬쉭, 거리는 기분 나쁜 낮은 소리를 내더니 곧 후각을 마비시킬 듯한 탄내가 사방을 에워쌌다. 썩어가는 육체의 산화는 몹시도 더뎌서 어느새 슬며시 어둠이 내릴 때까지 불길은 멈추지 않았다. 그때까지 투기물들의 탑에 둘러서 있던 우리 스무 명의 병사들은 침묵 속에서 이 참혹한 광경의 증인이 되었다. 투기물들이 절반쯤 타고 났을 때에야 군목은 병사들이 막사로 가는 것을 허락했다. 아직 타오르는 투기물들을 뒤로한 채 우리는 막사로 걸어갔다. 막사로 걸어가는 내내 나는 어두운 사위를 대낮처럼 밝히는 불길을 다시금 보고 싶은 마음이 간절했으나, 그것이 나의 생에 불길한 암운을 드리울지도 모른다는 다소 미신적인 생각 때문에 끝내 뒤를 돌아보지는 못했다. 병사들은 투기물들이 타오르는 불꽃 곁에서 목욕을 하고, 늦은 저녁식사를 하고, 잠들기 전까지 카드놀이를 하거나 실없는 농담을 주고받았다. 하지만 은연중에 나와 같은 미신적인 생각에 젖어 있던 병사들은 누구도 불꽃을 다시 보려 하지 않았다. 우리는 여느 때보다 이른 시간에 하나둘씩 눅눅한 자리에 누워 잠을 청했다. 점차 거세지는 심상찮은 바람이 몰려오고 있었다. 막사 안에 스며든 커다란 불길의 그림자가 이리저리 흔들리고 있었다. 밤이 깊도록 바닷가의 불꽃은 사그라들지 않았다.

다음날 새벽부터 비바람을 동반한 폭풍이 몰아쳤다. 잔뜩 성이 난 검은 파도가 밤새 화장한 투기물들의 흔적을 깨끗이 지워버렸다. 날카로운 비명을 내지르는 바람이 바다로부터 몰려오고 있었다. 잿빛 하늘이 쩍쩍 갈라지면서 광기 어린 포효를 내질렀다. 폭풍이 막사 주위에서 미친 듯이 짖어댔고 용솟음치는 높은 파도가 해안가의 가파른 암벽을 연이어 강타했다. 광대한 바다 전체가 부글거리며 끓어오르다가 수백 개의 폭약을 한꺼번에 터뜨리는 듯한 폭음으로 진동하며 천지를 뒤흔들었다. 메아리치는 바다의 무시무시한 폭음이 막사의 지붕과 외벽을 향해 흡사 무차별적인 돌세례처럼 내리꽂혔다. 해안가에 정박한 세 척의 배를 점검하기 위해 아침부터 막사를 나갔던 9번과 13번은 두 시간이 지나서야 돌아왔다. 두 사람은 파리한 얼굴에 온몸이 흠뻑 젖어 있었다. 추위와 피로로 말조차 제대로 하지 못하는 상태였다. 뜨거운 차를 큰 컵으로 두 잔이나 마시고 난 후에야 9번이 비로소 입을 열었다. "……한 척은 완전히 부서져버렸어. 우리가 도착했을 때는 형체조차 남아 있지 않았네. 나머지 두 척도 바다에 떠내려가려는 걸 간신히 바위에 비끄러맸는데…… 어쩌면 지금쯤은 떠내려가버렸는지도 모르겠어."

나를 포함한 열 명의 병사들은 신속하게 배가 정박해 있는 해안가를 향해 뛰어갔다. 등뒤에서 누군가가 큰 소리로 뭐라고 외쳤으나 우리는 뒤돌아보지 않았다. 걸음을 내디딜 때마다 몰아치는 거센 비바람에 자꾸만 상체가 뒤로 밀렸다. 나는 그때 난생처음으로 빗방울이 나를 아프게 할 수도 있다는 것을 알았다. 사정없이 내리퍼붓는 빗줄기에 그대로 노출된 나의 얼굴이 마치 숭숭 구멍이 뚫려가는 현무암처럼 느껴졌다. 쉰 휘파람소리 같은 바람의 예리한 파열음이 끊임없이 되풀이되는 노랫가락인 양 귓가를 스쳐갔다. 나는 해안가를 가로지르는 지름길에 펼쳐져 있는, 무릎까지 푹푹 빠지는 개펄지대를 건너갔다. 검정색 우비를 입은 병사들이 망각의 강을 건너는 사자(死者)들의 무리처럼 보였다. 밀물이 밀려오는 개펄을 겨우 빠져나와 바닷물이 고인 웅덩이가 곳곳에 파여 있는 모래사장을 지나 정박장에 도착했을 즈음엔 이미 모든 병사들이 지쳐 있었다. 그래서 막상 끓어오르는 파도 위에 떠오른 두 척의 배를 봤을 때에도 병사들 사이에 특별한 동요는 없었다. 우리는 지극히 의무적인 태도로 일관했다. 요동치는 물보라 속에서 병사들은 지나치리만큼 침착하게 파도 속으로 떠내려가는 배들과 육지의 거리를 어림했고, 그 거리가 벌써 너무 멀어져서 배를 찾을 일말의 희망도 없다는 것에 모두 동의했다. 어쩌면 우리들은, 나조차도, 막사를 떠날 때부터 배를 다시는 볼 수 없을 것이라고 미리 단정하고 있었던 것일지도 몰랐다. 기우뚱거리며 마지막 몸부림을 치던 두 척의 배는 마침 작정하고 덤벼드는 파도의 일격에 도끼로 내리친 것처럼 차례로 쪼개져버렸다. 열 명의 병사들은 우두커니 정박장에 서서 산산조각이 난 선체를 망연히 바라보고 있었다. 그것은 대자연을 창조한 신의 고유한 영역에 속하는 일이었고, 일개 인간인 우리의 힘으로는 저항할 수 없는 불가항력이었기에 어찌할 도리도 없었다. 우리는 순응하며 그저 바라볼 뿐이었다.

막사로 돌아오는 길은 쓸쓸했다. 우리 앞에 신이 보여주는 광경들은 폐허, 그 자체였다. 아까는 우리의 눈을 스쳐 지나갔던 것들이 빈틈없이 내리퍼붓는 빗줄기 사이로 아른거리는 환시처럼 드러나는 것이었다. 빗속에서 솟아오른 광경들, 이를테면 절반이 넘게 파도에 쓸려나간 모래사장, 바닷가 전체에 되는대로 박혀 있는 이끼 낀 무수한 암벽조각들, 뿌리째 뽑혀나간 잡초덤불과 돌멩이처럼 빳빳하게 굳어버린 죽은 갈매기 새끼가 우리가 돌아가는 길목 곳곳에 마중 나온 달갑지 않은 손님들처럼 자리잡고 있었다. "배는 무사한가!" 담요를 몸에 두른 9번이 막사 밖으로 나와 비바람에 마구 날뛰는 문을 필사적으로 잡고 있었다. 병사들은 서로의 눈치를 살피며 대답하지 않았다. "배가 무사하냔 말이야!" 다시 고함치는 9번에게 나는 말없이 양팔을 위로 들어 가위표를 만들어 보였다.

사흘간 계속되던 폭풍이 그쳤으나 병사들은 여전히 막사 안에 머물러 있었다. 도시에서 이곳의 상황을 보고받기 위해 두 달에 한 번씩 보내는 전령이 도착하려면 아직 한 달은 더 기다려야 했다. 이곳의 병사들은 어떤 경우에도 먼저 도시에 연락을 취할 수 없었다. 그것은 우리 병사들이 이곳에서 전출근무를 하는 동안 반드시 지켜야 하는 규정이었다. 때문에 실제로 일어난 시기와 보고를 받는 시기 사이에 서너 달이 넘는 시간차가 생길 수밖에 없었다. 요새 들어선 도시에서 보내는 전령이 걸핏하면 기일을 한두 달 정도는 넘겨버리기 일쑤여서 어쩌면 한 달이 아닌 두세 달을 더 기다려야 할 수도 있었다. 하지만 신에 대한 믿음과 마찬가지로 도시에 대해서도 절대적인 신뢰를 보이는 군목은 내일이라도 전령이 올지 모른다는 기대를 결코 버리지 않았기에, 곧 새로운 정보를 도시에 전해야 한다는 의무감에 불타며 예의 그 비밀스런 보고서를 작성하기 시작했다. 병사들 중에 군목의 보고서를 한 번이라도 제대로 본 사람은 아무도 없었다. 물론 보려고 했으면 얼마든지 기회를 엿봐 훔쳐볼 수도 있었을 것이다. 하지만 제대로 글을 읽을 줄 아는 병사는 10번이 유일했다. 나 역시 문맹이었다. 나의 아버지와 아버지의 아버지도 문맹이었다. 도시를 통치하는 소수의 의원들은 우리 시민들에게 글을 가르치는 것을 엄격하게 금했다. 글을 배운다는 것은 신께서 우리에게 내리신 경전 외에 죄악으로 가득 찬 수많은 문물을 접할 수 있는 지극히 위험한 행위로 간주됐다. 10번은 본래 수도사를 지망하던 사내였는데, 무슨 이유에선지 공부를 그만두고 자원 입대를 했다는 것이었다. 그래서 같은 병사이면서도 그는 우리와는 다른 인간으로 취급되었다. 그는 우리보다 훨씬 더 가까이 신께 다가서 있는 인간이었기 때문이었다.

병사들에게는 막막한 바다를 주시하며 언제 나타날지 모르는 D……의 불빛을 감시하는 보초병 역할만이 주어졌다. 배가 사라진 형국에 설사 D……의 불빛을 발견한다 한들 할 수 있는 일은 없었으나, 병사들은 그때까지 해오던 대로 직무를 수행했다. 사실 감시와 식사나 잡담 따위의 소소한 일상 외에 이곳에서 우리가 딱히 할 만한 일이 없다는 것도 이 의미 없는 근무에 거역하지 않는 큰 이유가 되었다. 그러나 5월이 가까워지면서 막사의 분위기는 조금씩 달라지기 시작했다. 어떤 일이 있어도 D……의 불빛에 대한 경계만은 늦추지 않았던 병사들이었지만, 가장 중요하고 혹독한 육체노동이었던 투기물 인양작업이 백지화되자 충분한 휴식으로 비축된 체력을 소진할 만한 소일거리를 슬슬 찾기 시작했던 것이었다. 군목은 이런 우리들의 일탈을 굳이 막지 않았다. 다만 무거운 침묵에 잠긴 채 저편의 수평선을 응시하듯 거리를 두고 지켜볼 따름이었다. 맨 먼저 병사들은 근무시간에 보초를 지키는 병사 두 명만을 남겨놓고는 아침부터 바다낚시를 위해 돌무더기가 쌓여 있는 남쪽 해안가로 몰려갔다. 열여덟 명의 병사들은 모두 손재주가 좋은 5번이 만든 낚싯대를 하나씩 들고서는 돌무더기 위에 일렬로 앉아 살이 통통하게 올라 힘차게 꼬리질을 하는 방어와 송어와 매가리 등속을 낚았다. 우리는 이곳으로 부임한 이래 처음으로 나른한 일상을 맛보았고, 그것이 가져다주는 즐거움에 빠져들게 되면서 자신도 모르는 사이에 점차 더욱 강한 쾌락을 갈망하게 되었다. 나는 그때 우리가 지내던 이곳 바닷가의 하늘이 얼마나 짙푸르고 맑은지 새삼 깨달을 수 있었다. 봄기운이 퍼져 있는 청명한 바다는 사파이어빛 하늘과 완벽하게 일치했고, 우아한 곡선으로 밀려드는 파도는 움트는 새싹처럼 수줍은 초록빛을 띠었다. 바다낚시에 싫증이 나자 병사들은 모래사장에서 편을 갈라 해가 지도록 공차기를 즐겼다. 격렬한 몸싸움을 불사하면서까지 우리는 공차기에 열광했다. 반나절 이상 계속된 운동으로 온몸에 뜨거운 피가 확확 달아오르고 끈끈한 땀으로 입고 있던 옷가지가 흠뻑 젖어버린 상태 그대로 병사들은 차가운 바다를 향해 괴성을 지르며 뛰어들었다. 바닷물은 뼛속까지 시렸으나 그 추위마저 우리는 기꺼이 즐겼다. 그러던 어느 날 병사들은 막사 깊숙한 곳에 보관되어 있던 다섯 자루의 총과 백 개의 총탄을 무단으로 꺼내어 산짐승들을 사냥하기에 이르렀다. 총은 매우 귀중한 보급품이어서 그것을 사용하기 위해선 반드시 도시에 알려야 했으나, 그 무렵 쾌락을 향한 우리의 방종은 이미 도를 넘어 있었다. 도시는 이곳에서 너무나도 멀리 떨어져 있었고, 실제적으로 우리의 육체를 제약할 수 있는 어떤 물리력도 행사할 수 없는 형편이었다. 더욱이 이곳에 근무하는 스무 명의 병사들은 도시의 군대와는 달리 특정한 계급이 없는 사병들이었다. 물론 전출된 시기에 따라 병사들 스스로 편의상의 서열을 나누기는 했으나 엄밀히 말한다면 누구도 어느 한 사람을 막사의 통솔자라고 지칭할 수 없었다. 다소 희한한 발상이었으나, 도시의 지도자들은 이곳의 특수한 상황 때문에 계급이 없는 편이 보다 효율적이라고 여겼던 듯싶다. 즉 스무 병의 모든 병사들이 사병으로서 나태와 오만에 빠지지 않기를 바랐던 것이다. 그러나 막사에 상관이 부재한다는 것은 역으로 제대로 된 규율이 애초부터 설 수 없다는 것을 의미하기도 했다. 병사들은 겉으로는 같은 계급의 사병으로서 서로를 동료로 인정했으나, 내심으로는 같은 계급의 사병이기 때문에 서로를 깔보았다. 이런 이유로 총을 사용해선 안 된다는 일부 병사들의 의견은 간단히 묵살되었다. 우리는 산속을 샅샅이 헤집고 다니며 들짐승의 씨를 말렸다. 도시의 금기를 어긴다는 짜릿한 흥분감도 합세하여 짧았던 사냥은 매우 즐거웠다. 백 개의 총탄은 닷새를 넘기지 못해 모조리 소진됐다. 우리는 오직 나날을 즐길 대상을 찾는 일에 골몰했다. 그해 여름이 다가올 무렵까지 우리는 모두 사내아이로 돌아가 때늦은 유년 시절의 기쁨을 만끽할 수 있었다.

6월 초입에 이르러 근 한 달 동안 지속되었던 병사들의 일탈은 갑작스럽게 중단됐다. 여느 이른 아침처럼 당번병인 2번과 8번은 그날 소용될 생선을 잡기 위해 남쪽 해안가로 내려갔다. 한참 낚시에 열중하고 있던 2번의 낚싯대에 묵직한 것이 느껴졌다. 월척의 입질이라 짐작한 두 명의 당번병은 반 시간이나 안간힘을 썼지만 도무지 건져 올릴 수가 없었고, 종국엔 그물을 던지기 위해 8번이 직접 바닷물로 뛰어들어야 했다. 그물에 걸린 것은 생선이 아니라, 온통 갈색의 해초 줄기로 감긴 큼직한 덩어리였다. 무심코 낚싯바늘을 뽑기 위해 덩어리의 아래쪽에 감긴 해초줄기를 단도로 잘라낸 8번은 순간 일대의 바닷가가 쩡쩡 울리도록 괴성을 내질렀다. 놀랍게도 그것은 투기물의 퉁퉁 부어오른 한쪽 발이었다. 석탄처럼 검게 변색되어 수십 개의 핏줄이 툭툭 불거져 있는 투기물의 발은 흡사 악귀의 그것처럼 혐오스럽게 보였다. 서둘러 바다를 빠져나가려던 8번은 때마침 밀려온 파도에 몸의 중심을 잃고 허둥대다가 왼손에 쥐고 있던 낚싯바늘을 그만 자신의 왼쪽 뺨에 박아넣는 어이없는 실수를 저질렀다. 2번의 등에 업혀온 8번의 몰골은 참으로 끔찍했다. 핏줄기가 말라붙은 왼쪽 얼굴이 기형적으로 부풀어올라 이목구비가 판자에 눌린 것처럼 흐릿해져 있었다. 자신을 걱정스럽게 바라보는 동료 병사들에게 8번은 평소처럼 장난기 가득한 미소를 지어 보이려 애쓰는 듯했지만 실제로 우리의 눈에 비친 것은 잔뜩 찡그린 표정이었다. 자리에 눕혀진 8번은 소시지처럼 부푼 입술을 힘겹게 움직이며 말했다. "누가 꽃을 꺾어왔나? 진한 백합향이 나는데……" 우리가 8번에게서 들은 마지막 말이었다.

역병이 8번의 생명을 앗아가는 데 걸린 시간은 이틀로 충분했다. 고열로 온몸이 붉게 달아오른 8번의 사타구니에서 좁쌀만한 수포를 처음으로 발견한 이는 군목이었다. 모든 병사들에게 막사에서 나가도록 명한 군목은 세 시간이 넘게 8번의 머리맡에 앉아 수포의 상태를 주시했다. 좁쌀만한 수포가 앵두만한 크기로, 다시 포도알만한 크기로 커지는 데에는 두 시간이 채 걸리지 않았다. 수포가 누런빛을 띤 농포로 변하자 비로소 군목은 8번이 역병에 걸렸다고 선언했다. 규정에 따라 나를 포함한 다섯 명의 병사들이 8번을 손수레에 싣고는 막사에서 멀리 떨어진 북쪽 해안가의 암벽 위에 지어놓은 조그만 움집에 홀로 남겨두었다. 8번을 실었던 손수레는 막사로 돌아오는 길에 태워버렸고, 다섯 명의 병사들은 바닷물로 목욕을 했다. 젖은 몸 위에 재빨리 옷을 걸친 우리는 누가 먼저랄 것도 없이 불그스레한 석양빛이 깔린 모래사장에 무릎을 꿇고 둥그렇게 모여 앉아 우리의 신께 통성기도를 드렸다. "주여! 주여! 나의 신이시여!" 우리는 두려웠고, 두려웠다. 어느덧 이 바닷가에 군이 주둔한 지도 오 년이 되어갔지만, 그동안 병사들에게 역병이 발병한 적은 아직 한 번도 없었던 것이다. 병사들은 자신들이 모두 신께 특별한 가호를 받고 있다고 자부하고 있었다. 역병의 본질은 신이 배교한 D……의 대죄를 정죄하기 위하여 내린 재앙이었고, 신에게 봉헌된 도시에서 온 병사들은 역병에 걸리지 않는 것이 당연할 것이었다. 우리는 혼란과 공포와 배신감이 뒤섞인 감정의 소용돌이 속에서 죽어가는 동료를 방치했다는 일말의 죄책감마저 느껴야 했다. 온전히 신만을 향하는 병사들의 부르짖음은 오래 이어졌다. 우리는 그때만큼 서로에게 강한 연대감을 느낀 적이 없었는데, 그 이후로도 그런 감정은 결코 되풀이될 수 없는 것이었다.

보랏빛이 도는 어스름 속에 우뚝 선 검은 막사를 향해 우리는 무거운 발걸음을 옮겼다. 세 통의 식초를 모조리 쏟아부어 소독한 막사에는 코를 찌르는 듯한 시큼한 냄새가 구석구석 배어 있었다. 저녁식사가 끝난 뒤 군목은 열아홉 명의 병사들을 막사 밖의 공터로 데리고 나갔다. "회개하게. 반드시 회개해야 하네. 신께서 우리의 방종과 나태를 더이상 좌시하지 않으시겠다는 최초의 징조가 시작된 것일세. 신의 징치가 우리에게 임하면 누구도 그것을 피하지 못할 것이야." 비장함마저 감도는 군목의 설교에 병사들은 몸을 떨며 순종했다. 우리는 납작 엎드려 신께 순종할 도리밖에 없었다.

아침저녁으로 두 번씩 움집에 들르는 군목을 제외하고는 어떤 병사도 8번을 만나볼 수 없었다. 8번의 병세에 대해 군목은 철저히 함구했다. 군목은 역병으로 인해 병사들이 동요하는 것을 원치 않는 듯했다. 이틀이 지난 저녁, 군목은 갈라진 목소리로 말했다. "그는 방금 전에 죽었네." 나는 군목의 말에서 '그'라는 단어를 주목했다. 군목은 분명 '8번'이 아닌, '그'라고 칭하고 있었다. 죽음이 확인되어 공표될 때에야 비로소 8번이 아닌, '그'가 된 것이었다. 그리고 8번이 기거하던 움집을 사체와 함께 불태우기 위해 북쪽 해안가로 떠나는 병사들을 바라보던 군목이 부쩍 수척해진 얼굴로 중얼거리는 혼잣말을 우연히 들으며 나는 전율했다. "이상하군. 밤바람에 백합향이 나다니……"

신은 역병의 두번째 희생자로 군목을 지목했다. 몇몇 병사들이 막사에서 백 보 정도 떨어진 골풀숲 근처에 새로운 움집을 만들었다. 군목의 간호는 10번이 맡기로 정해졌다. 수도사 생활을 했던 10번이 군목을 간호하는 데 적격자라는 것에는 아무도 이의가 없었다. 병사들의 의견에 10번은 별다른 말 없이 홀로 손수레에 군목을 싣고 막사를 떠나 움집으로 거처를 옮겨갔다. 군목의 발병으로 인해 나머지 열여덟 명의 병사들은 극심한 공황상태에 빠져버렸다. 일흔 살이 넘도록 평생을 바쳐 신을 섬겨온 신실한 종이었던 군목마저 희생시키는 신이라면 어느 누가 그의 공의로운 심판을 감히 피해갈 수 있겠느냐는 체념 어린 절망감이 팽배했다. 극심한 절망감은 우습게도 우리가 지금까지 경험하지 못한 것들에 대한 극심한 열망으로 표출되었다. 가령 여자와 술과 도박 같은. 우리 병사들은 모두 미혼이었다. 가장 나이가 많은 9번이 서른두 살이었고, 가장 나이가 적은 13번이 열아홉 살이었다. 병사들은 모두 여자를 알지 못하는 숫총각이었다. 우리의 도시에서는 혼전관계를 죄악시했는데, 만일 이를 어기는 남녀가 적발될 시에는 도시에서의 추방을 각오해야 했다. 도시에서의 추방령은 곧 신의 성스러운 품을 떠나 평생을 죄악에 물든 땅에서 살아가야 하며, 사후에도 신이 약속한 천국의 문을 영원히 두드릴 수 없다는 뜻을 내포하고 있었다. 어려서부터 누누이 받았던 교육의 영향으로 우리는 신이 금하는 영역을 결코 넘을 수 없었다. 우리는 다만 막연한 지식으로 여자를 상상하며 그리워했다. 나 또한 육체적으로 숫총각이기는 마찬가지였지만, 그렇다고 다른 병사들처럼 여자에 대해 무지한 것은 아니었다. 이곳 바닷가로 전출되기 직전 또래의 아가씨와 한 달 남짓 비밀스럽게 지속했던 연애를 끝냈던 것이다. 군목과 10번이 새로 지은 움집으로 옮겨간 날 저녁, 나는 술에 흠뻑 취해 동료 병사들에게 내 짧은 연애담을 한껏 과장하여 말해주었다. 전시를 대비해 비상용으로 총과 같이 묻어두었던 포도주 열 병의 봉인을 9번이 보란 듯이 호기롭게 뜯어버린 순간, 우리는 모두 암묵적인 공범이 되어버렸던 것이었다. 얼마간 술병을 앞에 두고 고심하던 나는 딱 한 모금만 마시기로 나 자신과 굳게 약속하고는 떨리는 한 손으로 술병을 들어 입으로 가져갔다. 붉은 포도주의 첫맛은 형언할 수 없이 달콤했고, 잘 숙성된 알코올의 아찔한 향은 머릿속의 온갖 근심을 단번에 날려버리는 듯했다. 미처 생각할 겨를도 없이 포도주를 병째로 들고 숨도 쉬지 않고 그대로 반병을 마셔버린 나는 뭔가를 끊임없이 떠들어대고 싶다는 강한 욕망이 치솟아오르는 것을 억제하기가 어려웠다. 나는 우선 동료 병사들에게 내가 이곳에서 여자를 아는 유일한 사내일 것이라고 허풍을 떨었다. 그러자 동시에 와, 하는 놀람과 부러움이 섞인 탄성이 터져나왔다. 그들의 탄성에 고무된 나는 어리석게도 의기양양하게 떠들어댔다. "……여자는 자네들 생각처럼 그리 신비롭지도, 대단한 만족을 주는 존재도 아니야. 여자란 말이야, 막상 실체를 알게 되면 지리멸렬해지는 다른 모든 것들과 별반 다르지 않단 말이지." 계속해서 나는 실제로는 몇 번의 짧은 만남이 전부였던 내 빈약한 연애경험을 잔뜩 과장하여 상기된 어조로 주절거렸다. 부끄럽게도 나는 술주정에 가까운 내 연애담의 대부분을 기억하지 못했다. 그래서 그날 밤 이후부터 나를 피하는 듯한 동료들의 태도에 적지 않게 마음의 상처를 입을 수밖에 없었다.

열 병의 포도주를 모조리 마셔버리고, 나의 객기로 인해 여자에 관한 화제도 시들해지자 병사들의 관심은 자연히 도박으로 옮겨갔다. 이튿날부터 병사들은 잡초덤불과 골풀을 헤집고 다니며 생쥐를 잡았다. 신참인 13번이 도시에서 소문으로 들었던 도박을 하기 위해서였다. 바로 D……에서 성행하고 있다는, 각자 맘에 드는 동물에 돈을 건 뒤 동물들끼리 경주를 붙이는 내기도박이었다. 우리가 진창 속에 들어가 키 높은 골풀을 단도로 잘라가며 생쥐를 잡고 있을 때 어딘가에서 알 수 없는 짐승의 신음소리가 들려왔다. 실로 소름끼치는 끔찍한 신음소리였다. 가늘고 높은 신음소리가 한동안 계속되더니, 별안간 벼락이 내리치는 듯한 고성이 사위를 울렸다. "불쌍한 너희들! 불쌍한 너희들!" 군목의 목소리였다. 점차 잦아들던 신음소리는 다시금 알아듣기 어려운 고성으로 이어졌다. 그때야 우리는 골풀숲 근처에 움집이 있다는 것을 깨달았다. 고목으로 얼기설기 지어진 움집은 커다란 무덤처럼 황량해 보여서 그것을 바라보는 것만으로도 견딜 수 없게 마음이 무거워졌다. 우리는 될 수 있는 한 움집을 외면하며 무언가에 쫓기는 이들처럼 골풀숲을 재빨리 빠져나갔다.

일곱 마리의 생쥐들이 벌이는 경주는 꽤나 재미있었다. 우리는 각자 대여섯 닢의 은화를 돈통에 모아넣고는 목청이 터져라 자신이 돈을 건 생쥐를 응원하기 시작했다. 나는 3번 생쥐를 응원하며 내 전 재산이나 다름없는 은화 열 닢 중에서 여덟 닢을 돈통 속에 집어넣었다. “달려! 달려! 그렇지, 힘껏 달리란 말이야!” 모든 병사들이 두 팔을 흔들어대며 이성을 잃고 소리쳤다. 총과 포도주를 담아두었던 나무상자로 급조한 작은 경주장에서 일곱 마리의 생쥐들은 반나절이 넘도록 달려야 했다. 저녁이 지나 깜깜한 밤이 왔지만 병사들의 열기는 조금도 식지 않았다. 병사들은 저녁식사도 잊은 채 생쥐들의 경주에 몰두했다. 연신 돈통에서 은화가 들어왔다 나가기를 반복했다. 거듭된 경주로 생쥐들이 지쳐버리자 잡아놓은 삼십 마리 남짓한 생쥐들 중에서 새로운 후보를 골라내어 다시 경주를 시작했다. 어느덧 막사 주변이 수은빛의 새벽으로 변할 때까지 우리는 시간이 그렇게 오래 지났다는 사실조차 모르고 있었다. 소리없이 막사의 문이 열렸다. 열린 문틈으로 소금기가 느껴지는 찬바람이 밀려들어와 막사 안의 열기를 지그시 내리눌렀다. 문득 한기를 느낀 병사들이 나무상자에서 눈을 들어 문 쪽을 보니 10번이 열린 문가에 우두커니 서 있었다. 10번의 피로에 찌든 얼굴에선 어떤 감정도 느껴지지 않았다. 무채색의 얼굴로 우리를 바라보는 10번의 시선은 공허했다. 우리는 텅 빈 듯한 10번의 시선에서 헤아릴 수 없는 슬픔을 보았다. 10번은 병사들에게서 눈을 돌려 나무상자 속에서 찍찍거리는 생쥐들과 돈통에 담긴 은화와 막사 구석에 처박아둔 빈 포도주병 들을 차례로 일별했다. "다들 밤새 분주했었나보군." 이윽고 10번이 잠긴 목소리로 말했으나 비아냥거리는 말투는 아니었다. 10번은 우리를 비난하지 않았다. 다만 생쥐가 들어 있는 나무상자 속에 은화와 빈 포도주병 들을 모조리 쓸어담고는 막사 밖으로 들고 나가 그대로 바다에 던져버렸다. 누구도 감히 10번을 제지하지 못했다. 그동안 무뎌졌던 병사들의 죄의식은, 10번의 등장으로 자신들의 불경하고 뻔뻔한 죄를 되짚으며 예리한 창끝처럼 스스로를 향해 겨누어졌다. 열여덟 명의 병사들은 막사 안에 되는대로 주저앉아 뒤늦은 후회에 잠겼다. 불현듯 나는 신의 징치를 누구도 피하지 못하리라는 군목의 마지막 설교가 미래의 나에 대한 하나의 계시처럼 생각되었다. 순간 나는 전신을 옥죄어오는 공포를 느꼈다. 유일신과 그의 미미한 피조물인 나를 이어주던 가느다란 끈은 끊어져버렸고, 이제는 내가 아무리 몸부림쳐도 신께로 나아갈 수 있는 모든 통로가 막혀버렸다는 지독한 절망감만이 내 가슴을 가득 채우고 있었다. 군목을 만나야 했다. 나는 그때까지도 군목이라면 능히 역병을 이겨낼 수 있을 것이라고 믿고 있었던 것이었다. 하지만 10번이 막사로 되돌아오자, 일말의 희망조차 사라졌다. "군목께선 지난 새벽에 신의 품으로 돌아가셨네." 잠시 말을 끊었던 10번은 이어서 말했다. "……가능한 한 빨리 화장해야 한다고 유언하셨네. 힘들겠지만 어서 준비하세."

군목의 사체는 온통 하얀 천으로 감겨 있어 역병에 걸린 몸이라기보다는 신께 바치는 하나의 성물처럼 보였다. 병사들은 한낮이 되기 전에 군목을 화장할 준비를 전부 마쳤다. 화장하기에 앞서 대신 군목의 예복을 입은 10번이 추도예배를 인도했다. 우리는 지난 기억들이 으레 그렇듯 감정의 격류 속에서 한껏 미화된 군목을 떠올리며 깊은 슬픔에 잠겼다. 가장 어린 13번이 소리내어 울음을 터뜨리자 대부분의 병사들이 따라 울기 시작했다. 내게도 역시 무리의 슬픔이 전이되어 흐르는 눈물을 참기 어려웠다. 투기물들과는 달리 바닷물에 젖지 않은 군목의 사체는 그리 뜸을 들이지 않고 불타올랐다. 타오르는 불길 속에 누워 있는 하얀 사체가 순식간에 추한 몰골을 드러내며 역한 탄내를 풍겼다. 그러자 병사들의 발작적인 슬픔은 현저히 사그라지고 화장이 끝날 무렵엔 일종의 감상적인 미미한 슬픔만이 남게 되었다. 오후부터 차가워진 밤공기를 폐부 가득 들이마시며 막사로 돌아간 우리는 무사히 군목의 화장을 마쳤다는 것에 안도했다. 막사 안을 식초로 닦아내던 우리는 부엌 선반 아래에서 미처 태우지 못한 군목의 물건들을 발견했다. 두 벌의 새로 지은 예복 밑에 밀랍으로 밀봉된 봉투가 숨겨져 있었다. 도시로 보내는 군목의 보고서였다. 바닷물로 목욕을 하고 돌아온 10번에게 군목의 보고서를 보여주었다. 먼저 보고서를 눈으로 훑어보던 10번은 어느 찰나 크게 숨을 몰아쉬었다. 10번의 얼굴이 심하게 일그러져 있었다. 보고서의 내용이 심상찮음을 감지한 병사들이 하나둘씩 10번의 주위로 몰려들었다. "무슨 내용인가? 어서 좀 읽어보게." 9번의 채근에 10번은 체념한 듯 천천히 보고서를 읽어내려갔다.

"……그리하여 저는 아직까지 병사들에게서 어떤 배교의 징후도 보지 못하였습니다. 진실로 바라옵건대, 제발 인자하신 신의 긍휼과 사랑을 베푸시어 D……의 출신인 이 이교도의 자식들에게서 배교의 혐의를 벗겨주시기를 간절히 부탁드립니다. 부디 선대의 죄악을 그들의 불쌍한 자식들에게까지 전가하지 말아주시옵소서. 병사들은 자신들의 원죄에 대해 아무것도 아는 바가 없나이다."

열여덟 명의 병사들은 침묵에 빠졌다. 나는 이상하게 가슴이 뻐근해오는 것을 느꼈다. 보고서를 다 읽은 10번은 말없이 어둠이 깔린 막사 밖으로 나갔다. 병사들은 10번의 단조로운 낭독에서 D……라는 단어를 인지한 직후부터 그 불길한 단어와 연계되어 있는 자신들의 내력에 경악을 금치 못했다. 더이상 우리는 도시의 선민(選民)이 아니었다. 나는 이곳 바닷가로 전출된 후부터 그동안 나 자신을 괴롭혀왔던 근원적인 물음에 대한 해답을 찾을 수 있었다. 그것은 우리가 D……의 출신이라는 더이상 숨길 수 없는 진실 앞에서 보다 명백해진 것이었다. 왜 우리가 텅 빈 바닷가의 한구석에 틀어박혀 지극히 위험하나 기실 아무런 의미 없는 나날들 속에서 살아가야 하는지, 이제야 나는 현실을 직시할 수 있었다. 문득 나는 이곳에서 나 자신이 유리되었다는 생각이 들었다. 내가 아닌 나는, 명료한 시선으로 타인을 보듯 열일곱 명의 병사들을 둘러보았다. 병사들은 망연자실한 표정으로 불투명한 허공의 한 지점을 막연히 응시하고 있을 뿐이었다. 문득 나는 막사를 짓누르는 무기력한 침묵이 견딜 수 없어졌다. 막사를 가로질러 나가는 내게 누군가 희미하게 중얼거렸으나, 나는 그 분절된 소리들을 무시했다.

소금기가 느껴지는 차가운 밤이었다. 고요한 바다 위로 가는 눈썹

같은 초승달이 떠올라 있었다. 달빛을 받아 해수면은 반들반들하고 하얗게 반짝였다. 상념에 잠긴 나는 적막한 바닷가를 오랫동안 헤매었다. 내딛는 발걸음이 나를 어딘가로 이끌고 있었다. 잿빛 모래톱이 내 발밑에서 허물어지는 감촉을 느끼며 나는 내 삶이라는 단단한 벽이 회복할 수 없는 균열로 무너져내리고 있음을 감지할 수 있었다. 그 순간 나는 세상으로부터 버림받은 가장 불운한 사내였다. 나와 같은 처지의 사람들이 열여덟 명이나 더 존재한다는 사실도 내게 별반 위로를 주지 못했다. 오히려 그들과 동병상련의 처지라는 것이 나를 더욱 비참하게 만들었다. 나는 묻고 싶었다. D……의 태생이라는 이유만으로 도시의 그들이, 어쩌면 신이 내게 행하고 있는 일들이 과연 당신의 기준에 공의로운 것인지, 나는 진실로 묻고 싶었다. 무의식적으로 나는 막사로부터 가능한 한 멀리 떨어진 곳으로 향했다. 개펄지대를 지나 미끄러운 자갈밭을 걸어갈 무렵에야 나는 한쪽 신발이 벗겨져버린 것을 깨달았다. 거추장스럽게만 느껴지는 다른 쪽 신발마저 지척의 바다로 던져버리자 벗은 두 발은 금세 피투성이가 되고 말았다. 하지만 나는 걸음을 멈추지 않고 초소가 서 있는 암벽 아래까지 걸어갔다. 알 수 없는 예감에 내 마음의 초조함은 점차 강도를 더해가고 있었다. 나는 병사들이 평소에 이용하는 길이 아닌, 협곡의 깎아지른 듯한 절벽을 손과 발의 감각에만 의존하여 힘겹게 기어올라갔다.

나는 괴괴한 어둠 속에 잠겨든 초소로 들어섰다. 그러자 웅크리고 있던 검은 짐승이 상체를 들어 내 쪽을 바라보았다. 놀랍게도 그 검은 짐승은 10번이었다. 10번의 몸에 어두운 반영이 어른대고 있었다. "다가오지 말게." 10번은 내게 말했다. "신의 저주가 내게 임했네. 그만 막사로 돌아가게." 나는 그때 10번의 말을 들었어야 했다. 그는 분명히 내가 신의 저주를 마주 대하고 있음을 경고해주었다. 하지만 나는 그의 경고보다 내 절박한 물음에 대한 해답을 얻고 싶은 마음이 더 간절했다. 약간의 망설임 끝에 나는 10번에게 다가갔다. "내게 다가오지 말게." 10번은 다시금 내게 말했다. "자네에게 물어보고 싶은 게 있네." 조금 더 가까이 10번에게 다가간 나는, 보고야 말았다. 젖빛 달빛 속에 언뜻 드러난 그의 이마에 돋아난 몇 개의 수포들을. 그러나 나는 그에게서 눈길을 돌리지 않았다. "어리석은 행동을 하고 있군. 나 또한 온전히 신께 속한 인간이 아닌데 어떻게 자네의 물음에 대답해줄 수 있겠나?" "굳이 대답하지 않아도 좋네. 나는……" 10번은 내 말을 가로막으며 대꾸했다. "아마도 자네는 알고 싶은 거겠지." 10번은 내 눈을 똑바로 들여다보았다. "우리를 지배하는 신의 공의에 대해 말이네." 기습적인 10번의 말에 나는 그만 말문이 막혀버렸다. "그것은 하늘의 영역에 속한 신의 섭리네. 자네와 마찬가지로 일개 인간인 나로서는 대답할 수 없는 물음이란 말일세." "자네는 어떤가?" 나는 그에게 물었다. 그는 말없이 고개를 돌려 초소 밖을 바라보았다. "이를테면…… 자네에게 임한 신의 섭리가 온당한 처사라고 생각하는가?" 나는 내 물음이 그에게 얼마나 잔인한 것인지를 잘 알고 있었으나 이미 우리의 대화는 돌이킬 수 없는 선을 넘고 있었다. "온당하다면…… 그럴 수도 있겠지. 자넨 계속해서 내가 답할 수 없는 물음만 골라 하는군." 그의 목소리가 미세하게 떨렸다. 나와 그 사이에 무거운 침묵이 흘렀다. 나는 그의 시선을 좇아 어슴푸레한 바다를 바라보았다. 밤이 깊어지면서 바닷새들의 울음소리가 커지고 있었다.

"D……로 가게." 침묵을 깨며 10번은 간결하게 말했다. "지금 제정신인가? 그곳은 지옥이야." 나는 이성을 잃고 소리쳤다. "……신은 자애로우실지 모르나 도시의 인간들은 그렇지 않다네. 아직도 이해하지 못하겠나?" 그는 입가만을 일그러뜨리며 기묘한 웃음소리를 내었다. "그래, 자네 역시 진정한 지옥에 아직 한 번도 발을 들여놓은 적이 없지 않나? 무슨 근거로 D……를 지옥이라고 단정하는 건가?" 나는 할 말을 찾지 못했다. 그는 초소 밖으로 나가 가파른 암벽의 끝에 섰다. 나도 그를 따라갔다. "나의 신은…… 적어도 내가 쓸모없는 짐짝처럼 취급되는 것을 바라시지는 않을 거라고 생각하네. 진정 신이 자애로우시다면 이런 나의 선택 또한 존중해주실 것이라고 나는 믿고 싶네." 불현듯 나는 10번이 이렇게나 많은 말들을 쏟아내는 모습을 본 적이 없었다는 것을 깨달았다.

"자네의 이름은 뭔가?" 그것이 10번이 내게 던진 마지막 질문이었다. "3번이지 않나." 어색함을 모면하려는 나의 대답에 그는 진지한 목소리로 되물었다. "아니, 그것 말고 도시에서 불리던 자네의 진짜 이름 말일세." 나는 내 이름이 얼른 떠오르지 않는 것에 당황했다. 이곳에 부임한 이래 흘러갔던 삼 년의 시간 동안 이곳을 통제하는 도시의 규정에 길들여진 나는 내 이름조차 아득한 기억의 일부로 묻어두었던 것이었다. 이 사실은 나의 내밀한 깊은 곳에 심대한 파문을 일으켰다. 내가 막 R……이라는 이름을 말하려던 찰나였다. 그는 보이지 않는 무언가에 의해 풀썩 넘어지듯 소리없이 암벽 아래로 떨어졌다. 나는 그가 떨어진 근방의 바다를 내려다보았으나 검게 번들거리는 파도 속에서 그의 모습은 보이지 않았다. "아!" 나는 외마디소리를 내지르며 바위 위에 털썩 주저앉았다. 그 소리는 내가 D……에 속하는 최초의 외침과도 같았다.

나는 홀로 수평선을 바라보고 있었다. 달이 뜨지 않은 밤이었다. 사위는 완벽하게 어두웠고 나를 비추는 유일한 빛은 초소에 매달아놓은 작은 횃불이 전부였다. 너울거리는 주황빛 횃불이 초소 안에 그린 비현실적인 후광이 나의 등뒤를 환하게 밝히고 있었으나 사위를 휘감은 강성한 어둠을 몰아내기에는 역부족이었다. 나는 미미한 빛에 의지하여 나의 눈에 비치는 모든 것들을 살피기 위해 주의를 기울였다. 눅진한 수증기를 품은 찬바람이 불어왔다. 어둠을 가로지르는 냉기 속에 들러붙은 시체들의 썩어가는 냄새에 오래전부터 후각은 이미 마비된 상태였다. 밤새 뒤치던 바다는 도처에 소용돌이 같은 포말을 토해내며 투기물들의 무덤으로 변용된 자신의 처지를 한탄하는 듯했다. 나는 반영 없는 바닷속에 점점이 박혀 있을 보이지 않는 시체들을 머릿속에 떠올리며 수평선으로 짐작되는 곳에서 시선을 돌리지 않았다.

나른한 여름의 새벽은 벌써 어둠 가운데서 몸을 일으키며 조금씩 기지개를 켜고 있었다. 아무래도 오늘밤엔 불빛이 보이지 않을 듯했다. 바로 내가 그토록 고대하는 D……의 불빛이. 나는 그의 말대로 D……로 갈 작정이었다. 그리고 그곳이 과연 지옥이라 부를 만한 곳인지 스스로 알기를 원했다. 그때까지 나는 줄곧 보고 있던 수평선에서 시선을 돌리지 않을 것이었다. 나는 이것을 나의 신이 내게 주시는 하나의 계시로 여겼다.

봉인된 시간

그들은 이른 아침에 여섯 명의 포로들을 처형했다. 비에 젖은 회당의 벽 앞에다 한 줄로 나란히 포로들을 세우는 동안, 겹겹으로 둘러선 마을 사람들은 아무도 입을 열지 못했다. 모두들 제자리에 못박힌 목석처럼 군데군데 물웅덩이가 파인 안마당에 선 채 멀거니 포로들을 바라보고 있었다. 습기 어린 대기를 내리누르는 무거운 침묵 속에서 회당 옆 포석을 굴러다니는 자갈 소리가 유난히 크게 들려왔다.

이윽고 두 명의 장교가 회당의 뒷문에서 걸어나왔다. 마을이 점령당한 열흘 전부터 앞문은 전부 폐쇄되어 있었다. 두 명의 장교 중에서 키가 큰 장교가 여섯 명의 포로들이 서 있는 벽 앞에 마주 섰다. 소총을 든 여섯 명의 병사가 구호에 맞춰 키 큰 장교의 뒤에 멈춰 섰다. 여섯 명의 포로들은 조용히 몸을 돌려 벽을 등지고 섰다. 멀리서 들개가 울부짖는 소리가 들려왔다. 덩달아 굶주린 동네 개들이 시끄럽게 짖어댔다. 이어서 어느 집에선가 잠이 깬 아이 몇몇이 역시 배가 고파

힘없이 낑낑대며 우는 소리를 내었다. 그리고 다시 찰나의 침묵 속에서 갑자기 총성이 울렸다. 여섯 구의 시체가 털썩 땅바닥으로 쓰러졌다. 벌렁 자빠진 여섯 구의 시체가 붉은 물웅덩이 속에 머리를 파묻고 있었다. 두 명의 병사가 쓰러진 시체들 사이를 돌아다니며 일일이 생사를 확인했다. 여섯 명의 포로들이 완전히 죽었다는 것을 확인한 두 명의 병사들은 아직도 뜨거운 총구를 마을 사람들에게 돌리며 큰 소리를 질렀다. 이국의 언어를 알아듣지 못한 마을 사람들은 잔뜩 겁에 질린 얼굴로 우왕좌왕 어찌할 바를 몰랐다. 사람들의 뒤편에 서 있던 식자공이 튀어나오며 다급하게 소리쳤다.

"한 줄로, 한 줄로 서서 양손을 머리에 얹으란 말이야!"

키가 작고 뚱뚱한 장교가 뛰어나온 식자공에게 또다시 목소리를 높였다. 식자공은 장교에게 거듭 머리를 숙이면서 마을 사람들에게 슬쩍 고개를 돌려 분주하게 눈짓을 했다. 여우처럼 눈이 작고 앙상하게 마른 식자공만이 마을에서 유일하게 점령군의 언어인 P국의 말을 할 수 있었다. 마을 사람들 대부분이 문맹인 이 마을에서 늘 일감이 없어 근근이 남의 집 염소를 돌보며 겨우 끼니를 해결하던 이 사내가 불과 열흘 전부터 가장 영향력 있는 인물이 되어 마을의 원로들조차 눈치를 살피기에 급급했다. 오십 명 남짓한 마을 사람들이 마지못해 느린 몸짓으로 줄을 맞춰 일렬로 늘어섰다. 장교의 눈치를 살피던 식자공은 자신의 양손을 머리 위로 얹으며 사람들에게 작은 두 눈을 부라렸다. 사람들은 천천히 양손을 머리 위로 얹었다.

두 명의 장교와 아홉 명의 병사들이 양옆으로 늘어선 가운데, 머리에 양손을 얹고 일렬로 늘어선 마을 사람들이 한 명씩 장교와 병사 들의 매서운 눈빛을 받으며 걸어나갔다. 마을에 점령군이 온 뒤로 벌써 세 차례나 포로들의 처형이 있었지만, 그때마다 점령군은 매번 처형이 끝난 직후에 마을 사람들에게 이런 식의 굴욕적인 몸수색을 하곤 했다.

다섯 명의 마을 원로들이 차례로 몸수색을 받는 것을 시작으로 늙고 병든 남자들과 부상을 입은 네 명의 젊은 남자들이 몸수색을 받았다. 집요한 병사들의 손이 입고 있는 옷의 주머니와 온몸의 구석구석을 빠짐없이 뒤집어보고 찔러보는 동안 누구도 고개를 들어 병사들의 얼굴을 보지 않았다. 타지의 낯선 이들과 눈을 마주치지 않는 것은 마을의 오랜 불문율이었다. 마을 사람들에게 두 눈은 영혼의 창과도 같았다. 낯선 이와 함부로 눈을 마주쳐 자신의 영혼을 일부라도 훔쳐보게 하는 날엔 반드시 불행한 일이 일어날 것이었다. 처음에 이같은 마을 사람들의 행동을 의아하게 생각했던 장교와 병사 들은 식자공에게 대강의 이유를 듣고는, 역시 미개한 족속들이라며 한층 더 멸시하는 마음을 품게 되었다. 사흘 전, 한 병사가 장난삼아 다리를 심하게 저는 청년의 뒤를 몰래 쫓아가 방심한 청년에게 느닷없이 자신의 얼굴을 들이밀어 눈을 마주친 적이 있었다. 병사에겐 그저 시답지 않은 장난에 불과했으나, 그날 저녁 영혼을 들켜버린 청년은 두 다리를 모두 잃는 끔찍한 사고를 당했다. 밭일을 마치고 돌아오던 마을 초입에서 그만 불발탄을 밟아 몸의 절반이 날아가버렸던 것이다. 거듭된 전투로 가뜩이나 피폐해진 마을의 인심은 불행한 청년의 끔찍한 사고로 더욱 흉흉해졌다. 이제 마을 사람들은 비단 점령군뿐만이 아니라, 같은 마을 사람들과도 여간해선 눈을 마주치려 하지 않았다. 살아남기 위해서 최대한 자신을, 그 안에 숨겨진 영혼의 비밀을 드러내지 말아야 했다.

스물두 명의 남자들의 몸수색이 끝나자, 여자들의 차례가 왔다. 역시 늙고 병든 여자들을 시작으로 징집된 남편과 아들의 역할을 대신 떠맡은 중년 여자들이 몸수색을 담담한 얼굴로 받았다. 오랜 세월 헛되이 미래의 남편감을 기다리며 젖이 축 늘어진 노처녀들은 자신의 온몸을 이리저리 더듬는 병사들의 다분히 응큼한 손길에 움푹 꺼진 뺨을 붉히며 거뭇거뭇하게 돋은 윗입술의 솜털을 저도 모르게 연신 손가락으로 긁적였다. 과부가 된 지 아직 보름도 되지 않은 한 젊은 여자가 둔부를 파고드는 병사의 손길에 외마디 비명을 지르며 몸을 비트는 미약한 반항을 해서 잠깐 긴장감이 돌 때도 있었지만, 대체로 별다른 일없이 몸수색은 거의 끝나가고 있었다.

일렬로 늘어섰던 줄이 줄어들고 마지막 네 명의 소녀들만을 남겨놓고 있던 때였다. 열두 살부터 열다섯 살 사이의 소녀들은 양어깨를 움츠린 채 고개를 잔뜩 숙이고 있었다. 겁에 질린 네 명의 소녀들을 지켜보던 병사 한 명이 손에 든 소총의 총구로 맨 앞에 서 있던 소녀의 허벅지를 쿡쿡 찔러댔다. 소녀는 그만 울음을 터뜨렸다. 그러자 동료 병사들이 소총을 들고 있던 병사의 머리와 등을 쳐대며 와하하, 크게 웃어댔다. 울고 있는 소녀의 뒤에 서 있던 소녀가 소총을 든 병사에게 등이 떠밀려 앞으로 나왔다. 킬킬대던 한 병사가 다른 병사들에게 뭔가 말을 하며 눈짓을 보내자, 여섯 명의 병사들이 슬금슬금 네 명의 소녀들을 에워쌌다. 맨 끝에 서 있던 제일 몸집이 왜소한 소녀가 울고 있는 소녀를 따라 울었다. 곧 소총을 든 병사에게 떠밀려나온 소녀도 눈물을 흘렸다. 울고 있는 소녀들 사이에서 오직 한 소녀만이 고개를 숙인 자세로 묵묵히 서 있었다. 우는 소녀들을 총구로 쿡쿡 찌르며 희롱하는 병사들을 무심히 지켜보던 두 명의 장교는 문득 눈을 돌려 그때까지 회당의 안마당을 떠나지 않고 둘러서 있던 마을 사람들의 성난 기운을 감지했다. 하나같이 고개를 숙인 마을 사람들은 박힌 돌덩이처럼 제자리에 서 있었다.

키가 큰 장교의 명령으로 소녀들을 에워싼 여섯 명의 병사들은 뒤편으로 물러섰다. 불만스런 표정이 역력한 병사들의 틈으로 서둘러 빠져나가는 소녀들을 말없이 지켜보던 키 작은 장교가 자신의 앞을 지나가는 한 소녀의 팔을 잡아끌었다. 홀로 울지 않았던 소녀였다. 장교의 돌발적인 행동에 놀란 소녀는 잡힌 팔을 빼내려고 버둥거리다가 소용없다는 것을 깨달은 듯 이내 멈춰 섰다. 키 작은 장교는 식자공을 불렀다. 장교에게 말을 전해 들은 식자공은 소녀에게 말했다.

"마라, 장교님이 네 이름을 물어보셨어."

마라는 대답하지 않았다. 대신 키 작은 장교가 마라를 턱짓으로 가리키며 말했다.

"마라?"

식자공은 마, 라, 라고, 한 음절씩 끊어서 장교에게 대답했다. 장교가 고개를 끄덕이면서 식자공에게 뭔가를 말했다. 역시 고개를 끄덕거리면서 식자공이 말했다.

"장교님이 왜 너는 울지 않는지 물어보셔."

"……"

키 작은 장교는 마라가 여전히 고집스럽게 입을 다물고 있자, 화가

난 듯 미간을 찌푸렸다. 장교의 눈치를 살피던 식자공이 안절부절 어쩔 줄을 몰라 하며 작은 눈알을 굴렸다. 고개를 숙이고 서 있는 마라를 쏘아보던 장교는 천천히 권총을 뽑아들었다. 기겁을 한 식자공이 마라의 어깨를 치며 말했다.

"어서, 어서 대답해."

"……"

장교가 권총의 총구로 마라의 아랫배를 쿡쿡, 힘을 주어 찔렀다. 장교가 총구로 마라의 아랫배를 찌를 때마다, 고개를 숙인 소녀는 한 발자국씩 뒤로 밀려났다. 장교는 총구를 들어 아직 밋밋한 젖가슴과 쇄골 주변을 찔러댔다. 총구로 소녀를 찌를 때마다 장교는 더욱 힘을 가했고, 결국 장교의 힘을 이겨내지 못한 소녀는 발을 헛디뎌 물웅덩이 속에 뒹굴었다. 키 작은 장교는 여전히 권총을 오른손에 쥔 자세로 군홧발을 들어 넘어진 마라의 턱을 치켜올렸다. 순간 장교와 마라의 시선이 마주쳤다. 동시에 키 작은 장교의 입에서는 신음소리인지 감탄사인지 모를 기묘한 소리가 흘러나왔다. 마라는 얼른 눈을 피했으나, 이미 늦었다. 키 작은 장교는 마라를 향해 겨누고 있던 총구를 아래로 내렸다. 대여섯 걸음 떨어진 곳에서 이 모습을 의아하게 지켜보던 키 큰 장교가 키 작은 장교에게 급히 다가왔다. 묻는 눈으로 쳐다보는 키 큰 장교에게 키 작은 장교는 대답 대신 턱 끝으로 마라를 가리켰다. 마라에게 고개를 돌린 키 큰 장교의 두 눈이 별안간 둥그렇게 커졌다.

아름다운 소녀였다. 단순히 아름답다는 표현만으로는 부족할 정도로 아주 예쁜 소녀였다. 어깨까지 내려오는 새까만 머리에 백자같이 하얗고 동그란 얼굴, 내리뜬 기름한 눈은 짙은 속눈썹으로 가려 있었다. 코는 앙증맞았고 살짝 붉은빛이 감도는 통통한 아랫입술은 미세하게 떨리고 있었다. 한동안 두 명의 장교는 마라에게 홀린 듯 정신없이 바라보았다. 아무리 봐도 고작 열다섯 살도 안 되어 보이는 소녀에게 마음이 흔들린 것은 두 장교 모두 처음 있는 일이었다. 불현듯 왠지 모를 부끄러운 생각이 든 장교들은 저도 모르게 마주 보았다. 두 사람 모두 같은 생각임을 은연중에 확인한 두 명의 장교는 서로를 향해 겸연쩍은 미소를 지었다. 키 큰 장교는 마라를 다시 한번 바라보고는 짐짓 피로한 얼굴로 식자공에게 뭔가를 말했다. 장교들의 표정과 눈빛을 분주히 살피던 식자공은 넘어져 있는 마라에게 말했다.

"마라, 일어나. 집으로 가도 좋아."

마라는 물웅덩이에서 몸을 일으켰다. 소녀가 발을 내디딜 때마다 입고 있던 통옷에서 흙탕물이 줄줄 흘러내리면서 몸의 굴곡에 따라 옷감이 찰싹 달라붙었다. 아홉 명의 병사들이 마라의 뒤에서 휘파람을 길게 불어대며 저희들끼리 떠들썩하게 웃어댔다. 그때까지 회당의 안마당을 떠나지 않고 둘러서 있던 마을 사람들은 마라가 병사들로부터 빠져나오자 비로소 자신들의 집으로 걸음을 옮겼다.

그날 저녁, 두 명의 병사를 앞세운 식자공이 마라가 살고 있는 집으로 찾아왔다. 마을이 온통 깊은 잠 속에 빠져 있는 시간이었다. 병사들은 말없이 문을 두드렸다. 그래도 문을 열어주지 않자, 이번엔 식자공이 창문을 두드렸다.

"문 열어! 빨리 문 열란 말이야!"

식자공의 기세에 닫아건 나무덧창이 금방이라도 떨어져나갈 듯 위태롭게 덜컹거렸다. 삐걱대는 요란한 소리가 밤의 정적을 찢으며 문이 열렸다. 한 늙은 여자가 문가에 나타났다.

앞선 병사가 문가에 서 있는 늙은 여자를 한 팔로 밀쳤다. 말을 맺지 못한 늙은 여자는 부러진 나뭇가지처럼 풀썩 쓰러졌다. 작은 토굴 같은 집 안은 달빛이 비치는 바깥보다 어두침침해서 아무것도 눈에 보이지 않았다. 깜깜한 어둠 속에서 조심스럽게 몸을 움직이는 기척이 느껴졌다. 불만스러운 목소리로 투덜대던 병사 중 한 명이 말했다.

"마라!"

일순간 집 안이 조용해졌다. 병사가 다시 말했다.

"마라!"

뒤늦게 들어온 식자공의 손에 불을 밝힌 램프가 들려 있었다. 주황색 불빛이 긴 혓바닥을 날름거리며 토굴을 밝혔다. 병사들과 식자공의 길쭉한 그림자가 흙을 이겨넣은 석벽을 따라 위태롭게 일렁거렸다. 식자공의 작은 눈이 재빨리 기척을 좇아 움직였다. 대여섯 명의 식구들이 왼편 끄트머리에 놓여 있는 하나밖에 없는 막침대 옆에 바싹 모여 앉아 고개를 숙이고 있었다. 병사들과 식자공은 서로의 얼굴을 마주 보며 눈짓으로 신호를 보냈다. 가까스로 몸을 일으킨 늙은 여자가 무릎걸음으로 다가와 식자공의 윗옷을 손으로 잡아당겼다.

"이봐요. 그애는 아직 어린아이예요."

식자공은 늙은 여자의 필사적인 손길을 뿌리쳤다. 식자공은 말했다.

"마라! 장교님들이 널 부르신다. 우리와 함께 가자."

두 명의 병사가 두 손을 입에 대고 긴 휘파람을 불었다. 마라, 마라,

병사들이 돌림노래를 부르듯 소녀의 이름을 불렀다. 모여 앉은 식구들의 틈에서 한 젊은 여자가 일어섰다. 머뭇머뭇한 발걸음으로 식자공 앞에 다가온 젊은 여자가 말했다.

"저를, 절 데려가세요."

식자공은 소리없이 웃었다. 병사들이 자못 흥미롭다는 눈빛으로 두 사람을 바라보았다.

"아니, 넌 아니야."

식자공은 손가락으로 마라를 지목하면서 말했다.

"마라. 장교님들이 원하는 여자는 마라야."

두 명의 병사는 식자공이 가리킨 소녀의 양팔을 하나씩 잡고 문밖으로 질질 끌고 나왔다. 열린 문 안쪽에서 식구들이 숨죽여 우는 소리가 들려왔다. 문밖으로 불편한 상체를 내민 늙은 여자가 울먹이는 소리를 냈다.

"그애는 어린아이란 말이에요!"

식자공과 병사들은 대꾸 없이 걸음을 빨리 옮겼다. 장정들의 보폭을 따라 마라가 걷는 것은 불가능한 일이었다. 양팔을 병사들에게 잡혀 몸이 허공으로 들린 마라는 어떻게든 자신의 두 발로 걷기 위해 몇 번이고 헛발질을 했다. 마라가 온몸에 힘을 주며 두 발을 버둥거리는 것을 반복하자, 처음엔 그저 웃기만 하던 병사들도 슬슬 짜증이 났는지 서로 번갈아가며 마라를 등에 업었다.

달은 산봉우리 위에 걸려 있었고, 그 빛으로 거의 모든 별들이 보이지 않았다. 지상에 가까운 서너 개의 별만이 겨우 제 빛을 내는 밤이었다. 밤의 습기를 머금은 야생화들의 강렬한 향에 어디에선가 코를 자극하는 매캐한 유황 냄새가 섞여들어 사위는 숨 막힐 듯한 텁텁한 공기로 가득했다. 마을을 둘러싼 덤불숲 저편에서 굶주린 자칼의 울음소리가 들려왔다. 병사들과 식자공은 걸음을 더욱 빨리 옮겼다. 마을 언저리를 벗어나자 언덕으로 뻗어나간 길로 접어들었다. 장교들이 마라를 데려오라고 명한 곳은 회당이었다. 보통의 마을이라면 회당은 응당 중심부에 지어졌겠지만, 이 극빈한 마을의 회당은 특이하게도 외곽의 산중턱에 위치해 있었다. 그 이유에 대해서는 마을 사람들 사이에서조차 말이 분분했으나, 본래 건물의 용도가 국경수비대의 막사로 지어진 탓이라는 의견이 우세했다. 수십 년이 넘게 신부가 거처하는 예배당이었던 이곳은 삼 년 전에 노환으로 신부가 죽고 난 후 우거진 잡초와 실타래처럼 얽힌 덩굴손으로 온통 뒤덮여 있던 터였다. 열흘 전, 국경을 침범한 이백오십 명의 점령군은 마을의 회당을 기점으로 주변의 수십 미터에 걸쳐 막사를 설치했다. 고지대에 위치한 회당에서라면 마을과 그 너머 일대를 피점령군으로부터 가장 효과적으로 방어할 수 있으리라는 판단에서였다.

온통 바위와 자갈투성이인 산기슭에 이르자, 병사들과 식자공은 누구랄 것도 없이 재빨리 주위를 살펴보았다. 그들의 뒤편으로 펼쳐진 평지에 드문드문 박혀 있는 서른 호 남짓한 돌집들이 어둠 속에 웅크린 검은 짐승의 무리처럼 보였다. 부엉이 한 마리가 울면서 이 바위에서 저 바위로 날아갔다. 가시 돋은 엉겅퀴에 다리를 긁힌 식자공이 잔뜩 약이 오른 목소리로 말했다.

"이것 참! 밤눈이 어두워서 뭐가 보여야지!"

마라를 업은 병사가 식자공을 돌아보며 험상궂은 표정을 지었다.

식자공은 얼른 한 손으로 입을 막고는 발끝만을 내려다보았다. 병사의 등에서 선잠이 들어 있던 마라는 식자공의 목소리에 놀라 눈을 떴다. 어느새 다닥다닥 지어진 막사들이 이어져 있는 산속에 들어와 있었다. 여섯 명의 포로들을 처형했던 회당에 가까워지고 있다는 사실에 마라는 공포로 온몸이 굳은 빵처럼 단단해지는 것을 느꼈다. 등에 업은 마라가 잠에서 깨어났다는 것을 눈치챈 병사가 짐짓 자세를 고치려는 듯 두 손을 돌려 마라의 둔부를 주물렀다. 마라는 두 눈을 질끈 감았다. 갑자기 마라의 등뒤에서 철문이 닫히는 육중한 소리가 났다. 동시에 마라는 병사의 등에서 바닥에 깔린 낡은 시트 위로 내려졌다. 마라를 내려놓은 병사는 허공으로 손가락을 튕기며 히죽거렸다. 방을 나서던 식자공이 말했다.

"조금만 기다려. 장교님들이 곧 오실 테니깐."

닫힌 철문 밖에서 남자들의 숨죽인 웃음소리가 들려왔다. 마라는 얼빠진 아이처럼 한동안 멍하니 시트 위에 앉아 있었다. 창문 하나 없는 작은 방이었다. 문이 나 있는 벽과 맞은편 벽 위쪽에 두 개의 램프가 매달려 있어서 방 안은 밝았다. 바닥으로부터 올라오는 습한 한기에 마라는 몸을 떨었다. 되는대로 바닥에 깔려 있는 시트로 차가워진 몸을 덮으려 했으나, 이내 쥐 오줌 냄새와 흡사한 악취에 구역질이 치밀어올라 시트를 한쪽으로 젖혔다. 가끔 포도(鋪道)를 울리는 병사들의 군홧발 소리가 들려왔다. 마라는 두려움과 초조에 지쳐 또다시 잠이 들었다. 흐릿한 꿈속에서 마라는 정처 없이 달리고 있었다. 좀더 빨리 달리고 싶었고, 달려야 할 것 같았으나, 두 발은 납덩이를 매단 것처럼 한없이 무겁고 느렸다. 달리고 싶은 안타까운 욕망 속에서 마라는 얼핏 요란한 군홧발 소리를 들었고, 이내 누군가가 철문을 여는 소리를 들었다.

"벌써 잠이 들었는데?"

남자가 석벽에 기대어 눈을 감고 있는 마라의 어깨를 흔들었다. 마라는 눈을 뜨지 않았다. 다른 남자가 혀를 끌끌 찼다. 또다른 남자가 말했다.

"시간이 없어. 삼십 분 후에 교대해줘야 한단 말이야."

"겨우 삼십 분? 흥! 차라리 맛도 보지 말고 나가라고 하지."

"그래도 우리가 먼저 들어왔잖아."

"여러 말 하지 말고 빨리 깨워. 시간만 아깝잖나."

다급해진 남자는 마라의 뺨을 때렸다. 얼굴 한쪽이 날아갈 듯한 아픔을 견디지 못한 마라가 눈을 떴다. 벌겋게 부어오른 뺨을 왼손으로 감싼 마라는 감색 상의 아래로 실오라기 하나 걸치지 않은 벌거벗은 하체를 드러낸 세 명의 남자를 보았다. 순간 기겁을 한 마라는 뺨의 아픔 따위는 잊어버린 채 두 손으로 눈을 가리며 울기 시작했다. 그러자 세 명의 장교들은 크게 웃었다. 서로 눈짓을 주고받은 세 명의 장교가 양을 몰듯이 슬금슬금 다가왔다. 남자들의 기척을 느낀 소녀가 본능적으로 몸을 일으켜 뒷걸음질을 쳤다. 인간몰이는 곧 싱겁게 끝나버렸다. 한 남자의 억센 손아귀에 입고 있던 통옷의 뒷덜미 부분을 잡힌 마라는 헛되이 버둥거리다가 도리어 허리춤까지 통옷이 찢어지고 말았다. 램프의 불빛 아래 마라의 하얀 등이 드러났다. 돌연 장교들의 눈이 가늘어졌다. 찢어진 통옷을 쥐고 있던 장교는 흥분을 참지 못해 가늘게 손까지 떨었다.

누가 먼저랄 것도 없이 세 명의 장교들은 마라의 작은 몸을 향해 달려들었다. 장교가 마라를 번쩍 들어올려 악취 나는 시트 위로 던졌다. 다른 장교가 재빨리 쓰러진 마라의 몸에 걸쳐져 있던 찢어진 통옷을 벗겨내고는, 가는 허리를 두 손으로 단단히 움켜잡았다. 또다른 장교가 허리를 움켜잡은 장교와 잠시 실랑이를 벌이더니 다른 장교가 합세하여 뭐라고 고함을 치자 이내 마라의 머리맡으로 자리를 옮겨 소녀의 두 팔을 만세를 부르듯 위로 들어올렸다. 마라는 온몸을 버둥거렸고, 작은 방이 울리도록 목청껏 비명을 질렀고, 아무리 해도 남자들의 힘을 이겨낼 수 없다는 사실을 깨닫고는 눈물을 흘렸다. 남자가 마라의 복부를 가격했다. 소녀는 격심한 고통으로 몸을 떨며 사지에서 힘이 쭉 빠져나가는 것을 느꼈다. 다른 남자가 마라의 밋밋한 젖가슴을 함부로 주물러대었다. 또다른 남자가 힘이 풀린 마라의 두 다리를 꺾어 양쪽으로 한껏 벌렸다.

껍질이 째지는 듯한 아픔 속에서 마라는 줄곧 울고 있었다. 방 안을 비추는 불빛이 마라의 두 눈에 철침처럼 박혔다. 소녀는 불빛이 닿지 않는 천장 구석에 시선을 고정했다. 눈물이 흘러내리는 두 눈에 흔들리는 어둠이 맺혔다. 소녀는 만세를 부르듯 두 팔을 머리 위로 올린 채 남자들에게 차례로 다리를 벌리고 있는 자신을 응시하고 있는 또다른 자신을 어둠 속에서 보았다. 어둠 속의 마라는 무표정한 얼굴로 마치 대수롭지 않은 풍경을 바라보듯 또다른 마라를 내려다보고 있었다.

다음날 이른 아침에 두 명의 병사가 마라가 살고 있는 집을 찾아왔다. 병사는 피 묻은 시트에 둘둘 감긴 마라를 짐짝처럼 어깨에 짊어지고 있었다. 밤새 잠을 이루지 못한 다섯 명의 식구들은 병사가 바닥에 마라를 내려놓자마자 일제히 자신이 입고 있는 옷을 찢으며 오열하기 시작했다. 마라의 어머니인 늙은 여자가 미친 듯이 마라의 몸을 감고 있는 시트를 벗겨냈다. 한 무더기의 시트를 벗겨내자, 핏물과 상처와 멍으로 뒤덮인 나신의 마라가 나타났다. 벌거벗은 마라의 몰골은 처참했다. 잔뜩 부어오른 얼굴은 이목구비를 알아보기 힘들 정도였고, 목덜미와 젖가슴과 복부에 이빨 자국과 날카롭게 긁힌 자국이 선명했다. 빈약한 음모가 나 있는 마라의 음부로부터 양쪽 허벅지까지 아직 마르지 않은 핏물과 끈끈한 액체와 굵은 피딱지가 엉겨붙어 기묘한 문양을 그리고 있었다. 두 눈을 반쯤 뜬 채 흰자위를 드러내고 있는 마라는 이미 낫을 든 죽음의 신이 가까이 다가온 듯 숨을 내쉬는 것조차 힘겨워 보였다. 늙은 여자는 정신이 나간 사람처럼 계속 소녀의 끈끈한 머리카락을 쓰다듬으며 딸의 이름을 불렀다. 지속된 전쟁 탓에 한 번도 남편이 될 남자를 구하지 못하고 이제는 시들어버린 첫째언니는 오한이 난 것처럼 전신을 부들부들 떨며 문가에 주저앉아 통곡했다. 역시 시들어버린 둘째언니는 광목천을 물에 적셔와 마라의 몸에 엉겨붙은 피딱지를 닦아냈다. 아직 젖가슴이 빳빳하게 일어서 있는 젊은 여자인 셋째언니는 옷을 찢으며 통곡하는 그 와중에도 집 안에 서 있는 병사들을 곁눈으로 흘깃흘깃 살펴보았다. 이 집의 유일한 남자이자 고작 다섯 살짜리 아이인 다섯째는 마라의 몰골을 보자마자 깜짝 놀라 막침대 밑으로 숨어들어 훌쩍훌쩍 울고 있었다. 이런 식구들을 한동안 덤덤히 바라보던 두 명의 병사들은 식구들의 울음소리가 점점 잦아들 즈음, 마라의 숨이 아직 붙어 있는 것을 확인하고는 말없이 집을 나섰다.

식자공이 찾아온 것은 해가 질 무렵이었다. 마라의 식구들은 하루 내내 아무도 집 밖에 나가지 않았다. 가끔 눈치 빠른 이웃의 여자 몇몇이 집 주변을 괜스레 어슬렁거렸으나, 마라의 다섯 식구들은 창문의 덧창까지 닫아걸며 마을 사람들의 호기심 어린 시선을 막았다. 여전히 마라는 실신 상태였다. 유일하게 의사 역할을 했던 약초상이 반년 전에 전사한 후로, 마을 사람들은 온갖 병과 예상치 못한 부상에 속수무책일 수밖에 없었다. 식구들의 형편없이 찢어진 옷가지처럼 본래의 형태를 알아보기 힘들게 훼손된 마라의 음부에선 아직도 끈끈한 핏물이 배어나오고 있었다. 고열로 신음하는 마라의 바싹 마른 입술은 끊임없이 갈증을 호소했다. 그러나 입에 넣어준 물을 삼키지 못하고 자꾸만 잔기침을 하는 바람에, 할 수 없이 첫째언니가 이웃집으로 달려가 빌려온 해면을 물에 적셔 마라의 입가에 놓아주었다. 비록 불행 중에서도 마라가 갈증을 약간이나마 해소할 수 있게 되자, 다섯 식구들의 얼굴엔 희미한 미소가 떠올랐다. 때문에 가죽주머니를 왼손에 쥔 식자공이 열린 문틈으로 슬그머니 집 안으로 들어서는 모습을 식구들 중 누구도 미처 볼 수 없었다.

"장교들이 너무 심하게 다룬 모양이군. 이래도 이건……"

식구들은 느닷없는 목소리에 어안이 벙벙해져 이 뻔뻔하기 그지없는 남자를 물끄러미 바라보았다. 좀더 가까이에서 마라의 상태를 살펴보던 식자공은 들고 있던 가죽주머니에서 납작한 통에 든 고약과 서너 가지의 약초들을 제각각 한 움큼씩 꺼내어 창가에 있는 탁자 위에 늘어놓았다. 곧 각기 다른 약초들이 내뿜는 강한 향내가 집 안에 고여 있던 비릿한 피냄새에 섞여들었다. 문을 나서기 전, 식자공은 말했다.

"좀 앓기는 할 테지만, 이 고약과 약초면 반드시 나을 수 있을 거요. 이게 그래도 장교들이 특별히 마라에게 주는……"

늙은 여자가 쫓아와 식자공을 무서운 힘으로 집 밖으로 밀어버리고는 문을 닫아걸었다. 닫힌 문밖에서 식자공이 목청을 높여 말했다.

"잘 돌봐주시오! 만일 마라의 상태가 더 나빠지면 장교들이 굉장히 화를 낼 거요!"

하지만 사흘이 지나도록 마라는 차도를 보이기는커녕, 여전히 고열에 들떠 뜻 모를 헛소리를 지껄이며 가족의 얼굴조차 알아보지 못했다. 매일 저녁마다 막사에서 마라를 데려왔던 두 명의 병사들이 한 명씩 번갈아가며 소녀의 몸 상태를 살피기 위해 약간의 식량과 약초가 든 꾸러미를 들고 집을 방문했다. 병사들이 마라의 집을 매일 드나들자, 마라가 막사로 끌려가 몹쓸 짓을 당했다는 몇몇 사람들의 말을 처음엔 반신반의하던 대부분의 마을 사람들도 점점 이같은 소문을 기정사실로 받아들이게 되었다. 마라와 비슷한 나이의 딸을 가진 집들은 언제 마라와 같은 끔찍한 일을 당할지 몰라 전전긍긍했다. 그러나 점령군과 맞설 아무런 힘도 없는 마을 사람들이 적절한 대책을 강구하는 것은 애초부터 불가능한 일이었다. 그저 딸들을 집 밖으로 한 발자국도 나가지 못하도록 단속하는 수밖에 어쩔 도리가 없었다.

마라가 막사로 끌려갔다온 지 일주일이 지난 늦은 밤이었다. 마을 사람들의 우려는 현실로 나타났다. 또다시 두 명의 병사가 다른 소녀를 막사로 데려가기 위해 마을을 찾아온 것이었다. 소문으로 이미 자신에게 곧 닥칠 일들을 알고 있던 열다섯 살의 소녀는 눈물을 흘리며 병사들에게 양팔을 잡힌 자세로 질질 끌려갔다. 소녀의 늙은 아버지와 일 년 전 전장에서 한쪽 다리를 잃고 낙향한 스물두 살의 오빠는 눈앞에서 딸과 여동생이 병사들에게 끌려가는 것을 마라의 가족들처럼 다만 울면서 지켜보고 있지만은 않았다. 개암나무 몽둥이로 무장한 부자는 몰래 소녀를 끌고 가는 병사들의 뒤를 밟았다. 한참을 뒤쫓아가다 이윽고 산기슭에 접어들었을 때 방심한 병사들의 머리와 어깨를 후려갈겼다. 두 명의 병사들은 느닷없는 기습에 소리 한 번 지르지 못하고 쓰러졌다. 소녀를 구해낸 부자는 그대로 산을 넘어 점령군의 세력이 아직 미치지 못한 지역으로 도주를 시도했다.

산길에 쓰러져 있던 병사들을 발견한 이는 식자공이었다. 뒤늦게 막사로 가는 병사들을 쫓아 합류하려던 식자공은 쓰러진 병사들을 보자마자 곧 무슨 일이 벌어졌는지 눈치챘다. 식자공의 재빠른 밀고로 세 명의 도주자를 찾는 수색대의 움직임은 한결 빠르게 진행되었다. 여섯 마리의 개를 풀어 도주자의 인적을 쫓은 십수 명의 병사들은 날이 채 밝기도 전에 먼저 한쪽 다리를 잃은 청년을 잡았다. 불편한 다리 때문에 가족들에게서 뒤처진 청년은 덤불숲 속에 숨어 있다가 한꺼번에 달려든 개떼에게 전신을 사정없이 물렸다. 청년이 지르는 고통에 찬 비명과 피냄새에 잔뜩 흥분한 개떼가 더운 숨을 헐떡이며 짖어대는 소리가 미명의 산속을 울려댔다. 개떼에게 유린당해 숨이 넘어가기 직전인 청년을 앞에 두고 한 병사가 외쳤다.

"아들을 살리고 싶으면 빨리 나와라! 지금 나오지 않으면 네 아들은 죽는다!"

아무런 기척이 없자 병사들은 손에 쥐고 있던 여섯 마리 개들의 목줄을 풀어놓았다. 개떼가 희생자를 향해 달려갔다. 물어뜯는 개떼의 발밑에 깔린 청년은 이미 사지를 움직이지 않았다. 흥분으로 미쳐 날뛰는 개떼를 가까스로 진정시킨 병사들이 다시 잡히지 않은 도망자들에게 소리를 지르려는 찰나, 이십 미터가 넘는 나무 위에 올라가 있던 늙은 아버지가 모습을 드러냈다. 병사들의 앞에 선 늙은 아버지의 두 눈에서 눈물이 흐르고 있었다. 아들과 똑같이 개떼에게 물어뜯긴 늙은 아버지의 참혹한 비명이 산속을 울렸다. 결국 아버지와 오빠의 참상을 견디지 못한 소녀까지 고목 밑의 토굴에서 기어나왔다.

개떼에게 물려 죽은 소녀의 오빠는 그래도 아버지와 여동생보다는 행복한 죽음을 맞은 셈이었다. 늙은 아버지는 개떼에게 물어뜯기고도 목숨이 끊어지지 않았다. 노익장다운 질긴 목숨이었다. 소녀의 아버지는 무모한 반항에 대한 응징의 본보기로 그날 오후에 회당의 벽 앞에서 마을 사람들 모두가 지켜보는 가운데 총살당했다. 소녀는 제비뽑기를 실시해서 정해진 스무 명의 병사들에게 밤새도록 무자비한 겁탈을 당한 끝에 막사의 개떼에게 던져졌다.

이틀 후, 이번에는 중년 과부의 외동딸인 열두 살의 소녀에게 식자공과 두 명의 병사가 찾아왔다. 어린 나이에도 불구하고 꽤나 숙성한 몸을 가진 소녀는 가슴을 두 손으로 쳐대며 울부짖는 어머니의 통곡소리를 뒤로한 채 막사로 끌려갔다. 장교들에게 돌아가며 끔찍한 일을 당한 소녀는 마라의 경우처럼 몸의 상처가 그리 심하진 않았으나, 어찌된 영문인지 집으로 돌아온 뒤부터 말을 할 수 없게 되었다. 딸에게 어떻게든 말을 시켜보려는 어머니의 노력이 번번이 수포로 돌아가기를 반복하던 어느 날, 열두 살의 소녀는 어머니가 잠깐 식량을 얻기 위해 집을 비운 사이 천장에 목을 매달았다.

거듭되는 불행한 사건에 마을은 혼란과 두려움에 빠져버렸다. 모든 악의 근원은 바로 점령군에 있었으나, 정작 마을 사람들은 그들을 쫓아낼 어떤 방도도 찾을 수 없었다. 극악한 점령군은 열두 살의 소녀가 목을 매달아 자살하자, 그애의 어머니인 과부를 대신 막사로 끌고가 역시 수십 명의 병사들에게 겁탈당하게 했다. 하나뿐인 소중한 딸을 잃고, 여자로서 가장 수치스런 일을 당한 과부는 다행히 죽지는 않았으나, 끝내 미쳐버렸다. 옷도 제대로 걸치지 않은 더러운 몸으로 연신 김빠진 웃음소리를 내며 밤낮으로 마을을 돌아다니는 과부의 몰골은 마을 사람들에게 쓰디쓴 연민을 자아냈다. 더불어 언젠가 바로 자신의 집에도 이같은 예상치 못한 불행이 스며들어올 수 있음을 직시하고는 점령군의 눈 밖에 나지 않기 위해 더욱 행동거지를 조심했다.

한 달이 지나자, 마라는 놀라울 정도로 몸 상태가 좋아졌다. 젊은 육체가 지니고 있는 놀라운 회복력으로 마라는 하루가 다르게 예전의 모습을 찾아갔다. 하지만 건강을 되찾아가고 있는 것과는 별개로 마라의 얼굴엔 전에 없던 어두운 그늘이 서리고 있었다. 여느 또래의 소녀들처럼 밝고 명랑했던 마라는 이제 웃지 않았고, 식구들 중 누구하고도 말을 하지 않았다. 한 달간 줄곧 집 안에 누워 지냈던 탓에 원래 하얀 피부였던 마라는 달빛처럼 창백해진 얼굴로 퀭한 두 눈을 들어 어두운 천장 구석만을 종일 바라보고 있었다.

마라의 회복을 확신한 식자공과 두 명의 병사들은 더욱 자주 마라가 살고 있는 집을 드나들었다. 그들이 집에 올 때마다 갖고 오는 꾸러미에도 식량과 약초뿐만 아니라 이런 변방의 작은 마을에서는 여간해선 볼 수 없는 신기한 물건들, 이를테면 말린 무화과와 쭈글쭈글한 배, 커피와 터키사탕 등속이 점점 더 많이 담겼다. 전쟁이 일어나기 전부터 가난이 일상이 되어버린 마라의 가족들은 으레 끼니를 거르는 일이 다반사였다. 여간해선 음식 냄새가 나지 않던 썰렁한 아궁이가 이제 훈훈한 열기로 달아오르며 좁은 집 안을 아늑하게 만들었다.

병사들에게 먼저 관심을 보인 이는 마라의 다섯 살짜리 남동생이었다. 남동생은 자신과 다른 이상한 말을 하는 병사들이 마냥 신기하게만 느껴지는지 자꾸만 주위를 얼쩡거리며 병사들이 허리춤에 찬 소총을 어떻게든 만져보기 위해 떼를 쓰고 주저앉아 울기도 했다. 젊은 셋째언니는 요사이 열에 들뜬 사람마냥 집 안팎을 뱅글뱅글 맴돌며 안절부절못했고, 부쩍 감정의 기복이 심해져서 걸핏하면 화를 냈다가 큰 소리로 웃기를 반복하고 있었다. 그러다가 두 명의 병사 중 눈썹이 짙은 병사가 집을 찾아오기라도 하면, 한시도 그에게서 눈을 떼지 못하고 일없이 수줍은 미소를 짓곤 했다. 늙은 어머니와 둘째언니도 병사들에 대한 감정이 누그러져서 전과 같은 노골적인 적개심은 표출하지 않았다. 다만 첫째언니만이 아직도 병사들과 식자공에게 눈을 맞추지 않았고, 점점 회복되는 마라를 수심이 가득한 얼굴로 가만히 바라보곤 했다. 통곡과 울음이 끊이질 않는 이 작은 마을에서 마라의 가족들이 누리고 있는 이같은 소소한 행복은 첫째언니가 보기엔 가증스럽기 짝이 없는, 부끄러운 감정이었다. 하지만 그녀 역시 가족들을 딱히 질책할 마땅한 말이 떠오르진 않았기에, 짐짓 무표정한 얼굴로 마라를 성심껏 간호할 따름이었다.

마라가 막침대를 벗어나 걸어다닐 수 있게 되기까지 꼬박 두 달의 시간이 지나갔다. 그동안 세 명의 소녀들이 마라를 대신하여 장교들을 만족시키기 위해 막사로 끌려가야 했다. 도주와 자살에 대한 점령군의 참혹한 응징을 익히 알고 있던 소녀들은 자신과 가족의 목숨을 부지하기 위해 모든 것을 체념하고 순순히 병사들과 식자공을 좇아 막사로 갔다. 장교들에게 몹쓸 짓을 당한 소녀들마다 상처를 입은 정도는 각기 달랐으나, 마라처럼 심각한 부상을 입은 소녀는 한 명도 없었다. 심지어 어떤 소녀는 장교들에게 별반 만족을 주지 못했다는 이유로 겁탈 대신 약간의 구타만을 당하고 마을로 되돌아오기도 했다. 장교들의 마라에 대한 집착은 이상하리만큼 강해서 마라가 회복되어간다는 병사들의 보고가 들어온 후부터는 하루에도 몇 번씩 식자공을 보내서 마라의 몸 상태를 확인하곤 했다. 물론 식자공은 장교들의 그런 음흉한 속내를 마라와 그녀의 식구들에게 내비치진 않았다.

첫째언니의 우려가 현실로 나타났다. 마라의 야윈 뺨에 겨우 희미한 생기가 돌기 시작할 무렵, 병사들과 식자공이 집으로 찾아온 것이었다. 식구들은 그들이 평소 마라의 차도를 살펴보기 위해 해가 질 무렵 찾아왔기 때문에, 이토록 늦은 밤에 문을 두드리는 것을 몹시 의아하게 여겼다. 늙은 어머니가 알 수 없는 불길한 예감에 주저하며 문을 열었다. 식자공이 병사들에 앞서 집 안에 성큼 들어섰다.

"마라야, 우리와 함께 가자. 그동안 장교님들이 너와 너희 가족들에게 베풀어주신 은혜에 보답해야지."

"……"

마라는 천천히 겉옷을 입고 식자공의 뒤를 따라 집을 나섰다. 집을 나서는 마라의 등뒤로 늙은 어머니의 울음소리가 들려왔다.

두번째로 막사에 불려간 마라는 장교들에게 전처럼 무자비한 겁탈을 당하지는 않았다. 장교들은 일방적으로 마라를 능욕하는 대신, 그 동안 다른 소녀들을 상대로 하여 뭔가 색다르고 흥미로운 그들 나름의 놀이 방법을 고안한 듯했다. 장교들은 마라도 좀더 능동적으로 자신들의 놀이에 참여하기를 원했다. 마라는 어쩔 수 없이 장교들의 요구에 따라 개처럼 그들의 온몸을 혀가 얼얼해지도록 핥기도 하고, 짐승의 교접을 흉내낸 이상한 자세를 강요받기도 하고, 그들이 자신의 손에 쥐여주는 가죽벨트를 몇몇 장교들을 향해 휘두르기도 했다. 마라는 묵묵히 장교들에게 요구받은 일들을 무표정한 얼굴로 하고, 또 했다. 마라는 막사에 처음 끌려왔던 날, 자신이 보았던 또다른 자신을 어둠 속에서 발견했다. 마라는 자신의 몸 위에서 번갈아가며 괴성에 가까운 신음소리를 토하는 장교들을 무심히 바라보는 또다른 자신의 평온한 시선에서 스스로도 이상하리만큼 깊은 위안을 받았다.

겨우 이틀이 지난 후 마라는 다시 막사로 불려갔다. 마라의 집 사정에 촉각을 곤두세우고 있던 이웃들은 마라만이 유일하게 계속 막사로 불려가는 것이 심상치 않은 일이라고 떠벌렸다. 요컨대 고작 열네 살의 소녀인 마라가 벌써부터 남자를 호릴 수 있는 음탕한 매력을 지니고 있는 탓에 점령군의 장교들이 마라에게서 헤어나지 못하는 것이라는 소문은 꼬리에 꼬리를 물고 이어졌다. 마을 사람들의 여러 소문 속에서 마라는 어느새 스스로 장교들에게 몸을 팔기 위해 막사로 간 어린 매춘부가 되어 있었다. 마을 사람들은 어린 매춘부인 마라가 장교들에게 무엇을 대가로 얻을 것인지에 대해 갑론을박을 벌였다. 마라가 막사로 불려갔다온 날부터 식자공을 제외한 어느 누구에게도 마라의 집은 굳게 닫혀 있었기 때문이었다.

어느 날, 마을 사람들의 계속된 부추김에 못 이긴 한 이웃이 일전에 빌려주었던 해면을 돌려받으러 왔다는 멋쩍은 이유를 대며 마라의 집으로 찾아왔다. 마을의 순박한 다른 아낙들과 마찬가지로 거듭된 출산과 육아, 밭일과 잡다한 집안일로 삼십대 초반의 나이에 고생에 찌든 사십대의 얼굴을 가진 여자는 마라의 둘째언니가 해면을 가지러 부엌으로 간 사이, 열린 문틈에서 흘러나오는 구수한 음식 냄새에 이끌려 저도 모르게 집 안으로 들어섰다. 여자의 눈이 덧창을 닫아걸은 집 안의 어둠에 익숙해지자, 곧 탁자에서 뜨거운 김을 뿜고 있는 검은 호밀빵과 껍질째 듬성듬성 잘려 있는 서너 조각의 배에 시선이 멈췄다. 미처 생각할 겨를도 없이 여자는 지독한 배고픔에 등이 떠밀리듯 탁자로 성큼 다가갔고, 자신의 입속에 빽빽한 호밀빵과 손가락만한 배 두 조각을 욱여넣었다. 급하게 넣은 음식물에 목이 메어 두 손으로 다급하게 가슴을 쳐대는 여자를 보고 첫째언니가 황급히 잔에 물을 따라 여자에게 건네주었다. 여자는 걸신들린 사람처럼 물을 마시고, 음식을 먹었다. 둘째언니가 여자의 등을 부드럽게 두드려주면서 말했다.

"음식은 더 드릴 수 있으니, 천천히 드세요."

여자는 아직 자신의 마음속 깊은 곳에 숨어 있었던 부끄러움이라는 감정이 솟아오르는 것을 느끼면서 간신히 고개만을 끄덕였다. 이윽고 허기를 면한 여자는 부끄러운 감정이 사그라지며, 돌연 실체를 알 수 없는 성난 감정이 치솟아오르는 것을 느꼈다. 여자는 불과 조금 전 가졌던 무한한 감사의 마음을 내던져버리고, 차디찬 눈길로 집 안의 이곳저곳을 살펴보았다. 문 옆에 정렬해 있는 십수 개의 가죽주머니와 바닥에 떨어져 있는 반쯤 먹은 무화과, 막침대에 잠들어 있는 마라와 단지에 든 갈색설탕을 손가락으로 찍어먹고 있는 마라의 다섯 살짜리 남동생까지 훑어본 여자는 둘째언니가 건네주는 호밀빵 덩어리를 빼앗듯이 잡아채고는 마라의 집을 뛰쳐나왔다.

궁금증을 참지 못하고 여자의 집 앞에 모여 있던 대여섯 명의 마을 사람들은 성난 얼굴을 한 채 한 손에 든 빵덩어리를 머리 위로 흔들어대는 여자를 보았다. 여자는 소리쳤다.

"저 어린 매춘부의 집엔 이런 음식이 넘쳐나요! 우리가 배가 고파 진흙을 개어 수프를 만들어 먹을 때 저 악독한 것들은 콧노래를 부르며 아궁이에 불을 땐단 말이에요!"

여자의 외침은 삽시간에 마을 사람들의 입에서 입으로 번져갔다. 다른 사람에게 전해질 때마다 약간의 과장을 덧붙이는 소문의 특성은 더욱 위력을 발휘했다. 이날 저녁 무렵이 되자, 이미 거의 모든 마을 사람들이 마라에 대한 새로운 소문을 알게 되었다. 서른 살의 노총각 양치기는 마을에서 수십 킬로미터 떨어진 산중턱에서 양떼를 몰고 있는 탓에 가장 마지막으로 소문을 듣게 되었다. 장교들의 총애를 한 몸에 받고 있다는 마라라는 어린 매춘부는 막사로 불려갈 때면 저 멀리 동방의 비첩들처럼 매끄러운 실크를 온몸에 휘감고 차마 입에 올리기도 부끄러운 남녀 사이의 은밀한 기교들을 서슴없이 즐겨 행하며 밤새 계속된 여러 남자들과의 음행에 대한 대가로 눈처럼 흰 밀가루와

설탕과 과일 그리고 값비싼 약탈품 들을 집 안 곳곳에 산처럼 높게 쌓아두고 있다고. 그는 이런 작은 마을에선 도저히 믿기 힘든 얘기를 전해 듣게 되었다. 소문을 전하기 위해 한달음에 달려온 동료 양치기는 격앙된 목소리로 말을 덧붙였다.

"글쎄 그 마라라는 못된 것이 허기에 못 이겨 음식을 나누어달라고 찾아온 이웃 여자에게 썩은 무화과를 던져주며 개처럼 받아먹으라고 비웃었다지 뭔가!"

온 마을을 휩쓰는 소문의 핵인 마라는 정작 자신에 관한 사람들의 터무니없는 음해를 까맣게 모르고 있었다. 소문을 모르기는 마라의 가족들도 마찬가지여서 왜 이웃들이 자신들을 대할 때 전에 없이 시선을 마주치려 하지 않는지 좀 의아하게 생각했으나, 근래에 이해되지 않는 사실은 모조리 전쟁의 탓이라는 식으로 대수롭지 않게 여겼다. 그것은 정말이지 맞는 말이었다. P국과 전쟁만 시작되지 않았더라면, 점령군이 하필 이 마을을 기점으로 병사들의 막사를 설치하지 않았더라면, 그래서 여섯 명의 포로들을 처형했던 그날 마라가 장교와 눈이 마주치지 않았더라면, 마라와 그녀의 가족들은 이것보다는 나은 삶을 살고 있을지도 모르는 일이었다. 마라는 가끔 아직 순결한 소녀였던 불과 석 달 전의 자신을 머릿속에 떠올릴 때가 있었다. 하지만 그녀 스스로도 너무 낯설어 홀로 쓴 웃음을 짓고 마는 것이었다. 그리고 마라는 생각했다. 어쩌면 처음으로 막사에 끌려간 그날 밤 어둠 속의 또다른 자신을 발견한 순간, 이미 두 개의 자신들은 모조리 더럽혀진 것이었다고.

한 달이 넘도록 마라만이 유일하게 장교들의 막사로 불려가게 되자, 일단 마을 사람들은 더이상 다른 소녀들이 희생되지 않는 상황에 안도했다. 마라가 장교들의 음탕한 욕망을 만족시켜주는 한, 마을은 별다른 피해 없이 점령군과의 불필요한 마찰을 줄일 수 있었다. 마라와 그녀의 가족들에 대한 마을 사람들의 분노와 적개심은 나날이 높아갔다. 그렇지만 한편으론 마라의 존재가 마을에 절실했기에 대부분의 사람들은 자신의 원망과 불평을 가슴속에 숨겨두었다. 그리고 마라를 공공연하게 욕하던 한 늙은 백정이 병사들에게 군홧발과 개머리판으로 흠씬 두들겨맞은 사건 이후로는 모두들 각별히 입을 조심하게 되었다. 그 주책 맞은 늙은 백정은 밤늦게 막사에 홀로 불려가던 마라의 뒤를 몰래 따라가다가 한적한 산길에 이르자, 갑자기 소녀의 앞을 막아서며 준엄하게 꾸짖었던 것이었다.

"이 음탕한 것아! 어린 네가 벌써부터 사내에게 기갈이 들려 온 마을의 수치가 된 것을 알고 있느냐!"

문제는 늙은 백정이 소녀에게 훈계와 함께 엉덩이와 가슴을 주무르는 추행까지 저질렀다는 데 있었다. 마침 일대를 정찰하던 다섯 명의 병사들에게 현장을 들킨 늙은 백정은 바비큐 돼지처럼 두 손과 두 발이 묶인 자세로 죽지 않을 만큼 두들겨맞았다. 어쨌든 마라는 장교들의 여자였다. 오직 장교들에게만 허용된 이 어린 매춘부를 마을의 누구도 함부로 대할 수는 없었다.

어느덧 점령군이 이 마을에 온 지도 반년이 훌쩍 지나가고 있었다. 여전히 사나흘에 한 번꼴로 몇몇 포로들에 대한 처형이 회당에서 벌어졌으나, 이같은 광경에 익숙해진 마을 사람들은 별반 감정 없이 일상을 대하듯 죽음을 목격하곤 했다. 오히려 예정됐던 처형이 미루어지는 날엔 마을 사람들은 왠지 찜찜하고 아쉬운 생각을 떨쳐버리기 위해 삼삼오오 떼를 지어 점령군의 사정을 비교적 소상하게 파악하고 있는 식자공의 집으로 몰려가는 것이었다.

이 무렵 식자공은 제법 마을 사람들의 신망을 얻는 유력한 인물이 되어 있었다. 점령군의 입장에서도 식자공이 매우 요긴한 인물이긴 마찬가지였다. 단순히 점령군의 언어를 구사할 수 있다는 이유에서만이 아니라, 식자공은 그들의 다양한 요구사항을 가장 빠르고 효과적인 방법을 동원하여 만족시킬 수 있는 노련한 재주가 있었다. 복잡한 일들이 거의 없는 변방의 작은 마을에선 발휘될 일이 전무한 재주였으나, 식자공에게는 그야말로 전쟁의 발발이 행운의 기회였던 셈이었다. 점령군의 수하에서 통역과 궂은일을 도맡아 하던 식자공은 어느덧 장교들과 상당한 친교를 쌓아 일반 사병들에게 자신의 집 안마당에 우물을 파는 작업을 시킬 수 있을 정도로 영향력을 행사하고 있었다. 물론 그 우물이란 것이 물동이 두 개가 겨우 들어갈 만한 너비에 성인 남자의 키 높이 정도의 낮은 깊이라 맑은 식수는 아예 기대할 수 없는 형편없는 물구덩이에 불과했으나, 그래도 마을 사람들에겐 군복을 입은 병사가 식자공의 사적인 명령에 따르는 광경이 대단하게만 보였다.

이즈음 교활한 뱀처럼 영리한 식자공은 자신의 집을 찾아온 마을 사람들에게 전에 없이 친절하고 우호적인 태도를 보이고 있었다. 의자가 모자라 탁자와 문 옆의 긴 깔개 위에 어깨를 붙이고 앉아 있는 사람들에게 딱딱하게 굳은 귀리빵 반 조각과 멀건 수프가 담긴 접시를 손수 나누어주며 식자공은 이렇게 말하는 것이었다.

"알다시피 P국은 이 나라보다 훨씬 더 강력한 군대와 무기를 갖고 있소. 저들은 앞으로도 계속 수도를 공격하기 위해 진격할 거란 말이오. 차라리 우리처럼 일찌감치 점령군에게 포위되어 불필요한 전투를 치르지 않는 편이 하나뿐인 목숨을 지킬 수 있는 좋은 기회가 될 것이오."

짐짓 심각한 표정으로 말을 잇는 식자공과 손에 든 음식을 번갈아 바라보며 마을 사람들은 너나할 것 없이 고개를 끄덕였다. 점령군에 순순히 투항하지 않고 맞서 싸웠다면, 이 마을은 고작 하룻밤 새에 통째로 날아갔을지도 모르는 일이었다. 점령군이 마을에 정주해서 생활이 더욱 피폐해진 건 사실이지만, 어찌 됐든 지금 이 자리에 남아 있는 사람들은 사지가 멀쩡하게 살아 있으니 말이었다.

하지만 식자공은 마을 사람들에게 했던 말과는 다른 생각에 골머리를 썩이고 있었다. P국이 강대국이라는 것은 사방의 모든 나라들이 인지하고 있는 사실이었으나, 이 강대국에게는 항상 호시탐탐 반기를 들려 하는 적국이 너무 많았다. 어젯밤에도 잔뜩 술에 취한 한 장교가 어쩌면 한두 달 내에 군대를 돌려 본국으로 되돌아오라는 명령이 떨어질지도 모른다는 말을 했었다. 그러자 역시 술에 취한 다른 장교가 맞장구를 치며 말했었다.

"수도로 진격하는 선봉을 맡는 줄만 알았더니, 또다시 소소한 전투에나 보내질 것이 분명해. 우리 꼴이 이게 뭔가. 자꾸 생각해봤자 기분만 더러워지니 마라나 부르세."

식자공은 얼른 마라를 부르려 막사를 나서려고 하다가 마라가 벌써 도착해 있는 것을 보았다. 마라는 회당 앞 포석 위에 걸터앉아 밤하늘을 바라보고 있었다. 식자공은 잠시 마라의 옆모습을 훔쳐보았다. 달이 뜨지 않은 칠흑 같은 밤이었다. 마라의 가냘픈 몸이 어둠 속에 희미하게 잠겨 있었다. 식자공은 말이 나오지 않아 한동안 마라를 지켜보기만 했다. 이윽고 마라가 먼저 사람의 기척을 눈치챘는지 식자공이 서 있는 편으로 고개를 돌리며 입을 열었다.

"이제 들어가야 하나요?"

"……"

식자공은 대답 없이 어둠 속에 둥둥 떠 있는 듯한 마라의 하얀 얼굴을 마주 보았다. 식자공은 크게 숨을 들이마셨다. 그는 마라가 네 발로 기는 아기였을 적부터 십수 년간 그녀가 자라온 모습을 지켜보았지만, 오늘밤처럼 마라가 가깝게 느껴졌던 적은 없었다. 실로 뭐라 설명하기 어려운 기묘한 동질감과도 비슷한 감정에 식자공은 조금 비틀거렸다. 아무래도 술에 취한 모양이라고 생각한 식자공은 몸을 돌려 막사로 걸어가려 하다가, 다시 마라를 향해 돌아섰다.

"마라야."

"……"

"군대는 조만간 마을에서 떠날 거다. 한 달, 아니 두 달이면 그렇게 되겠지."

마라는 텅 빈 눈으로 식자공을 응시하고 있었다. 어쩐지 가슴 한구석이 서늘해지는 것을 느끼며 식자공은 빠르게 말을 이었다.

"너는 예전처럼 지낼 수는 없을 거야. 살고 싶다면 되도록 빨리 이 마을을 떠나야 해."

"알아요."

마라는 말했다.

"전 알고 있어요."

"……"

"제가 왜 떠나야 하나요?"

식자공은 대답할 수 없었다. 제자리에 멈춰 선 식자공의 옆을 스치듯 마라가 지나갔다. 핼쑥한 마라의 옆얼굴에서 전에 없던 숙성한 여자가 보였다. 식자공이 뭔가 말을 꺼내려는 동안 마라는 이미 막사 안으로 들어서고 있었다.

시간은 속절없이 흘러갔다. 짧은 우기가 끝나고, 지독한 건기가 시작되자 마을은 온통 극도의 굶주림과 가난에 시달리게 되었다. 물론 마을 사람들은 얼굴도 모르는 조상 대대로 지금까지 늘 굶주렸고 늘 가난했으나, 아무리 힘든 상황일지라도 어떻게든 살 수는 있었다. 하지만 이제 마을 사람들에게 닥친 이 굶주림과 가난은 생존 자체를 위협할 만큼 심각한 것이었다. 강과 시내와 우물은 이미 바싹 말라 흙바닥을 드러냈고, 말라 죽은 호밀은 쩍쩍 갈라진 밭에 뿌리를 드러낸 채 쓰러져 있었다. 작렬하는 햇빛은 비추는 모든 곳마다 생명을 앗아갔고, 열기로 한껏 달아오른 대기는 숨을 내쉬는 것조차 힘들 만큼 빽빽하고 농밀했다.

점령군도 어려움을 겪기는 마찬가지였다. P국의 국경선과 맞닿아 있는 작은 도시국가들이 동맹군을 창설하여 나라 곳곳에서 산발적인 전투를 벌이고 있는 통에, 다른 나라를 침략한 자국의 군대에 제때 식량과 보급품을 전달하기란 어려운 일이었다. 본국으로부터의 지원이 끊어진 점령군은 마을에서 각종 물자를 징발할 수밖에 없었다. 장교들은 마을과 관련된 일들은 항상 그래왔듯이 식자공에게 물자의 징발을 일임했다. 식자공은 최악의 상황이 다가오고 있음을 직감했다. 장교들의 명령을 거부할 수도 없었고, 그렇다고 언제 점령군이 본국으로 되돌아갈지도 모르는 마당에 마을 사람들을 닦달할 수도 없었다.

우선 식자공은 점령군이 마을에 정주하는 동안 모아두었던 값나가는 물품들을 자신만이 아는 마을 곳곳의 비밀 장소에 숨겨놓은 다음, 마을 사람들을 집으로 불러모았다.

"점령군이 우선 귀리와 호밀을 요구하고 있소. P국 내의 전투 상황이 점점 악화되고 있는 모양이오. 모두가 어려운데 이런 말까지 전하게 돼서 미안하오. 그래서 내가 먼저 이 집에 있는 것들을 전부 내놓을 것이니, 여러분도 최대한 협조해주기 바라오."

말끝에 식자공은 문밖에 대기하고 있던 병사들에게 집 안팎에 있는 모든 물품들을 가져가라고 말했다. 아연해진 마을 사람들은 다섯 명의 병사들이 부지런히 집 안팎을 오가며 호밀가루 포대와 막침대와 탁자, 사기그릇 들을 차례로 세 개의 수레에 나눠 싣는 것을 지켜보았다. 식자공의 말대로 곧 집 안팎은 깔개 하나 없이 깨끗하게 비워지게 되었다. 마을 사람들은 이러한 식자공의 언행에 큰 감명을 받았다. 세상에 어떤 사람이 타인을 위해 자신의 소중한 재산을 이토록 사심 없이 내놓을 수 있겠는가, 라는 공통된 생각에 부끄러워진 마을 사람들은 식자공의 말을 군말 없이 좇았다. 어차피 점령군은 자신들이 필요한 양의 식량이 채워지지 않는다면, 언제든지 병사들을 시켜 집집마다 강제 징발을 시행할 것이었다. 낯선 병사가 자신의 가족들을 위협하며 집을 헤집고 다니는 것보다야 차라리 스스로 내놓는 편이 여러 모로 나았다.

마을의 한길에 제법 곡물이 쌓여갈 때였다. 다리를 심하게 저는 늙은 백정이 지팡이를 휘두르며 고함을 질렀다.

"왜 가난한 우리만 허리를 졸라매야 하는 거요! 호의호식하는 마라라는 매춘부나 그 가족들은 이곳에 코빼기도 안 비추고 있지 않느냔 말이오!"

일전에 막사로 가는 마라를 추행하여 병사들에게 두들겨맞은 늙은 백정은 두 눈에 핏발까지 세우며 마을 사람들을 선동했다. 마을 사람들은 늙은 백정의 느닷없는 고함소리에 깜짝 놀랐고, 절름발이 색마가 미쳐 날뛰는 모습을 비웃음 반 놀림 반으로 지켜보다가, 문득 굶주림과 가난 때문에 요 며칠간 잊고 있었던 마라에 대한 원망과 적개심이 다시금 가슴속 깊은 곳에서부터 타오르는 것을 느꼈다. 마을 사람들은 서로의 화난 얼굴을 마주 보았고, 그 얼굴들에서 자신의 분노를 더욱 극명하게 알 수 있었다. 한 여자가 소리쳤다.

"마라의 집으로 몰려갑시다! 그것이 우리에게도 썩은 무화과를 던져주는지 똑똑히 보자구요."

사람들은 저마다 소리를 높였고, 어떤 사람들은 분을 못 이긴 나머지 두 팔을 머리 위로 치켜들고 마구 흔들기까지 했다. 식자공과 병사들은 뜻밖의 상황에 당황했다. 극도로 격앙된 마을 사람들이 마라의 집으로 몰려가 어떤 짓을 벌일지는 불을 보듯 뻔한 일이었다. 식자공은 사람들을 진정시키기 위해 짐짓 어조를 낮췄다.

"마라의 일은 나중에 생각해도 늦지 않소. 지금은 빨리 식량을 모아 군대에 가져다줘야 한단 말이오."

식자공의 말에도 늙은 백정과 여자는 얼마간 목소리를 계속 높였지만, 병사들의 눈치를 살피던 다른 사람들은 머리 위로 들었던 두 팔을 내리고 입을 다문 채 다시금 곡물을 모으는 일에 바삐 움직였다.

그날 밤 누군가가 마라의 집 벽면에 숯으로 글자를 써놓았다. 마치 어른이 글쓰기에 서툰 아이를 흉내낸 듯한 조잡한 필체였다. '음탕한 매춘부야, 머지않아 그 대가를 치르리라.' 다음날 아침에 식자공과 병사들이 마라의 집에 도착했을 때, 늙은 어머니는 슬피 울면서 걸레에 물을 묻혀 벽에 쓰인 숯 글씨를 지우고 있었다. 하얀 석벽에 쓰인 숯 글씨는 물걸레로 문지르면 문지를수록 주위를 더럽게 만들며 번지기만 할 뿐, 좀체 지워지지는 않았다. 둘째언니가 문가에 주저앉아 울면서 역시 우는 남동생을 무릎에 앉히고 달래며 말했다.

"마라가 뭘 어쨌단 말인가요? 그애는 그저 자신과 모두를 살리기 위해 그랬던 거예요. 어쩌면 이웃들이 이렇게나 악할 수가 있나요."

다행인지 불행인지 마라는 닷새 전부터 아예 장교들의 막사에서 기거하고 있었다. 본국의 상황이 악화될수록 낙심한 장교들은 걸핏하면 술에 취해 있었고, 마라를 더 빈번히 찾게 되었다. 장교들은 마라가 너무 익숙해진 나머지 막사에서 그녀가 눈에 보이지 않으면 약간의 불안을 느낄 정도였다. 아내와 아이들이 있는 본국에선 감히 상상도 해보지 못한 이런 비정상적인 관계가 어느덧 이곳에선 전혀 거리낄 것 없는 밤의 일상이 되어가고 있었다. 마라는 그들 모두의 욕구를 만족시켜주는 애인이었고, 비록 말을 알아듣지는 못해도 말없이 말을 들어주는 딸이었으며, 지독한 향수병을 치유해주는 어린 어머니였다.

장교들은 마라의 따뜻한 몸속에 자신의 일부를 밀어넣을 때마다 쾌락으로 몸을 떨며 말하는 것이었다.

"마라, 마라, 마라. 너도 우리와 함께 가자."

독백처럼 장교들이 반복하는 이 말을 마라는 물론 알아들을 수는 없었다. 장교들이 마라의 몸에서 반복적인 즐거움을 구하는 동안, 마라는 어둠 속 자신의 시선을 느끼면서 아무런 기쁨도 없이, 오직 지속되는 고통만을 참으며 나날을 견뎌야 했다. 마라의 가슴은 백지처럼 공허했고, 기억은 언제나 뿌연 안개처럼 흐릿했다. 마라에겐 과거가 존재하지 않았다. 다만 현재만이, 장교들의 욕구를 충족시키기 위해 두 다리를 벌리고 있는 현재만이 존재했다. 가끔 마라는 홀로 눈물을 흘렸다. 슬프다는 감정이 딱히 들지 않는데도 마라의 두 눈에서는 자주 눈물이 흘렀다. 마라는 막연히 떠나야 한다는 사실을 알고 있었다. 그것도 멀지 않은 때에, 어쩌면 내일이라도 떠나야 할지 모른다는 것을 알고 있으면서도 막사를 나오지는 못했다. 모든 사실이 너무나도 막연해서, 마라는 오히려 막사에 거하는 자신이 뚜렷하게 느껴질 정도였다.

점령군이 본국으로 돌아가는 날은 예상보다 빨리 다가왔다. P국의 상황은 대외적으로 알려진 것보다 훨씬 좋지 않았던 것이었다. 군 상부에서 떨어진 급령은 순식간에 군대 전체에 퍼졌다. 막 해가 뜨기 직전인 이른 새벽이었다. 밤새 질펀한 술자리를 벌였던 장교들은 급령을 전달받자마자, 일사분란하게 군복을 차려입고 허리에 찬 총의 상태를 확인했다. 장교들이 한두 명씩 급히 막사를 나가는 동안, 깔개 위에 몸을 웅크리고 자고 있던 마라는 겨우 눈을 떴다. 마지막으로 막사를 나가려던 한 장교가 벌거벗은 마라에게 큰 소리로 말했다. 마라가 아무런 반응이 없자, 장교는 막사의 문을 가리키며 반복해서 말했다.

"가라. 가라. 가라."

그것이 알고 있는 유일한 말이었는지, 장교는 고개를 흔들더니 이윽고 막사를 떠났다.

마라는 마지막으로 남아 있던 장교가 막사를 떠나고도, 한동안 막사를 떠나지 않았다. 막사 밖으로 분주하게 뛰어다니는 병사들의 숨찬 구호소리가 사방을 울리고 있었다. 마라는 벗어두었던 통옷을 입고 낡은 덧신을 신었다. 바로 옆 막사가 헐리는 요란한 소리가 들리자마자, 마라는 무언가에 등이 떠밀리듯이 막사의 뒷문을 통해 밖으로 나갔다.

마라는 산을 오르는 동안 한 번도 뒤를 돌아보지 않았다. 마치 뒤를 돌아보면 절대 안 되는 신탁을 받은 롯처럼 마라도 오직 땅만을 바라보며 미친 듯이 발을 옮겨갔다. 어느 정도 높이에 다다랐다고 생각했을 때, 마라는 비로소 눈에 보이는 검은 바위에 걸터앉아 가쁜 숨을 몰아쉬며 산 아래를 내려다보았다.

군대는 아직 막사가 있던 곳에 도열해 있었다. 한 번도 이백오십 명의 병사들이 도열해 있는 모습을 본 적이 없는 마라는 잠시 그 위용에 놀라 시선을 멈췄다. 그들은 마라가 알고 있던 밤의 군인들이 아니었다. 좀더 용맹해 보였고, 좀더 기품 있어 보이는, 한낮의 군인들이었다. 마라는 시선을 돌려 그 너머의 아래를 눈으로 더듬어보았다. 그곳에 마라가 이제까지 살아온 고향이 있었다.

마을은 마라가 있는 산과는 거리가 많이 떨어져 있어서 간간이 박혀 있는 집들만이 눈에 띄었다. 그 집들 가운데 한 집에서 검은 연기가 솟아오르고 있었다. 솟아오르는 검은 연기를 응시하던 마라는 몸이 굳어지는 것을 느꼈다. 마라는 바위에서 몸을 일으켰다. 가만히 고개를 숙이고 서 있던 마라는 얼마 뒤 몸을 돌려 천천히 산을 오르기 시작했다. 마라는 산속 어디선가 자칼이 우는 소리를 들었다. 마라는 고개를 돌리지 않았다. 한참이 지난 후에 마라가 다시 돌아봤을 때, 헐벗은 무수한 나무들 외엔 아무것도 보이지 않았다.

침묵

우리는 양의 가죽을 입은 사람들이었다. 우리는 태양 아래, 그 눈부신 빛 가운데 자신의 두 발로 당당히 이 세상의 흙을 밟을 수 없는 인간들이었다. 우리는 기억할 수 없는 이전부터 인간임을 스스로 포기하기를 강요당한 이들이었다. 너희들은 인간이 아니다, 라고 그들은 말했었다. 왜, 라는 질문은 우리에게 허용되지 않았다. 그들이 그렇게 말했으므로. 우리는 그 사실을 받아들일 수밖에 없었다. 생각하려 하지 말아라, 만일 생각이 떠오르려 한다면 너희들의 머리를 날 선 바위 끝에 힘껏 박아버려라, 육신의 생명이 다하는 것을 두려워하지 말거라, 진정한 생은 육신의 죽음과 동시에 시작되리라…… 그들은 수없이 말했었다. 그들은 우리를 미개인, 이라고 불렀다. 그들은 우리를 이단자, 라고도 불렀다. 그들에게 미개인은 곧 이단자이며 이교도였다. 차라리 우리는 이교도였음이 좋았을 것이다. 우리의 유일신을 자신들의 수많은 예언자 중 한 사람으로 치부하는 이교도들의 실체를 본 이는 우리 중에 아무도 없었다. 어떤 이는 이교도의 피부색이 석류처럼 붉거나 오디처럼 까맣다고 했고, 어떤 이는 그들이 말을 다루는 특별한 능력이 있어 아무리 사나운 야생마라도 불과 수분 내에 온순한 여인처럼 길들일 수 있다고 했고, 또 어떤 이는 그들이 기근이 들면 죽은 동족의 고기를 먹어 목숨을 부지한다고도 말했다. 이교도는 짐승과 진배없는 이들이었다. 인간과 짐승의 어중간한 곳에 위치한 우리와 별반 다를 바가 없었다. 우리는 차라리 짐승이기를 바랐다. 짐승은 그 피를 손에 묻히는 것조차 불결하다 하여 아무런 거리낌 없이 단칼에 숨통을 끊어주기에. 우리는 스스로의 무지함으로 이교도의 신을 알지 못하여 이단자로 낙인찍혔다.

빛! 작렬하는 한낮의, 굵은 거품을 내뿜으며 끓어오를 듯한 사위의 빛 아래서 우리는 네 발을 가진 더러운 가축으로 화했다. 두 발로 섰을 때에는 볼 수 없었던 시시각각 다변하는 빛의 흐름이 가축의 자세에서는 놀랍도록 선명하게 보였다. 하늘로부터 여과 없이 내리비춰 매끄럽다 못해 끈적이는 점성의 올리브유처럼 땅 위의 모든 것들에 슬며시 녹아드는 빛의 입자들. 양떼의 형편없이 엉킨 땟국 전 털가죽 위에, 곳곳에 박혀 있는 잿빛 반암 위에, 파헤쳐진 흙더미와 그 속에서 꿈틀거리는 작은 땅벌레들의 반들거리는 등딱지 위에도 빛은 그들이 말하던 신의 공평함같이 하등의 차별 없이 사뿐히 내려앉았다. 현란한 빛의 향연으로 이윽고 우리의 두 눈은 거짓된 신의 섭리 앞에 캄캄해졌고, 시력을 상실한 육신에서 뻗어나온 앞발이 된 두 손과 맨살의 팔꿈치를 제멋대로 웃자란 날 선 풀숲에 사정없이 긁히며 생채기마다 배어나오는 핏물에 내려앉은 대기의 갖가지 먼지와 양들 특유의 동물성 냄새를 오직 불분명한 감각으로만 느껴야 했다. 눈가에 매달린 어둠의 미세한 덩어리들을 애써 떨어내고 땅바닥과 맞닿을 듯한 고개를 간신히 들면, 눈앞에 수백의 실룩대는 허연 털투성이 궁둥이들이 어지럽게 널려 있는 정경과 함께 그 빌어먹을 소음, 양떼가 저마다 울어대는 구역질나는 소리가 귀청을 울려댔다. 그것들은 늘 그렇듯이 습관처럼, 주변을 배회하며 호시탐탐 먹잇감을 노리는 늑대와 승냥이의 존재를 다른 양들에게 알리기 위해, 그리하여 허약하기 짝이 없는 자신들의 두루뭉술한 몸뚱이를 부디 보호해달라고 주인에게 애원하기 위해 끊임없이 울어대는 것이었다. 고원에 방목중인 양떼에게 위험은 언제나 도처에 널려 있었다. 방목, 자유롭게 놓아둔 가축의 무리. 그렇다. 그들은 우리를 양떼의 일부로 놓아두었다. 우리는 경계가 없는 이 고원에서 양으로서 자유로웠으며, 또 양으로서 양치기의 감시에서 벗어날 수 없었다.

자애로운 신께 감사하라. 너희들은 이제 진정한 신의 양으로 거듭나기 위해 가축인 양들의 틈에서 남은 생을 살아가야 할 것이다…… 극심한 고통으로 가물거리는 기억 속에서 재판관은 우리에게 말했었다. 정말이지 그들은 놀라운 자들이었다. 어떻게 하면 말하지 않는 이의 굳게 닫힌 입을 열게 할 수 있는지, 자신의 육체와 영혼을 송두리째 그들의 면전에 까발리게 할 수 있는지 소위 방법과 기술을 아는 자들이었다. 그들은 우리를 음란한 사탄의 자식들, 이라고 불렀다. 그 무엇으로도 용서받을 수 없는 대죄를 지은 죄악된 무리들이며 공의로운 신의 심판에서 결코 피해갈 수 없을 것이라고도 했다. 우리는 왜, 라는 질문을 그들에게 결코 할 수 없었으므로 옥죄는 공포와 참회의 눈물 속에서 그들 앞에 납작 엎드려 용서를 구할 도리밖에 없었다. 용서를 구하는 탄원이 점차 거세질수록 그들은 더욱 무섭게 목청을 돋워 우리가 저지른 죄악의 세세한 항목들을 일일이 열거했으며, 그 엄청난 죄악의 양에 놀란 우리는 종국엔 말없이 눈물만 흘릴 뿐이었다. 엄습하는 눈물의 파도 속에서 우리 중 어떤 이가 그들에게 탄원했다. 하지만 재판관님! 저희들은 유일신을 단 한 번도 부정했던 적이 없었습니다! 저희들은…… 분절된 문장은 끝맺음 되지 못했다. 곧 분격한 재판관의 외침과 함께 우리는 전부 오라에 손과 발이 묶여 갖가지 고문대가 즐비한 마을의 광장으로 끌려나갔다.

우리의 죄는 선과 악을 판별하는 능력이 전무했다는 것. 성스러운 능력의 원천은 유일신으로부터 비롯되었다. 우리는 그때까지 자신들이 믿었던 관습과 전통을 모조리 부정하도록 강요받았다. 우리는 자신들을 부끄러워하도록 강요받았다. 부끄러움. 태초에 신께서 세상을 지으셨을 때, 최초의 인간 되었던 남자와 여자는 금지된 열매를 따먹고 자신들의 아무것도 걸치지 않은 나신이 부끄러워 엮은 무화과 나뭇잎으로 치부를 가렸다. 부끄러움, 인간이 죄악에 다가갔을 때 느끼는 본능적 감정. 하지만 우리가 도대체 무엇을 부끄러워해야 한단 말인가. 아악…… 아아아아악…… 아아아아아악…… 우리의 혈연들이 하나씩 고통에 몸부림치며 여기저기서 비명을 질러대는 순간, 그 지옥의 밑바닥에서도 우리는 부끄러움에 대해 알 수 없었다. 우리가 유일하게 느끼는 부끄러움은 지금, 양떼의 궁둥이들을 서로 마주 보고 있는 것이었다. 이 멍청하고 무질서한 가축들의 뒤꽁무니를 쫓아 무성한 잡초를 우리의 앞발과 뒷발로 있는 힘껏 짓이기며 또다른 산

꼭대기를 향해 전진하는 것이었다. 맨몸 위에 입은 양의 가죽은 해가 뜨기 전에 이미 육중한 철갑이 되어 우리의 영혼까지 짓눌러대었다. 머릿속은 자연스레 하얗게 표백되어 어느 찰나 둥둥둥, 거리는 북소리가 먼 곳에서부터 들려오기 시작했다. 둥둥둥, 연속해서 들려오는 북소리는 무지막지한 구타처럼 전신을 후려갈기며 해가 정상에 오르기까지 무절제한 연주를 멈추지 않았다. 연주가 막바지에 이르면 흠씬 두들겨맞은 육신은 마약에 찌든 것처럼 노곤해졌고, 정오의 작렬하는 태양에 바짝 달구어진 뜨거운 흙이 거북이의 등껍질처럼 단단해진 네 발바닥의 굳은 살덩이들에 불그스레한 자국을 점점이 새겨넣었다. 우리의 네 발바닥에 십수 개의 화인이 뚜렷이 새겨질 무렵, 뒤이어 사방을 에워싸는 공기의 미묘한 진동음이 양들의 울음소리 위에 덧입혀져 실로 뭐라 표현하기 힘든 감정에 휩싸이도록 우리를 유도하는 듯했다. 비록 우리가 원치 않을지라도 그랬다. 그 감정의 실체는 분명 강요된 것이었다.

영혼의 깊은 곳으로부터 우러나오는 진정한 회개에 대해서는 더더욱 알 수 없었다. 하긴, 어쩌면 회개에 대해서는 조금 알고 있기도 했다. 우리 마을의 본당 신부는 늘 설교시간마다 회개를 강조하곤 했었다. 회개하시오. 신께 순전히 고해하시오. 그것이 아무리 사소한 것일지라도 여러분이 고하는 음성에 신은 언제나 귀를 기울이실 것이오. 인간은 신을 떠나서는 자신의 잣대로 궁극적인 선한 삶을 절대 살아갈 수 없다는 것을 명심, 명심하시오…… 그러면서 신부는 설교의 마지막엔 꼭 꽤 두툼한 책을 두 손으로 높이 들어 회당에 모여 앉은 우리에게 보여주었다. 값비싼 양피지로 제본된 그것은 여러 세기에 걸쳐 전해진 신의 말씀을 기록한 성경원본의 필사본이었으며, 마을에 유일한 책이었다. 신부의 두 손에 들려 있는 성경은 오히려 설교보다 더 강력한 신의 뜻을 우리에게 전달하곤 했다. 책은, 아니 성경은 우리 마을 사람들에게 경외의 대상이었으므로 우리는 살아 있는 신을 대하듯 그것을 우러러보았다. 사실 우리로서는 그럴 수밖에 없었다. 천상의 신은 우리 같은 낮은 신분의 사람들에게는 너무나도 먼 곳에 동떨어져 있어서 열렬한 믿음으로 화답하기에는 깊은 괴리가 있었던 것이었다. 우리는 감히 성경을 똑바로 마주 볼 수도 없었고, 다만 두려움에 온몸을 덜덜 떨어대며 누가 볼 세라 곁눈질로 슬며시 마치 허공의 저편을 보듯 초점 흐린 눈으로 그것을 바라보았다. 대단히 위협적이며, 어떤 사술과도 비할 수 없는 마력을 지닌 영물을 보듯이. 나중에 재판관들은 마을의 신앙생활에 관해 우리가 하는 진술을 탐탁해하지 않았다. 그들은 특히 사술과 영물이라는 단어에 거의 경기에 가까운 반응을 보였다. 영물이라니! 혹시 성물을 잘못 말한 것이 아니냐! 갑자기 초조한 기색을 보이며 그들은 우리를 다그쳤다. 그러나 우리의 마을은 도시로부터 한참 떨어진 후미진 산중턱에 있는 곳이라 성물을 본 적도, 알 수도 없었다. 본당 신부도 성물에 대해서는 말해주지 않았던 것이다.

어쨌든 영물이든 성물이든 간에, 주일마다 한 번씩 설교시간마다 잠깐씩 귀중한 모습을 드러내는 성경이 회당의 깊숙한 금고에 잠들어 있을 때면, 신부는 예의 그 거추장스러운 희디흰 사제복을 벗어버리고 우리와 다를 바 없는 통 좁은 바지와 허리끈으로 졸라매는 장옷을 입고 온 마을을 휘젓고 돌아다녔다. 표면상 이유는 온갖 유혹에 노출된 신의 어린 양 된 마을 사람들의 신앙생활을 일상에서 돌봐주기 위해서였지만, 우리는 신부가 관심을 가지는 어린 양들이 어린 소녀와 과부라는 것을 잘 알고 있었다. 그러나 우리는 신부의 관심사에 대해 뒷말을 쑥덕대며 비난할 마음은 전혀 없었다. 그 역시 신부이기 이전에 마흔 살이 채 되지 않은 혈기왕성한 남자이지 않은가 말이다. 그런 소소한 재미라도 없다면 어찌 따분한 시골 마을에서 언제 도시로 부름받을지 모르는 답답한 상황을 견딜 수 있겠는가. 신부가 도시에서 이곳으로 좌천된 것은 공공연한 사실이었다. 어떤 불미스런 사건에 연루되었다는 소문도 있었으나, 우리 중 대부분은 신부에게 호감을 갖고 있었다. 하지만 우리 모두의 눈살을 찌푸리게 한 그 일이 일어난 후 신부의 평판은 걷잡을 수 없이 곤두박질하게 되었다.

붉은 머리의 두 여자. 이글거리는 태양처럼 구불거리는 붉은 머리카락을 허리께까지 똑같이 기른 모녀는 작은 몸집까지 비슷해서 뒷모습만 보면 여간해선 구별할 수 없었다. 먼저 신부의 정부가 된 여자는 열네 살의 딸이었다. 얼굴은 못생겼으나 나이에 비해 유독 둥글게 부풀어오른 가슴이 숙성해 보이는 여자아이였다. 초경도 아직 치르지 않았다는 말이 분분했지만, 신부는 거리낌없이 여자아이를 취했다. 문제될 만한 일은 없었다. 자신의 딸을 신부에게 취하도록 충동질한 이가 바로 그애의 어머니인 또다른 붉은 머리의 여자였기 때문이었다. 그녀는 마을에서 맹목적으로 신부를 추종하는 무리에 속했던 여자였다. 신의 전능한 매력을 등에 업고 마음에 드는 여자에게 저돌적으로 접근하는 신부에게 마을 여자들 대부분이 속수무책으로 이끌렸다.

우리는 늘 부족한 음식 때문에 굶주렸다. 멀건 귀리죽과 딱딱하게 굳은 호밀빵으로 간신히 허기만을 면하고는 부족한 기력을 쥐어짜서 해가 뜨고 지기까지 우리의 소유가 아닌 땅을 경작하고 가축을 기르는 과도한 노동에 시달려야 했다. 마을은 도시에서 거주하는 어느 귀족의 영지였으나, 벌써 오 년이 넘게 그의 대리인인 관리에 의해 운영되고 있었다. 본당 신부와 비슷한 연배인 관리는 마을에서 드물게 활력이 넘치는 사내였고, 몸집도 당당했다. 두 중년 사내는 각각 우리의 정신과 생활을 지배했으며 자신들의 암묵적인 합의에 의해 서로의 영역을 결코 침범하지 않았다. 비록 이를 악물며 인사를 주고받는 사이였지만, 나름대로 우호적인 관계였다. 적어도 붉은 머리의 두 여자가 그들과 밀접한 관련을 맺기 이전에는 그랬다.

여자란 것들은 전부 죄악 된 존재들이다. 나중에 우리에게 새로운 복음을 전한 '그들'은 여자란, 스스로의 죄로 인해 주기적으로 피 흘리는 더러운 것들이라고 설교했다. 여자를 멀리하라. 될 수 있다면 시선조차 마주치지 않도록 조심하라. 너희들의 두 눈이 오염될까 두렵구나. 그러나 완전한 금욕을 할 수 없다면, 차라리 어설픈 금욕 대신 완전한 방종을 택하라…… 우리는 정말이지 무엇도 알 수 없었다. 파멸의 구덩이는 우리를 한 번에 삼키기 위해 서서히 입을 벌리고 있었다. 훗날 본당 신부는 열네 살 된 붉은 머리 계집아이를 마녀, 라고 칭했다. 과부인 어머니가 차린 주점의 뒷방에서 그 어린것이 어찌나 크게 여자의 은밀한 기쁨을 소리내었던지, 주변을 지나던 마을 사람 몇몇이 호기심을 이기지 못하여 소리가 들리는 현장으로 우르르 몰려갔던 것이다. 벌거벗은 여자아이는 자신의 머리카락만큼이나 붉게 달아오른 음부가 훤히 보일 만큼 두 다리를 한껏 양옆으로 벌려 위로 치켜들고 있었고, 윗옷만을 입은 신부는 자신의 부풀어오른 하체 일부를 막 여자아이에게 들이밀려는 중이었다. 신부는 숨을 헐떡이며 여자아이에게 말하고 있었다. 자, 나는 너에게 복음을 전하고 있는 거야! 신부의 말에 여자아이는 커다란 젖가슴을 마구 흔들어대며 키득거렸다. 문가에 우두커니 서 있는 사람들과 시선이 마주친 후에도 여자아이는 벗은 몸을 가릴 생각도 없이 터져나오는 웃음을 멈추지 않았다.

음탕한 여자아이의 웃음소리는 오래도록 우리에게 회자되었다. 우리들 중 여자아이의 웃음소리를 들은 이가 실제로 누구였는지는 곧 소문 속에 묻혀버렸다. 모두들 자신이 그 상황을 직접 보기라도 한 것처럼 소리 죽여 떠들어댔다. 그렇게 마을 사람들끼리 농토와 방앗간과 주점에 모여 앉아 떠들어댈 적마다, 종일 강도 높은 노동에 시달려 지칠 대로 지친 이들에게 표현하기 힘든 기묘한 활력이 생겨났으며 모두들 만면에 홍조를 띤 채 희희낙락하였다. 마치 계속되는 양떼의 지긋지긋한 울음소리처럼. 낮이고 밤이고 양들은 그 빌어먹을 울음소리를 멈추지 않았다. 사방이 열린 산속 공간을 가득 메우며 퍼져나가는 양들의 울음소리는 가늠하기 힘들 만큼 먼 곳에서부터 메아리쳐 되돌아와 우리의 귓가에 한시도 쉼 없이 울려대는 것이었다. 우리를 둘러싼 것들은 양떼가 아니었다. 우리는 양들의 울음소리에 에워싸여 있었다. 그것들이 내는 울음소리가 우리를 견딜 수 없게 포박하며, 우리 자신을 죽음에 이르도록 종용하고 있었다. 그들이 왜 우리에게 그토록 관대하기 짝이 없는 판결을 내렸는지 이제는 어렴풋이 알 수 있을 것 같기도 했다. 그들은 우리가 스스로를 벌하기를 바랐던 것이었다. 우리가 공의로운 신의 이름 아래 자복하며 죄책감에 몸부림치다가, 종국엔 양들의 울음소리를 병풍 삼아 숭고한 자기 살해를 행하도록 예정되어 있던 것이었다.

하지만 아직 우리는 죽고 싶지 않았다. 죄책감은커녕, 뼛속까지 사무치는 극도의 분노만이 양의 가죽을 입은 우리의 몸속 가득 들어차 있었다. 매순간마다 솟구쳐오르는 분노에 우리는 낮은 울음소리를 내었다. 마치 양떼처럼. 저 홀로 눈부시게 타오르는 태양, 그 빛나는 하늘로부터 내리꽂히는 수백 수천 개의 창살이 보이지 않는 감옥을 지어 네 발 달린 우리를 가두고 있었다. 살아 있는 빛의 감옥은 우리의 주위를 악착같이 따라붙었다. 심지어는 네 발로 엎드린 채 오줌을 찔끔거리고 된똥을 눌 때에도. 한 치의 빈틈도 허용하지 않는 태양의 날선 두 눈은 더럽고 허연 털뭉치들 가운데 교묘히 위장한 마흔두 명의 죄수들을 그예 찾아내고야 말았다. 부패한 노른자위 같은 태양의 샛노란 열기는 언제나 우리를 향해 일방적으로 무언가를 끊임없이 다그치듯이 내리퍼부어졌다. 마치 그들이 우리에게 그러했듯이. 아아, 우리가 아직도 인간이었단 말인가! 왜 이토록 생생한 기억이 떠올라 우리를 또다시 과거로 되돌아가게 하는지 모르겠다. 그들은 우리에게 잔인했다. 우리는 정말이지 아무것도 알 수가 없었다.

그들은 두 명의 병졸을 시켜 오라에 묶여 광장으로 끌려온 우리 중 한 사람을 무작위로 다짜고짜 중앙에 설치한 고문대로 끌고 나갔다. 스무 살이 채 안 된, 마을의 유일한 목공의 둘째아들이었다. 또래에 비해 키가 유난히 작아 아이, 라는 별명을 가진 청년이었다. 건장한 병졸들에게 양팔을 결박당해 끌려가는 아이는 두려움에 걸음조차 제대로 걷지 못했다. 우리는 아이의 뒷모습을 보면서도 좀 멍한 상태였다. 광장은 더이상 우리가 늘 지나다녔던 곳이 아니었다. 마을 사람들이 공동으로 이용하던 수동 맷돌이며 빵구이 화덕이 어느새 치워져서, 우리가 그때까지 단 한 번도 보지 못했던 흉측한 고문기구들이 열을 맞춰 늘어서 있었다. 도저히 이해될 수 없는 놀라운 광경 앞에서 우리는 모두 침묵했다. 간신히 고문기구들이 눈에 익숙해지자, 저 끝에 우리의 키 높이를 두 배는 훌쩍 넘을 듯한 나무로 만든 단이 보였고, 그 단 위에 일렬로 앉아 있는 세 명의 재판관이 보였다. 거리가 멀어 재판관들의 세세한 이목구비는 보이지 않았다. 다만 핏기 없는 밀반죽 같은 얼굴을 완전히 감싸고 있는 검은색의 뾰족한 고깔이 하늘을 향해 도발적으로 솟아 있었다. 병졸들은 아이를 세 명의 재판관들 앞에 세워놓았다. 기세등등하게 열기를 내뿜는 태양은 바야흐로 중천에 떠 있었다. 머릿속이 어지러울 만큼 지독하게 더운 날이었다. 그들은 일제히 아이에게 시선을 고정하고 있었다. 계속되는 침묵. 침묵 속에서 말없이 그들은 아이를 주시하고, 또 주시하고 있었다. 아이의 전신이 멀리 떨어진 우리에게도 뚜렷이 보일 만큼 격렬하게 떨리더니, 이윽고 입고 있던 바지가 조금씩 젖어드는 것이었다. 오줌을 지린 아이는 자리에 주저앉아 어깨를 들썩이며 울기 시작했다. 갑자기 우리 중 뒤쪽에 있던 누군가가 어어어, 괴상한 소리를 내질렀다. 아이의 아버지인 목공이었다. 목공이 한 손으로 허공을 가리키며 뭐라고 이어서 소리를 지르려 하자, 우리를 둘러싸고 있던 병졸 몇몇이 튀어나와 목공의 입을 억지로 벌리고 마른 볏짚 한 뭉치를 집어넣고는, 서로 돌아가며 목공의 머리를 들고 있던 몽둥이로 세게 후려쳤다. 목공은 머리가 피투성이가 된 채 정신을 잃었다. 병졸들은 쓰러진 목공을 질질 끌고 광장을 가로질러갔다. 병사들이 걸음을 옮길 때마다 목공의 머리에서 흘러나온 핏물이 기묘한 문양을 그리며 흙바닥에 스며들었다. 병사들은 아이와 불과 열 발자국 정도 떨어진 곳에 옮겨진 목공의 사지를 네 마리의 말에 연결된 긴 밧줄로 단단히 묶었다. 우리는 이 모든 광경을 지켜보면서도 영문을 알 수 없어 그저 숨죽여 웅크리고 있었을 뿐이었다.

이렇게 양의 가죽 밑에 웅크리고 숨어 우리를 지긋지긋하게 쫓아다니는 태양과 양치기의 감시의 눈초리를 가까스로 피하고 있는 것처럼, 그때에도 우리는 힘없이 시선을 내려뜨리며 우리가 믿는 유일신께 제발 될 수 있다면 그곳에서 도망쳐나올 수 있기를 수없이 기도했었던 것이다. 우리의 간절한 기도는 결국 신께 전달되지 못했다. 침묵을 깬 그들은 아이에게 '그들'을 아느냐고 물었다. 아이가 질문을 이해하지 못하고 미처 대답을 못 하자, 그들은 새로운 복음을 전한다는 '그들'을 아느냐고, 또 물었다. 아이는 불에 덴 듯 전신을 격렬하게 떨어대며 울기 시작했다. 그들은 또다시 물었고, 아이는 울고만 있었다. 그러자 그들 중 왼쪽에 앉은 재판관이 턱짓으로 단 밑에 서 있던 병졸에게 명령을 내렸다. 명령을 받은 병졸은 지체 없이 사지를 묶은 목공에게 뛰어갔다. 허리춤에서 채찍을 빼어든 병졸은 정신을 잃은 목공의 몸에 다섯 번의 채찍질을 연달아 했다. 목공이 신음소리를 내며 두 눈을 뜨자, 기다렸다는 듯 목공의 사지에 밧줄로 연결된 네 마리 말의 고삐를 쥐고 있던 네 명의 병졸들이 천천히 말들을 움직였다. 네 마리의 말들은 목공의 사지가 가능한 한 넓게 벌려지도록 각기 다른 방향을 향해 걸음을 옮겼다. 이윽고 말들에 연결된 밧줄이 팽팽해지자, 목공은 전신을 뒤틀며 무시무시한 비명을 질러대었다. 으아악…… 으아아악…… 으아아아아아악, 목공의 비명은 하늘로부터 가득 쏟아져 내리는 열기를 갈가리 찢으며 광장의 전면에 튕겨져 퍼져나갔다. 우리는 여전히 멍한 상태였다. 목공의 비명이 참을 수 없을 만큼 높아지던 어느 찰나, 왼쪽 팔이 마른 나뭇가지처럼 우두둑, 소름 끼치는 소리와 함께 몸통으로부터 떨어져나갔다. 말들의 움직임에 따라 목공의 왼쪽 팔이 기형적으로 늘어났다. 아, 압니다! 그들을 압니다! 돌연 아이가 흙바닥에 머리를 짓찧으며 소리쳤다. 아이의 이마에서 흘러내린 핏물로 주위의 흙이 검붉게 물들었다. 우리는 모두 그들을 압니다! 그들은 우리와 함께 지냈습니다! 아이는 울먹이며 말했다. 아이의 말이 끝남과 동시에 목공의 오른쪽 팔과 두 다리가 차례로 몸통에서 떨어져나갔다. 목공은 비명조차 지르지 못했다. 그들이 우리 마흔두 명 모두의 머릿가죽과 등과 꼬리뼈에 양의 가죽을 꿰맬 때 어떤 비명도 지르지 못했듯이. 우리는 그들에게 제대로 변명할 기회조차 얻지 못했다. 애초부터 그들은 우리의 말을 듣고자 하지 않았다. 우리의 말은 고작 몇 마디의 분절된 단어였으며, 하찮은 양들의 울음소리였다.

그러나 비록 형식상의 절차였을 뿐일지라도, 신문은 계속되었다. 우리는 그들에게, 또다른 '그들'에 대해 진술해야 했다. 그들은 묻고, 또 물었다. '그들'이 언제부터 이곳에 왔느냐…… 너희들 가운데 누가 '그들'과 가장 가까웠느냐…… '그들'의 잘못된 설파에 왜 너희들은 아무런 저항도 하지 않았느냐…… 왜, 왜, 왜. 우리는 코와 귀가 베어지고 눈을 뽑히기도 했고, 고환에 무거운 추를 달고 십자가에 거꾸로 결박당해 쇠못이 박힌 채찍에 맞기도 했고, 벌겋게 달궈진 인두로 이마와 뺨과 온몸에 낙인이 찍히기도 했고, 발이 묶인 채 나무에 매달려서 굶주린 개와 돼지에게 산 채로 뜯어 먹히기도 했고, 말뚝에 묶여 해충과 쥐가 득실대는 동굴에 한 달이 넘게 방치되기도 했고, 양 발에 기름이 뿌려진 채 활활 타오르는 불꽃 속에 던져지기도 했다. 우리는 그들에게 무엇이라도 말해야 했다. 만일 더이상 말할 것이 없다면, 오직 말하기 위해, 말을 지어내기라도 해야 했다. ……재판관님! 제발, 제에발 믿어주십시오, 제 말에는 한 치의 거짓도 없습니다. 저는 '그들'과 아무런 관련이 없습니다. 하지만 그들은 결코 어수룩한 자들이 아니었다. 그들은 이미 모든 것을 알고 있었고, 단지 자신들이 알고 있는 사실을 우리에게 확인하기 위해 우리를 신문했던 것이었다. 그들이 원하는 사실에서 진술이 멀어질수록, 우리의 육체에 가해지는 고통은 강도를 더해갔고, 우리는 자포자기하여 스스로를 기꺼이 파멸 속에 내던졌다. 마침내 우리는 자신들이 이단자임을 인정했다. 우리는 우리의 유일신이 약속한 천국에서 영원히 내침을 당하는 것보다 육체의 끊이지 않는 고통이 더욱 두려웠다. 그리고 이것 역시 그들이 우리를 이단자로 단정함에 결정적인 증거로 제시되었다.

석 달 만에 마을 사람들의 절반이 이단 재판으로 목숨을 잃었다. 어느 때부터인가 우리는 이미 눈물이 말라버렸다. 그들과 '그들'은 우리에게 한결같이 신의 구원을 약속했었다. 본당 신부는 우리에게 회개를 입에 침이 마르도록 강조했으나, 그 역시 파문되어 두 눈이 뽑힌 채 마을의 하나밖에 없는 석탑 안에 갇혀 기아의 형벌을 받고 있는 형편이었다. 이단 재판이 있기 사흘 전의 일이었다. 돌연 또다른 '그들'은 행적이 묘연해졌다. 더불어 '그들'을 마을로 데려온 관리도 자신의 정부인 붉은 머리 과부와 함께 마을에서 종적을 감췄다. 전날 과부의 딸인 열네 살의 붉은 머리 여자아이가 자신의 정부였던 본당 신부로부터 마녀 시험을 받던 도중 처참한 죽음을 당하였다. 두 명의 사내와 모녀가 뒤얽힌 치정사건의 발단은 신부 못지않은 집사의 과도한 정욕에서 시작됐다. 먼저 어머니인 붉은 머리 여자를 정부로 삼은 집사는 시간이 흐르자 그녀의 딸에게도 눈독을 들이게 되었다. 이미 서너 달 전부터 신부의 정부였던 붉은 머리 여자아이는 집사의 요구에도 별스스럼없이 잠자리를 같이했고, 이 난잡한 관계는 얼마 후 과부가 눈치챌 때까지 계속되었다. 분격한 과부가 딸의 행실을 고자질하러 앞뒤 가리지 않고 신부의 침실로 뛰어들어간 것을 계기로, 이들은 각자 서로의 짝을 맞바꿔가며 온 마을에 모르는 사람이 없을 지경으로 정사를 벌였다. 네 명의 남녀로 인해 마을 전체에 기묘한 활력이 생길 지경으로. 그러나 어느 날 신부와 여자아이가 밀회 장소인 주점 뒷방에서 질펀한 정사를 나누는 모습을 우연히 그곳을 지나던 집사가 목격했을 때 이들의 부적절한 관계는 갑작스런 파국을 맞았다. 흡사 간질이라도 걸린 것처럼 전신에 경련을 일으키며 허연 거품을 입에 물고 벌거벗은 남녀를 지켜보던 집사는, 그대로 주점을 뛰쳐나와 이해하기 힘든 말을 연신 크게 되뇌며 마을을 에워싸고 있는 산속으로 들어가버렸던 것이었다. 신께 완전한 회개를 하기 위해 성지순례를 갔다는 풍문이 들려왔지만, 마을 사람들 중 누구도 그 말을 믿는 사람은 없었다. 그로부터 한 달 뒤, 집사는 세 명의 중년 남자와 함께 마을로 돌아왔다. 세 명의 중년 남자들은 소위 새로운 복음을 전한다는, '그들'이었다. '그들'의 교리에 깊은 감화를 받은 집사는 곧 마을 사람들의 생활을 지배하는 자신의 권한을 십분 활용하여 '그들'의 충직한 파수꾼이자 첫번째 신도임을 자청했다. 극단적인 금욕을 강조하는 '그들'과 추락한 자신의 도덕성을 벌충하기를 원하는 신부의 이해가 맞물려 붉은 머리 여자아이는 사악한 마녀로 처형될 수밖에 없는 운명이었다. 무엇으로도, 신의 은총으로도 씻길 수 없는. 신민들에게 예정된 구원의 역사에서 영영 배제되어버린 우리처럼.

여자아이는 밧줄로 양손이 결박당한 채 성난 신부의 추종자들에 의해 마을 사람들이 에워싸고 있는 광장으로 끌려왔다. 치마를 걸친 둥 만 둥 맨발로 끌려온 여자아이의 모습은 차마 눈 뜨고 볼 수 없을 만큼 형편없었다. 산발한 붉은 머리는 엉켜 있었고 때 묻은 속옷은 구겨지고 찢어져서 밤새 격심한 정사가 있었음을 보여주고 있었다. 광장의 중앙에 놓인 의자에 앉아 있던 신부는 준엄한 어조로 붉은 머리 여자아이가 마을 전체에 음탕한 기운을 퍼뜨리고 있다고 말했다. ……틀림없이 태에서 나올 때부터 사탄의 어둠을 타고난 것이오. 심지어 이 아이가 다섯 살도 되지 않은 나이에 자신의 아비를 사술로 호려 잠자리를 한 뒤 악마의 검은 연기로 질식시켜 죽였다는 제 어미의 증언도 있소. 신부의 추종자들 틈에 서 있던 붉은 머리 과부가 기다렸다는 듯 목소리를 높였다. 저 음탕한 아이가 내 딸일 리가 없어요! 필시 사탄이 내 진짜 딸을 악귀의 자식과 바꿔치기한 것이 분명해요! 그때 신부의 앞에 강제로 무릎이 꿇려져 있었던 여자아이가 돌연 온몸을 마구 흔들어대며 큰 소리로 미친 듯이 웃어대었다. 광장에 울리는 발작적인 웃음소리에 깜짝 놀란 신부와 마을 사람들은 얼마 동안 침묵 속에서 우두커니 멈춰 서 있었다. 도저히 불가해한 현상 앞에서 침묵하는 것은 우리의 습관이었다. 습관은 오래전부터 우리의 육체와 영혼에 선명하게 돋을새김되어, 신께 버림받은 지금까지도 우리의 무기력한 나날을 지탱하고 있는 것이었다. 살아가기 위한, 오직 살고 싶은 욕망을 위한 습관은 양들인 우리의 삶에 유일한 버팀목이 되어갔다. 그들이 원하는 것이 굴종이든 굴욕이든 우리가 무슨 상관이란 말인가.

양 된 우리의 소망은 그늘 속으로 피하는 것이었다. 양치기의 매서운 눈초리를 피해 이 지상에서 부디 우리의 털투성이 몸뚱이를 숨길 수 있는 곳을 갈구했다. 그것이 비록 작디작은 순간의 안식처일지라도. 광폭한 열기 어린 하늘과 맞닿을 듯한 이 고원에서는 여간해선 그늘을 찾을 수 없었다. 우리는 타오르는 지독한 갈증에 바싹 메말라 쩍쩍 갈라진 농토처럼 흉하게 각질이 일어난 입술을 백태 낀 혓바닥으로 연신 핥으며, 손바닥만한 그늘이라도 동족들보다 먼저 찾기 위해 눈을 번뜩였다. 우리는 완전한 양이 되고 싶을 때도 있었다. 미련하리만치 우직한 인내력으로 종일 입안 가득 우물우물 풀을 씹어대는 양떼의 진정한 일부가 되어 그늘 따위에 집착하는 한심한 짓거리는 하지 않게 되기를 바랐다. 하지만 이내 나약한 우리는 잠시 쉬어갈 수 있는 시원한 나무 그늘을 머릿속에 그리며, 아니 가시덤불이 드리우는 성긴 그늘일망정 우선 머리를 쑤시는 것 같은 태양이라도 피해보려는 얄팍한 심산으로 쉴새없이 고개를 두리번거리는 것이었다. 인간이었을 때 허기졌던 우리는 양으로 불리는 지금 역시 허기졌다. 위벽을 싹싹 철심으로 긁는 듯한 허기와 폭염이 사이좋게 손을 맞잡고 우리의 육체를 공격하면, 달리 호소할 대상이 전무한 우리는 어쩔 수 없이 신께 소리 높여 짐승의 울음소리를 내질렀다. 양떼의 울음소리에 침묵으로 일관하는 것이 진정 세상을 치리하는 지존한 당신의 뜻입니까! 신이시여, 제발 우리의 탄원을 외면하지 말아주십시오! 그러나 물론, 우리의 신은 응답이 없었다. 네 발로 세상에 엎드린 우리의 소리없는 외침이 또다른 '그들'의 말대로 헛되고 헛된 것이었단 말인가. '그들'은 말했었다. ……어리석고, 어리석은 자들아. 유일신의 신성(神性)으로는 죄로 물든 너희들의 더러운 본성에 결코 응답하실 수 없다. 너희들이 어찌 신의 고결한 빛에 다가갈 수 있겠느냐. 빛이 임한다면, 너희의 두 눈은 어둠같이 멀게 될 것이다…… 그러나 신의 다른 속성인 인성(人性)에 다가간다면 너희들은 세상에서 구원을 얻게 되리라. 마을 사람들은 '그들'의 말에 소스라치게 놀랐다. 그토록 불경한 말은 어디에서도, 누구에게서도, 들은 적이 없었던 것이다. 신이 인성을 지니고 있다니! 만일 '그들'이 진실을 말하고 있다면, 신이 비천한 우리 인간들과 마찬가지로 오줌을 누고, 똥을 싸며, 남자와 여자 사이의 추잡스런 성교를 통해 태어났다는 것이 아닌가. 충격 속에서 웅성거리는 마을 사람들을 향해 '그들'은 최후의 일격을 가했다. ……이것은 모두 양피지에 기록된 성경에서 인용된 말이다! 성경이라니, 그렇다면 바로 책에 쓰여 있는 신의 전언이었으며, 문맹인 우리가 범접할 수 없는 거룩하고 신성한 영역이었다. 우리는 책의 휘광을 등에 업은 '그들'에게 감히 반박할 수 없었다. 더욱이 '그들'의 설교는 본당 신부가 주일마다 하는 설교보다 우리의 실생활에서 보다 적용하기 쉬웠으며, 유익하기까지 했다. 우리는 신이 인간과 동일한 위격에 놓일 수 있다는 것에 상당한 거부감이 들었지만, 곧 성경의 구절을 조목조목 인용하며 알아듣기 쉬운 말로 가르쳐주는 '그들'에게 설득되고야 말았다. 무엇보다 '그들' 역시 우리가 대대로 믿어왔었던 유일신을 부정하지 않았고, 오히려 어떤 면에서는 '그들'이 신부가 전해주는 구교(舊教)의 교리보다 더 신에 대한 신실한 믿음을 강조하는 것에 호의를 갖지 않을 수 없었다. 적어도 '그들'은 신부보다는 도덕적이었다. 여자와의 동침 자체를 죄악시하는 '그들'은 임산부를 인간의 가장 부도덕한 행위의 결과라고 하여 시선을 마주치는 것조차 꺼려했다. 하지만 우리는 '그들'의 극단적인 금욕에 별반 곤란을 겪지는 않았다. '그들'은 우리에게 금욕을 권면했을 뿐, 강요하지는 않았던 것이었다. '그들'의 교리를 액면 그대로 지킨다는 것은 보통의 인간이라면 거의 불가능한 일이었고, 그것은 '그들'도 익히 알고 있었다. 이런 실제의 삶과 교리상의 괴리를 메우는 방편이 바로 신의 인성에 기대는 것이었으며, '그들' 역시 겉으로 드러낼 수 없는 자신들의 욕망을 은밀한 경로를 통해 해결하곤 했다. 그리고 결정적으로 '그들'의 교리가 우리에게 그토록 매력적이었던 이유는 '그들'이 십일조를 받지 않는다는 것이었다. '그들'은 설교에 대한 사례로 커다랗고 둥근 호밀빵과 약간의 채소를 받을 뿐이었다. 십일조, 우리의 피와 살과 영혼을 갉아먹는 무시무시한 흡혈귀이자 간악하기 짝이 없는 세리. 매달 집사가 농토의 임대료로 요구하는 수확량의 삼분의 이와 마을의 남녀노소를 가리지 않고 부과하는 인두세만으로도 충분히 가난에 허덕이는 우리에게, 신부는 갖가지 명목을 붙여 십일조를 강요했다. 심지어는 밭에서 수확한 순무와 가축에게도 십일조를 부과했다. 우리는 집사와 신부의 과도한 요구로 죽기 일보 직전의 상태였었다.

우리는 도시에 존재한다는 성 베드로의 적법한 계승자인 신의 지상 대리인이 그의 신민들에게 전하는 교서와, 마을의 본당 신부가 전하는 설교가 다를 수도 있다는 엄청난 사실을 전혀 깨닫지 못했었다. '그들'과 다른 그들은 우리에게 말했었다. ……너희들이 알지 못했다 하더라도, 죄를 지었다는 자명한 진실 앞에서는 무엇도 변함이 없을 것이다. 비록 이중에 몇몇은 억울한 누명을 썼을 수도 있으나, 이 마을 전체에 너무나도 강성한 사탄의 세력이 뒤덮고 있으므로 우리는 너희 마을 전체를 파문할 수밖에 도리가 없다. 만약 억울함이 있거든 신께 그 사실을 고하라. 그러면 신께서 그 모든 사실을 알아서 판단하시리라. 우리의 주, 전지전능하신 신이시여…… 그들이 원하는 것은 이렇게 애걸복걸하면서, 죄를 사하시며 사랑과 은총을 베푸시는 주, 우리의 신께 매달렸어야 했다는 것이겠지. 하지만 우리는 그들의 바람대로 하지 않았다. 설혹 그리 하고 싶었어도 할 수 없었을 것이었다. 거듭되는 고문으로 주리를 틀리고, 쇠꼬챙이로 온몸의 구멍이란 구멍은 전부 찔려지며, 손과 발의 모든 뼈가 다 부러져서 커다란 바퀴에 몸이 묶인 채 고통으로 정신이 가물거리는 절명의 와중에서 우리는 한낱 인간에 불과하기에 결코 신을 찾을 수 없었다. 우리는 신께서 친히 판단하시기를 기다릴 여력이 없었다. 구원과 영생 따위는 짐승에게나 던져버리고, 그저 어서 빨리 질깃질깃한 목숨이 끊어져버리기만을 고대하고 또 고대했다. 죽음과 생명에 대한 욕망은 매번 우리의 곤고한 생 가운데 격렬히 대립했다. 우리는 삶을 원하는 찰나, 죽음을 갈구했다. ……살려주세요! 제발 살려주세요! 저는 마녀가 아니에요! 붉은 머리 여자아이도 우리와 마찬가지로 처음엔 살기를 갈망했다. 마치 우리가 지금 무리를 이탈하기 않기 위해 필사적으로 네 발을 앞으로 내디디며 양떼의 뒤를 쫓고 있듯이.

광장을 가로지르는 좁은 길 양옆에 기름을 흠뻑 적신 짚더미뭉치가 늘어서 있었다. 성인 남자 키를 두 배는 훌쩍 넘는 높이의 거대한 짚더미뭉치는, 금방이라도 마을을 향해 무너질 것처럼 위태롭게 보였다. 살려주세요! 제발 살려주세요! 내리쏟아지는 태양빛 아래, 널브러져 속살을 벌겋게 드러낸 여자아이는 자신을 둘러싼 마을 사람들 한 사람 한 사람에게 눈물로 범벅된 얼굴을 들어 애원했다. 애원하는 붉은 머리 여자아이는 악덕의 화신인 듯 몹시 추하게만 보였으며, 그래서 우리는 여자아이에게 일말의 동정도 느낄 수 없었다. 동정은커녕, 잔인한 볼거리를 바라는 다급한 마음에 우리는 상기된 얼굴로 판결을 내릴 신부의 입만을 뚫어져라 응시하고 있었던 것이었다. 어느새 우리는 저도 모르게 긴 휘파람 소리를 내었으며, 더러는 찢어진 여자아이의 속옷조각들을 두 발로 희롱하듯 이리저리 짓밟았고, 또 더러는 서로 의미심장한 시선을 주고받으며 키득거렸다. 뒤쪽에 서 있던 어떤 이의 입에서 '구멍 동서'란 단어가 나오자, 급기야 광장에 모여 있었던 모든 이가 그 음란한 단어의 속뜻에 그만 터져나오는 웃음을 참지 못하여 큰 소리로 웃어대었다. 하하하! 하하하하! 웃음소리는 여간해선 멈출 기미가 보이지 않았다. 사실 어떻게 보면 우습기 그지없는 상황이었다. 화가 머리끝까지 치솟아 얼굴이 창백해진 붉은 머리 과부 옆에 멀거니 서 있던 집사는 수치심으로 이를 악물고 있었다. 신부는 짐짓 아무것도 듣지 못한 양 딴청을 피웠다. 우리의 웃음소리는 점점 커져갔고, 오직 붉은 머리 여자아이만이 몸부림을 치며 울음을 터뜨리고 있었다.

마녀 시험은 태양이 하늘의 한가운데를 막 넘어섰을 때 시작됐다. 광장을 메우던 웃음소리는 어느덧 사라졌고, 오직 여자아이의 죄목을 열거하는 신부의 낭랑한 목소리만이 계속되고 있었다. ……지난 삼 년간 내리 흉년이 들어 귀리와 콩의 수확이 형편없었던 것도 이 아이가 마을 주변의 냇물에 사술로 만든 독가루를 풀어서 그리 되었다는 증언이 있었소. 덧붙여 돼지가 새끼를 배지 못하게 한밤중에 몰래 우리로 들어가 주문을 거는 모습을 자신의 두 눈으로 똑똑히 봤다는 푸줏간 주인의 증언도 있었소. 과열된 금속판 같은 하늘에서 내뿜는 열기와 점차 더해가는 공복감으로 우리는 치밀어오르는 짜증을 이기지 못해 화가 날 지경이었다. 누군가에게라도 분풀이를 하고 싶은, 극단적인 폭력성이 우리의 내면에서 폭발하기 일보 직전의 상태였다. 사실 우리는 붉은 머리 여자아이가 과연 마녀인지 아닌지, 하는 따위의 문제에는 아무런 관심도 없었다. 그저 언제나 그랬듯, 아무리 씨앗을 뿌리고 땅을 일구고 뼈가 으스러지도록 노동을 해도 결코 우리에게서 떠나지 않는 곤궁에 지쳐 잠시 주의를 돌릴 거리를 찾고 있었던 것이었다. 기어이 우리의 분노는 터져나왔다. 우리는 더위를 저주하며 허공에 삿대질을 해댔다. 우리는 스스로도 놀랄 만큼 천박한 욕지거리를 퍼부으며 죽은 듯 엎드려 있는 여자아이에게 침을 뱉었다. 우리는 열기 속에 더욱 도드라져 보이는 여자아이의 붉은 머리채를 앞다투어 손아귀로 휘어잡았다. 이런 소요의 와중에서도 신부는 별반 동요 없이 마지막 말을 이어갔다. ……만일 네가 마녀가 아니라면 타오르는 불꽃 가운데에서도 신께서 너를 반드시 지켜주실 것이다. 신께서 네게 임하신다면, 네 몸엔 상처 하나 없이 깨끗하리라. 신부의 지시에 따라 길 양옆에 서 있던 두 명의 사내가 차례로 들고 있던 횃불을 기름 적신 짚더미뭉치 위에 올려놓았다. 순식간에 타오른 주홍빛 불꽃이 하늘로 승천할 듯 너울대며 솟구쳐올랐다. 나란히 광장을 가로지르는 두 개의 불길이 흡사 지옥으로 통하는 입구처럼 보였다. 타닥타닥, 까맣게 그은 지푸라기가 연신 사방에 튀어오르며 기세 좋게 타오르자, 불길을 둘러싸고 있던 마을 사람들은 저마다 뜻 모를 소리를 내며 북받쳐오르는 정체 모를 감정에 몸을 떨었다. 이윽고 양손이 묶인 붉은 머리 여자아이가 신부의 추종자들에게 이끌려 두 개의 불길 앞에 세워지자, 모두의 흥분은 절정에 다다랐다. 우리는 고함을 지르고, 발을 구르며, 주먹 쥔 손을 하늘을 향해 휘둘러댔다. 우리는 피냄새를 감지한 승냥이떼처럼 오직 본능에 의해 행동했다. 우리는 제정신이 아니었다.

여자아이는 하얗게 질린 얼굴로 불길을 바라보고 있었다. 들어가라! 어서 들어가라! 우리의 고함에 떠밀린 여자아이는 모든 것을 체념한 듯 묵묵히 불길 속으로 발을 내디뎠다. 거센 불길에 가려 여자아이의 모습은 이상하리만치 뒤틀려 보였다. 그때였다. 갑자기 외마디 비명과 함께 불길 속에서 여자아이가 밖으로 뛰쳐나왔다. 여자아이의 몰골은 참혹했다. 붉은 머리카락은 타버려 벌겋게 피부가 일어난 얼굴 전체에 드문드문 굵은 실처럼 눌어붙어 있었고, 한쪽 눈과 코는 촛농처럼 흘러내린 살덩어리에 파묻혀 형체조차 불분명했다. 살려주세요! 제발 살려주세요! 여자아이는 손가락이 엉겨붙은 두 손을 우리에게 내밀며 부풀어오른 입술을 간신히 움직여 애원했다. 여자아이는 이미 우리와 같은 인간으로 보이지 않았다. 짐승만도 못한, 그저 하나의 살덩어리로 보일 뿐이었다. 신은 여자아이에게 심판을 내린 것이었다. 여자아이는 신부의 말대로 마녀임에 틀림없었다. 마녀는 마땅히 죽여 버려야 할 존재였다. 마녀는 인간이 아니었다. 우리는 하등의 죄책감 없이 하나의 살덩어리를 다시금 불길 속으로 떠밀었다. 여자아이는 불길 속에서 소리 높여 울었다. 그러나 불이 여자아이의 목소리마저 앗아가자, 광장엔 정신이 혼미해질 만큼 매캐한 탄내와 짚더미뭉치가 타는 단조로운 소리와 우리의 거친 숨소리만이 들렸다.

*

양들은 이제 경박한 몸놀림이 눈으로 보기에도 확연히 느려지고 있었다. 줄기차게 뜯어먹은 풀로 배를 가득 채운 터라 몸이 무거워져 슬슬 졸음이 밀려오는 것이었다. 하지만 우리의 굶주린 위장은 등가죽에 달라붙을 만큼 오그라들어 비명조차 내지르지 못하고 있었다. 우리는 태양이 뜨지 않아 푸르스름한 새벽부터 양들이 모두 잠든 저녁까지 오직 밤이 내리기만을 기다렸다. 그때야 양치기가 닭 모이 주듯 우리에게 몇 움큼의 곡식 낟알을 일용할 하루의 식사로 던져주므로. 양들이 탐욕스럽게 먹어치운 풀밭 위에 흩뿌려진 곡식 낟알을 연신 고개를 우스꽝스럽게 까딱거리며 혀끝으로 정신없이 텁텁한 흙과 함께 주워 먹다보면 어느새 고통과 굴욕감은 우리를 더이상 아프게 하지 않았다. 우리는 영혼을 흙바닥 위에 내려놓고 허깨비 같은 털투성이 육신을 조용히 세상 가운데 유리시켰다. 우리는 세상에 두 발을 딛고 있으나, 기실 세상에 없는 존재였다. 우리는 얼마간이나마 가까스로 스스로를 억압하는 분노에서 해방될 수 있었다. 깜깜한 사위, 그 짙은 어둠의 천공 속에 수백 개의 조그만 얼음덩어리 같은 별들이 일제히 떠오르면, 쏟아져내리는 별빛에 감화된 우리는 자신들의 저주받은 삶과 죽음과 지속되는 고통을 잊어갔다. 우리는 기억하지 않을 것이며, 생각하지 않을 것이다. 우리는 진실로 그들이 원하는 양이 되어갈 것이었다.

고원은 수그러드는 더위로 조금씩 식어가고 있었다. 하늘은 차츰차츰 주홍빛에서 노란빛으로 바뀌며 다가올 어둠을 맞이할 채비를 하고 있었다. 우리는 여전히 양떼를 뒤쫓으며 무성한 잡초를 우리의 앞발과 뒷발로 있는 힘껏 짓이기며 또다른 산꼭대기를 향해 전진하고 있는 중이었다. 양의 가죽을 입은 우리의 생이 종말을 고하기까지.

노예들의 땅에서

검은 깃발을 오른손에 든 기병들의 행렬은 그리 길지 않았다. 화려하게 성장한 관리의 뒤로 열댓 명 남짓한 기병들이 대열을 맞춰 행진했다. 그들은 마치 한 몸에서 뻗어나온 수족처럼 시종 일사불란하게 말을 몰아갔다. 사위는 미지근한 어둠 속에 잠겨 있었었고, 움직이는 것이라고는 보이지 않았다. 성안의 모든 것들이 아직 깊이 잠들어 있었다. 한길의 양옆에 늘어선 눈먼 담벼락 위로 커다란 야자수의 잎들이 기묘한 문양의 그림자를 드리웠다. 서늘한 새벽바람에 흔들리는 잎들의 둔중한 그림자가 기병들이 지나가는 포석 위에 이리저리 맺히기를 반복했다. 사방에서 들리는 소리라고는 말굽이 포석에 부딪혀 울리는 단조로운 소리밖에 없었다. 아무도 감히 입을 열지 못했다. 기병들은 침묵 가운데 묵묵히 앞선 관리의 뒤를 따랐다. 행렬이 성문에 다다르자, 그때까지 성문의 그늘 속에 대기하고 있던 보초병 두 명이 각자 어깨에 짊어지고 있던 묵직한 삼베자루를 재빨리 성문 밖으로 가지고 나갔다. 보초병들은 분주하게 두 개의 삼베자루의 입구를 밧줄로 단단히 동여맨 다음, 행렬의 후미에 서 있던 여섯 명의 기병들이 타고 있던 각각의 말안장의 고리에 삼베자루를 묶은 밧줄을 잡아맸다. 자신의 임무를 마친 보초병들은 말없이 빠른 뒷걸음으로 성문 안으로 들어갔다. 이윽고 성문이 닫히는 것을 확인한 관리는 기병들을 향해 외쳤다.

"서둘러라! 반드시 정오까지 도착해야 한다!"

말이 끝남과 동시에 관리는 왼손에 들고 있던 가죽채찍으로 타고 있던 말의 옆구리를 후려쳤다. 갑자기 고삐가 조여진 관리의 말은 뒷발로 위태롭게 선 채 활처럼 등이 휘어지며 허공을 향해 앞발을 몇 번이나 내디뎠다. 아랑곳하지 않고 관리는 말에 박차를 가했다. 몸부림을 치며 얼마간 헛된 반항을 하던 말은 그럴수록 고삐가 더욱 세게 조여진다는 사실을 깨닫고는 곧 평소의 온순한 모습으로 되돌아왔다. 전속력으로 달려가는 선두의 관리를 쫓아 기병들의 행렬 역시 달리기 시작했다. 해가 떠오르고 있었다. 대기를 뒤덮었던 산성의 공기는 습기 어린 부드러운 미풍으로 바뀌어 점점 선명한 초록빛으로 드러나는 들판 위에 고여 있었다. 기병들은 청명한 햇살을 가르며 들판 저 너머의 산등성이를 향해 달려갔다. 뒤편의 거대한 성이 점점 작아지며 외딴 농가들의 희고 낮은 지붕과 벽이 띄엄띄엄 모습을 드러냈다. 농가의 아침은 막 시작되려 하고 있었다. 검게 그을린 굴뚝에서 피어오르는 희뿌연 연기가 구름 한 점 없는 파란 하늘을 향해 곧게 올라갔다. 갓 지은 뜨거운 음식 냄새가 미풍을 통해 천천히 퍼져나가자, 지난밤부터 꼬박 배를 주린 행렬은 좀더 빨리 말을 재촉해갔다. 먼지바람을 일으키며 내달리는 행렬의 끄트머리에 팽팽하게 당겨진 여섯 개의 밧줄로 묶인 삼베자루가 이리저리 함부로 땅바닥에 부딪히며 끌려갔다. 입가에 허연 거품을 문 채 가쁘게 숨을 몰아쉬며 달려가는 말들의 기세에 시커먼 먼지로 범벅이 된 두 개의 삼베자루는 연신 들판의 곳곳에 박혀 있는 돌덩이 위로 내던져지고, 독 오른 가시덤불에 찢겨져 흡사 행렬의 뒤를 쫓는 위협적인 흉물처럼 보였다. 시간이 흐를수록 검게 변색된 삼베자루는 흥건히 젖어가고 있었다. 삼베자루가 돌덩이와 가시덤불과 마른 흙바닥을 지나갈 때마다 흐릿한 붉은 물감 같은 핏물이 자국으로 남았다.

기병들의 행렬은 쉼 없이 말을 달렸다. 한시가 급한 일이었다. 들판이 끊어지자, 지면이 급격히 낮아지더니 풀 한 포기 보이지 않는 질척한 늪지대가 이어졌다. 끈끈한 점액질의 토양이 말들의 발굽을 푹푹 빠지게 했다. 한결 높이 떠오른 해는 이제 얼마 후면 정상에 다다를 듯했고, 척박한 대지에 맞닿을 듯한 천공은 그대로 쏟아져내릴 듯한 무게감으로 행렬을 짓눌렀다. 방해물 없는 헐벗은 공간을 향해 밀물처럼 달려드는 바람이 기병들의 눈과 귀를 사정없이 때렸다. 기진맥진한 말들은 아무리 채찍을 휘두르고 박차를 가해도 뛰려 하질 않았다. 무거운 발걸음을 겨우 한 발자국씩 옮겨놓는 것이 고작이었다. 기병들 역시 지치기는 마찬가지였다. 다시금 관리는 기병들을 재촉했다.

"서둘러라! 시간이 얼마 남지 않았다!"

후미에서 두 개의 삼베자루를 끌고 오는 여섯 마리의 말들은 이중의 고통을 겪고 있었다. 강직된 사체들은 지칠 대로 지친 말들에게 큰 짐이 되었다. 가까스로 늪지대를 빠져나올 무렵, 여섯 마리의 말들 중에 제일 끝에서 행렬을 따라가던 두 마리의 말이 허물어지듯 진창 속에 주저앉았다. 쓰러진 말들은 서서히 늪지대에 잠겨가는 와중에도 도통 몸을 일으키려 하지 않았다. 머리가 위로 꺾이도록 고삐를 잡아끌며 옆구리에 발길질을 해도 진창 속에 쓰러진 말들은 그저 초점 흐린 우멍한 두 눈으로 둘러선 기병들을 바라보는 것이었다. 말을 잃은 두 명의 기병들은 어쩔 수 없이 자신들이 말을 대신해 삼베자루를 묶은 밧줄을 끌고 걸어가야 했다. 진흙까지 덧발라진 삼베자루는 한편이 이상한 모양으로 우그러든 커다란 도기같이 보였다. 문득 밧줄을 끌고 가던 기병 중 한 명이 뒤를 돌아보았을 때, 쓰러진 두 마리의 말은 어느새 등까지 늪에 빠져들어 고개만을 치켜들고 있었다.

정오가 지나갔다. 해는 벌써 하늘의 정상을 지나 서쪽으로 내려오고 있었다. 관리를 비롯한 행렬의 모두가 정오가 지났음을 알고 있었으나, 그들은 마치 약속이나 한 것처럼 암묵적인 공모자가 되어 애써 이 사실을 외면했다. 분명히 황제는 중죄인의 사체를 정오가 지나기 전에 처리할 것을 명령했다. 불길한 예감에 사로잡힌 기병들은 자신들이 어디로 가고 있는지조차 의식하지 못하며, 관리의 뒤를 따라 말을 몰고 갔다. 늪지대로부터 이어진 오르막의 경사가 눈에 띄게 가팔라졌다. 내리쬐는 햇빛에 여과 없이 노출된 지면은 차츰 달아오르고 있었다. 공중에서 아른아른 움직이는 공기의 흐름이 햇빛에 반사되며 신기루 같은 환영을 만들어냈다. 기병들의 행렬은 전면으로 다가온 험준한 산을 향해 힘겨운 행군을 계속했다. 방향을 가늠할 수 없는 곳으로부터 소금기를 머금은 바닷바람이 불어오고 있었다. 그것은 행렬이 도시가 지배하는 영토의 극지, 바로 D와의 국경선 근방에 도달했다는 것을 뜻했다. 바다 너머의 D는 역병과 기근의 음울한 소문으로 점철된 도시였다. 하지만 행렬 중 누구도 D의 실체를 직접 본 이는 없었다. 머릿속에서만 그려지는 D의 모습은 확인되지 않은 소문만큼이나 불분명해서, 대부분의 사람들은 과장을 즐기는 이야기꾼들이 만들어낸 거짓된 상상의 도시일 것이라고 여겼다. 기병들의 행렬 역시 바다 너머의 D는 미처 생각해내지 못했다. 다만 대양의 넘실거리는 물의 환영만을 떠올리며 잠시나마 비루한 자신들의 처지를 잊을 따름이었다.

석산의 봉우리를 향해 나선형으로 난 비탈길은 겨우 말 한 마리가 지나갈 수 있을 정도로 매우 좁았다. 깨어진 유리 조각처럼 날선 무수한 자갈들이 비탈길에 깔려 있어 말들은 종종 발을 헛디뎠다. 드디어 행렬이 산 중턱에 이르자, 관리는 비로소 말을 멈춰 세웠다. 기병들은 관리의 명이 있기 전에 이미 자신들이 목적지에 다다랐음을 알고 있었다. 말조차 지나갈 수 없는 좁디좁은 길가에 거인의 수문장처럼 커다란 바위들이 일정한 간격으로 늘어서 있었다. 관리와 기병들은 말에서 내렸다. 방치해두었던 중요한 물품을 문득 부리나케 찾듯이, 행렬은 비로소 삼베자루에 시선을 집중했다. 놀랍게도 삼베자루를 묶었던 여섯 개의 밧줄 중 두 개의 밧줄을 말 대신 끌고 와야 하는 기병들이 보이지 않았다. 두 개의 밧줄은 길게 풀린 채 허물 벗은 뱀처럼 길가에 늘어져 있었다. 관리와 기병들은 절망했다. 탈영에 대한 징벌은 관용이 허용되지 않는 총살이었고, 탈영을 방조한 병사들 역시 그에 상응하는 대가를 치러야 했다. 석산 아래 펼쳐진 메마른 평원에는 사람은커녕 짐승의 그림자 하나 보이지 않았다. 너무 늦어버리기 전에 지금이라도 수색대를 조직해서 탈영병들을 잡아와야 한다는 의견을 내놓은 기병들도 있었으나, 사체를 골짜기로 옮기기 전에 탈영병을 잡는 것은 불가능하다는 기병들의 의견이 더 우세했다. 자칫하다가는 황제의 칙명을 제멋대로 무시해버렸다는 중죄마저 덮어쓸 수 있다는 것이었다. 우선은 될 수 있는 한 빨리 사체를 처리하는 것이 관건이었다.

관리와 기병들은 가로서서 몸을 잔뜩 바위에 밀착한 자세로 산을 올라갔다. 스무 개도 넘는 바위를 지났을 때였다. 갑자기 길이 끊겨 있었다. 덕분에 앞서 가던 관리는 하마터면 깎아지른 듯한 낭떠러지 아래로 발을 헛디딜 뻔했다. 몸의 중심을 잃고 휘청거리는 관리를 뒤따르던 기병이 얼른 한 손을 내밀어 구해주었다. 그들은 자신들이 당도한 곳을 일별하며 전율했다. 성안의 도시민들에게 공포의 근원지로 인식되는 '처형의 골짜기'가 관리와 기병들의 눈앞에 있었다. 온통 거대한 잿빛 바위가 사방을 방어진처럼 둘러싸고 있는 완벽한 폐쇄 공간이었다. 지옥의 문처럼 행렬의 발밑으로 입을 벌리고 있는 골짜기 아래는 도무지 깊이를 짐작할 수 없을 만큼 아득했다. 기병들 중 한 명이 주먹만한 돌멩이를 집어 아래로 던졌으나, 어떤 소리도 들려오지 않았다. 해도 그 빛을 잃어버린 이곳은, 지상의 빛이란 빛은 모조리 빨려버린 것처럼 지독한 어둠만이 내려 있었다. 골짜기에서 올려다보는 해맑은 상공은 이상하리만치 비현실적으로 보여서 마치 어둠을 눈속임하기 위한 아이의 어설픈 색칠처럼 느껴졌다. 바위의 틈새마다 박혀 있는 누렇게 잎이 뜬 잡초가 하늘을 향해 빈약한 몸을 곧추세우고 있었다. 병적인 반점들에게 갉아먹힌 상처투성이 잡초들은 한 점의 빛도 허용하지 않는 이곳에서 유일하게 빛을 희구하는 생명들이었다. 그때 골짜기의 견고한 침묵을 깨뜨리며 어딘가에서 허공을 울리는 정체 모를 소리가 들려왔다. 놀란 관리와 기병들은 사방을 둘러싼 암벽을 두리번거리며 소리의 근원지를 찾았다. 북쪽에서부터 귀청을 때리는 위협적인 새의 울음소리가 점점 가깝게 들려왔다. 푸른 상공에 날개를 펄럭이는 커다란 새의 그림자가 덧입혀지며, 골짜기는 한층 더한 어둠으로 뒤덮였다. 퍼뜩 정신을 차린 관리는 다급하게 소리쳤다.

"독수리떼가 온다! 어서 삼베자루를 골짜기 아래로 던져라!"

수십 마리의 독수리떼가 골짜기로 날아들고 있었다. 기병들은 더러운 오물을 투기하듯 삼베자루를 발로 차서 관리의 앞으로 옮겨왔다. 걸인의 짐짝처럼 형편없이 해진 두 개의 삼베자루가 황급히 골짜기 아래로 던져졌다. 삼베자루의 입구를 묶었던 여섯 개의 밧줄이 허공에서 광녀의 머리카락처럼 풀어지더니, 이내 삼베자루는 보이지 않았다. 암석에 부딪히는 둔탁한 소리도 들리지 않았다. 하지만 상공으로 치솟은 잿빛 암벽을 빙빙 돌며 기회를 엿보던 독수리떼는 마침 떨어지는 삼베자루를 쫓아 과감한 낙하비행을 감행했다. 수십 마리의 독수리떼가 일제히 투신하듯 날아가는 광경은 관리와 기병들에게 공포, 그 자체의 순전한 공포로 다가왔다. 모두들 전신을 옥죄어오는 공포 속에서 미처 다른 생각을 할 엄두도 내지 못하며 숨죽인 채 보이지 않는 골짜기 아래를 내려다볼 뿐이었다. 깜깜한 골짜기 아래에서 이따금 독수리떼의 울음소리와 날갯짓 소리가 암벽들에 의해 튕겨지며 기분 나쁜 메아리처럼 울려퍼졌다. 아직 무리를 따라가지 않은 서너 마리의 독수리들이 공중을 유영하며 커다란 바위들의 틈새에 작은 벌레들처럼 다닥다닥 붙어서 있는 인간들을 감시하듯 내려다보고 있었다. 문득 관리는 자신이 진정 피로하다는 것을 절감했다. 갑작스럽게 밀려오는 피로가 너무 극심해서 스스로도 의아할 지경이었다. 관리는 옆으로 늘어선 기병들을 바라보며 잠긴 목소리로 말했다.

"그만 내려간다."

관리가 좁은 길을 내려가는 기병들을 따라 한 발을 막 내디디려는 찰나였다. 느닷없이 중간쯤에 서 있던 기병 세 명이 행렬에서 튀어나와 관리를 향해 달려들었다. 황망중에 관리는 제일 먼저 달려든 기병에 의해 골짜기 아래로 내던져졌다. 관리는 비명조차 지르지 못했다. 관리를 밀친 기병을 이어서 달려온 두 명의 기병은 관리 옆에 서 있던 네 명의 기병들을 한꺼번에 골짜기 아래로 내던졌다. 예상치 못한 일격에 놀라버린 네 명의 기병들 역시 비명조차 지르지 못하며 어둠 속으로 빨려들어가듯 추락했다. 그때쯤에야 비로소 위급한 사태를 파악한 나머지 일곱 명의 기병들이 동료를 배반한 세 명의 기병을 향해 결연히 검을 빼들었다. 한 사람만이 겨우 지나갈 수 있는 좁디좁은 길에서 벌이는 싸움은 오래지 않아 끝이 났다. 배반한 세 명의 기병이 모두 죽고 이들에 대항했던 일곱 명의 기병들 중 두 명이 죽고 한 명이 중상을 입었다. 중상을 입은 기병은 이미 피를 너무 많이 흘린 상태여서 온몸을 펄떡거리는 생선처럼 경련을 일으키며 서서히 죽어가고 있었다. 도저히 소생할 가망이 없다는 결론을 내린 네 명의 기병들은 그래도 얼마간 망설이며 서로의 얼굴만을 바라보았다. 중상을 입은 기병이 흘린 핏물이 고여 검붉은 웅덩이가 생겨나고 있었다. 웅덩이에 널브러진 기병은 두 눈의 흰자위를 드러내며 무언가를 간절히 말하고 싶은 듯 가끔씩 입을 빼끔거렸다. 하지만 목소리는 나오지 않았고, 길게 이어지는 피 섞인 침 줄기만이 입가를 따라 검붉은 웅덩이로 흘러내렸다. 잠시 멈췄던 경련이 기병의 발끝에서부터 다리와 배를 거쳐 가슴과 머리를 타고 올라갔다 다시 반대로 내려오기를 반복했다. 경련이 지속될수록 왼쪽 옆구리에서 배꼽으로 이어지는 검에 베인 상처가 더욱 크게 벌어지면서 출혈은 더욱 심해졌다. 그때였다. 공중을 유영하던 독수리 서너 마리가 널브러진 기병을 향해 수직으로 내리꽂히듯 날아들었다. 급강하한 독수리들은 발을 피에 담근 채 깃털이 벗겨진 민머리를 기병의 상처 속에 들이밀었다. 네 명의 기병들은 차마 이 끔찍한 광경을 더이상 지켜볼 수 없었다. 후들거리는 다리를 골짜기로 내려가는 좁은 길 위에 간신히 옮겨놓으며 네 명의 기병들은 눈물을 흘리고 있었다.

커다란 스무 개의 바위들을 지나 산 중턱에 이른 네 명의 기병들은 바위에 묶어놓았던 말들이 한 마리도 남아 있지 않은 것을 보았다. 말들이 아직 석산을 벗어나지 못했을 것이라 여긴 기병들은 근방으로 흩어져 말무리를 찾기로 의견을 모았다. 기병들은 모두 한시라도 빨리 골짜기와 멀어지기를 바라고 있었다. 양손을 입에 대고 큰 소리로 말들을 부르는 기병들의 등뒤로 검은 그림자 둘이 소리없이 움직였다. 그림자 중 하나가 왼손을 치켜들자 바로 뒤편의 잡초 덤불 속에 숨어 있던 다른 그림자 하나의 손에서 방아쇠가 당겨졌다. 요란한 한 방의 총소리와 함께 말을 찾아 헤매던 기병들 중 한 명이 풀썩 쓰러졌다. 이어서 두 방의 총소리가 석산을 뒤흔들었다. 두 명의 기병들 역시 쓰러졌다. 두 개의 그림자가 잡초 덤불 속에서 모습을 드러내며 쓰러진 기병들에게 달려왔다. 그들은 탈영병들이었다. 쓰러진 세 명의 기병들을 한 명씩 돌아보며 서너 방씩 확인 사살한 탈영병들은 완전히 숨이 끊어진 사체들을 방치한 채 나선형의 비탈길을 내려왔다.

두 명의 탈영병들은 산 아래에 숨겨두었던 열네 마리의 말을 양분하여 말고삐를 하나로 몰아쥐었다. 탈영병들은 이 도시를 떠나 국경선을 넘어 D로 갈 작정이었다. 말에 올라탄 탈영병들은 서로를 쳐다보면서 얼굴 가득 만족의 웃음을 지었다. 그들은 말에 박차를 가하며 자신들을 기다리고 있는 죽음을 향해 먼지바람을 일으키며 힘차게 질주해갔다.

*

시종장은 왼쪽 눈을 가늘게 뜨며 앞에 선 젊은 남자 노예들을 면밀히 훑어보고 있었다. 남자 노예들의 피부색은 각기 달랐으나 나이는 스무 살에서 스물다섯 살 사이였고, 키는 삼 큐빗 반에서 사 큐빗을 넘지 않았으며, 몸무게는 육 세겔 반에서 칠 세겔을 넘지 않았다. 성안에서 가장 훤칠하고 건장한 미청년 노예들이었다. 노예들은 전부 나신의 상태였다. 노예인 어미에게서 태어나 역시 노예로 자라난 대부분의 남자 노예들은 이미 다섯 살이 되기 전에 성기를 모조리 잘라냈지만, 이곳에 있는 남자 노예들처럼 열다섯 살 이후에 타 지역에서 잡혀온 이들은 생명의 씨앗주머니만을 거세하는 것이 도시의 불문율이었다. 노예들을 한 명씩 응시하는 시종장의 왼쪽 눈이 더욱 가늘어지면서 마치 하나의 선을 그린 것처럼 보였다.

남아 있는 열 명의 노예들은 검은 피부의 노예가 네 명, 갈색 피부의 노예가 네 명, 하얀 피부의 노예가 두 명이었다. 무표정한 얼굴로 정면을 바라보고 있는 노예들은 한결같이 이목구비가 뚜렷하고 어깨와 허리로 이어지는 선이 곧았으며 온몸에 상처 자국 하나 없었다. 그러나 시종장은 이같이 흠결을 거의 찾기 힘든 미청년 노예들의 이면까지 꿰뚫어보고 있었다. 그가 오랜 세월 시종장을 유지할 수 있었던 가장 큰 이유는 바로 사람의 진가를 잘 알아보았기 때문이었다. 덕분에 그는 황제가 4대나 바뀌는 신산한 궁정생활을 겪으면서도 자신의 권력을 조금도 잃지 않았다. 시종장은 노예들의 시선과, 미간과 입가의 미세한 잔주름들과, 두 손과 두 다리의 모양과, 서 있는 자세의 전체적인 모습 등을 주의깊게 살펴보았다. 경험상 시종장은 입으로는 얼마든지 거짓을 고할 수 있어도, 몸으로 발산하는 무의식적인 언어는 늘 진실만을 말한다는 믿음을 갖고 있었다. 다시금 시종장의 지시에 따라 일곱 명의 노예들이 밀실 밖으로 내보내졌다. 남은 세 명의 노예들에게 시종장은 처음으로 입을 열었다.

"너희들 중에 한 명은 고귀한 분을 모시게 될 것이다. 누가 그 일을 감당할 수 있을지 알아보기 위해 한 명씩 묻겠다. 누가 너희의 진정한 주인이라고 여기느냐?"

불시에 시종장에게 지목을 당한 노예는 곧바로 대답을 하지 못했다. 시종장은 노예의 대답을 기다리지 않고 옆에 선 노예에게 똑같은 질문을 던졌다. 망설임 없이 노예는 도시의 통치자이신 황제폐하, 라고 답했다. 마지막 노예는 지금 자신이 섬기는 주인님, 이라고 답했다. 노예들이 대답하는 내내 깊은 생각에 잠겨 있던 시종장은 노예들

중 아무도 지목하지 않고 말없이 손뼉을 두 번 쳤다. 세 명의 노예들은 모두 밀실 밖으로 나갔다.

그날 밤 시종장은 은밀히 마지막으로 답한 노예를 자신의 처소로 불러들였다. 고개를 조아린 노예가 문을 열고 공손한 자세로 다가왔을 때 시종장은 자신의 선택이 틀리지 않았음을 알았다. 그것은 예순을 앞둔 나이에도 자신의 판단력이 흐려지지 않았다는 반증이었다. 때문에 시종장은 젊은 남자 노예의 얼굴을 확인하기도 전에 내심 호감을 품게 되었다. 바닥에 납작 엎드린 노예에게 시종장은 몸을 일으켜 얼굴을 보여줄 것을 명했다. 노예는 명이 떨어지기가 무섭게 재빨리 자리에서 일어나 고개를 들어 시종장을 바라보았다. 하지만 노예는 두 눈을 감히 시종장의 시선과 마주치지 않았고, 시종장의 입가를 겨우 바라볼 뿐이었다. 황제의 명이 있기 전에는 어떤 경우라도 노예는 도시민들의 얼굴을 똑바로 바라볼 수 없었다. 시종장은 노예의 내리깐 시선 속에서 무언의 질문과 억제할 수 없는 호기심을 느꼈다. 숨길 수 없는 생동감이 청년 노예의 온몸에서 뿜어져나오고 있었다. 시종장은 아득히 먼 기억에서 자신의 젊은 시절을 떠올리며 잠시 회한에 잠겼다. 시종장에게 있어 젊음은 갓 궁정에 들어와 아직 무엇으로도 규정되지 않은 자신의 불안한 위치를 미래에 대한 막연한 동경으로 견뎌냈던, 두려움과 조바심의 시절이었다. 그러나 연속해서 흘러가는 시간의 위력으로 적당히 윤색되어 재생된 오랜 기억은 시종장에게 나른한 감미로움 그 이상도 이하도 아니었다. 시종장은 낮게 말했다.

"이곳은 폐하의 위세가 닿지 않는 곳이다. 내 눈을 마주 보거라."

그래도 얼마간 망설이던 노예는 이윽고 마음을 다잡은 듯 시선을 들어 시종장을 응시했다. 노예의 두 눈은 매우 아름다웠다. 크고 물기 어린 흑갈색 눈동자가 말할 수 없이 온순했고, 낯빛이 창백하리만치 희어서 청년이라기보다는 남장한 아가씨같이 보였다. 게다가 그 고수머리, 눈동자 색깔과 같은 흑갈색 고수머리가 귀밑에 살며시 늘어져 있는 모습이 몹시 사랑스러웠다. 천장에 매달아놓은 황금등잔의 주홍 불빛이 물기 어린 두 눈동자에 만개한 꽃처럼 맺혀 있었다. 저도 모르게 시종장은 슬쩍 미소를 지었다. 자신에 대한 호의를 알아챈 젊은 노예는 역시 보일 듯 말 듯한 미소로 화답했다. 시종장은 노예에게서 아직 소년의 순수한 풋풋함과 수줍음이 느껴지는 것을 다행이라고 생각했다. 대부분의 사람들이 미남의 요건으로 내세우는 남성적 일면이 이 젊은 노예에게 거의 없다는 점이 오히려 여자로 하여금 경계심을 누그러뜨리게 할 수도 있다는 판단에서였다. 시종장은 노예가 부인에게 단순한 성적 노리개가 아닌, 친밀한 존재로 여겨지기를 바랐다. 눈앞의 노예가 시종장의 지시에 얼마나 잘 따라주는가에 도시의 안위가 걸려 있었다. 시종장은 노예에게 이같은 사정을 최대한 짧고 간단하게, 그러나 엄준한 어조로 말해주기 시작했다.

"네가 앞으로 모시게 될 분은 바로 황제폐하의 네번째 부인이시다. 한때 폐하의 총애를 받았으나…… 지금은 매우 외로우신 분이지. 이제 너도 차차 깨달아갈 것이다. 이런 일이 궁정에선 원래 일상이라는 것을. 내가 널 부른 이유는 외로운 부인을 전심을 다해 위로해드리라는 명을 내리기 위해서다. 누구보다 예민하고 다소 신경질적인 부인에게 어떻게 접근해야 할지 너는 알 것이라고 생각한다."

시종장은 노예가 해야 할 가장 중요한 일이 부인의 환심을 사는 것이라고 덧붙였다. 부인은 황제의 정치적인 이해관계에 의해 선택된 이민족의 공주였다. 십여 년 전부터 도시 근방의 군소 국가들에 대한 영향력을 유지하는 일환으로 황제는 이민족들의 왕족과의 통혼을 추진했다. 이미 황제에게는 황후를 비롯한 도시 출신의 세 명의 부인이 있었으나, 그때까지 잦았던 이민족들과의 전쟁을 막고 도시를 평화롭게 한다는 미명하에 세워진 황제의 통혼정책에 누구도 감히 반기를 들지 못했다. 황제의 네번째 부인은 이러한 도시국가의 이해관계에 처음으로 희생된 공주였다. 그러나 황제는 이민족들의 공주를 후궁으로 맞으면서 앞선 도시 출신의 세 명의 부인들과는 달리 형식적인 혼례 절차를 무시했다. 네번째 부인 이후에 여섯 명의 이민족 출신의 부인들이 궁정에 들어왔으나, 이들은 정식 후궁으로 인정받지 못하는 유령 같은 존재들이었다. 때문에 이들이 낳은 자녀들 역시 황제의 공식적인 혈통으로 인정받을 수 없었다. 도시 출신의 혈통을 이민족과의 혈통과 엄격히 구별해야 한다는 것이 황제의 칙명이었다. 노예가 앞으로 모시게 될 네번째 부인은 아직 도시 출신의 부인들에게서 왕자를 얻지 못한 황제에게 이민족의 출신으로 제일 먼저 왕자를 생산하여 궁정의 우려를 한 몸에 받고 있는 여인이었다. 이같은 이유로 황제는 네번째 부인을 의도적으로 멀리하는 중이었다. 이런 불안정한 상태의 부인이 혹 도시를 위태롭게 하려는 마음을 품고 있을지도 모르는 일이기에, 라고 시종장은 말을 이었다.

"앞으로 너는 부인의 일거수일투족을 내게 보고해야 할 것이다. 부인과 관련된 일이라면 그것이 아무리 사소한 일이라 할지라도 모조리 내게 알려야 한다."

노예는 공손히 시종장의 말을 경청했다. 말을 하는 시종장의 태도는 내내 진지하기 그지없었다. 이따금 고개를 끄덕이며 허리를 굽히는 모습이 너무 진중해서 우스꽝스럽게 보일 정도였다. 시종장은 한층 노예에게 부드러운 감정을 느꼈다. 시종장의 간소한 취향에 맞춰 일체의 가구를 들여놓지 않은 이 밀폐된 방에서 젊은 노예의 존재는 그의 마음에 자꾸만 설명하기 힘든 기쁨을 주는 것이었다. 노예의 존재는 마치 나무에서 갓 딴 상큼한 과일과도 같았다. 이토록 의미 없는 순수한 기쁨을 느꼈던 적이 언제였던가, 시종장은 자문해보았다. 그는 노예가 부인에게 사랑을 받으리라는 것을 확신했다. 저도 모르게 시종장은 숨을 크게 몰아쉬며 말했다.

"자, 이제 모든 것이 네게 달렸다. 이만 나가거라."

노예는 바닥에 납작 엎드려 절을 한 다음 뒷걸음질 치며 문을 열고 나갔다. 시종장은 문득 깊은 피로를 느꼈다. 엄습해오는 피로 속에서 그는 홀로 잃어버린 시간에 대해 곰곰이 생각에 잠겨 있었다.

횃불이 드문드문 밝히고 있는 긴 복도를 걸어가면서 젊은 노예는 될 수 있는 한 어둠이 맺혀 있는 구석으로 몸을 바짝 붙였다. 매끄러운 대리석 바닥에 신고 있던 가죽신이 행여 듣기 싫은 마찰음을 낼까 봐, 그는 양손에 가죽신을 한 짝씩 들고 맨발로 살금살금 걸어갔다. 복도 끝에서 횃불을 손에 든 보초병이 나타났다. 그는 얼른 어두운 석벽 쪽으로 피해 몸을 낮췄다. 노예들 특유의 조심성 강한 본능으로 그는 시종장이 자신에게 내린 명이 얼마나 위험한 것인지를 어렴풋이나

마 알고 있었다. 물론 그와 같은 처지의 미청년 노예들이 황후를 비롯한 귀부인들에게 성적인 만족을 채워주는 일이 은밀하게 행해지고 있다는 것은 익히 알고 있던 일이었다. 하지만 그것은 어디까지나 단발성의 쾌락이었고, 엄중한 궁정의 법도 속에서 미청년 노예들은 자신이 만족시킨 지체 높은 여인들을 두 번 다시 볼 수 없었다. 법도를 어기고 관계한 여인을 만난다는 것은 노예에게 곧 용서 없는 죽음을 의미했다. 시종장의 명은 그가 체득하고 있던 궁중의 상식을 뒤엎는 제안이었던 것이었다.

보초병의 둔탁한 발걸음 소리가 점점 멀어졌다. 그는 석벽의 어둠 속에서 기어나와 빠른 걸음으로 세 개의 복도를 지나갔다. 늦가을의 서늘한 바람이 높은 천장에 난 작은 창을 통해 불어오고 있었다. 얇은 하얀 튜닉만을 걸친 그는 새삼 온몸이 떨려왔다. 맨발에 닿는 차가운 돌의 감촉이 얼음을 밟는 것처럼 아렸다. 횃불이 밝힌 복도를 지나 그는 지하로 향하는 석조 계단으로 내려갔다. 지하의 복도에는 온통 축축한 어둠만이 고여 있었다. 한 치 앞도 식별할 수 없는 지독한 어둠이었다. 그는 자신의 감각에만 의지한 채 흑갈색 고수머리를 휘날리며 청년 노예들의 처소를 향해 전력을 다해 뛰기 시작했다. 냉기 어린 온몸에 뜨거운 피가 돌면서 그는 비로소 오늘밤의 일들을 머릿속에 떠올리고 있었다. 작고 날카로운 눈매를 지닌 시종장은 매부리코에 입술까지 얇아 어찌 보면 몰인정한 세리같이 보였다. 하지만 살이 좀 붙은 둥그스름한 얼굴형에 좋은 풍채가 더해지면서 뭐라 단정 지을 수 없는 복잡한 인상을 주었다. 그는 시종장이 자신에게 호의를 품고 있다는 것을 느끼고 있었다. 자신의 어떤 면이 시종장에게 좋은 인상을 주었는지 그는 구체적으로 알 수는 없었으나 시종장의 눈빛과 어조는 확실히 다른 노예들을 대하는 냉혹한 태도와는 달랐다. 그는 시종장의 호의가 실은 미를 대하는 사람들의 일반적인 태도라는 것을, 아직 알지 못하고 있었다. 깜깜한 복도의 중간쯤에 지하로 난 두번째 석조 계단이 있었다. 그는 두 손과 두 발로 계단 옆의 난간을 익숙하게 더듬어가며 궁정 내에서 가장 깊은 곳에 자리한 밀실의 석문을 열고 들어섰다. 문가에 드리워진 두터운 베일의 틈새로 길게 새어나온 희미한 노란색 불빛이 그의 앞에 펼쳐졌다. 간간이 들리는 젊은 남자 노예들의 낮은 웃음소리와 신음소리가 섞인 야릇한 열기가 밀실 안을 가득 채우고 있었다. 조용히 베일을 들춘 그는 밀실의 안쪽으로 걸음을 옮겼다. 밀실의 어딘가에서 연기가 피어오르고 있었다. 연기를 들이마시자마자 그는 눈이 밝아지며 몸이 가벼워지는 것을 느꼈다. 입고 있던 튜닉의 밑단을 찢어 코를 막은 그는 연기를 한 번만 더 들이마시고 싶다는 자신의 욕망을 억누르기 위해 진땀을 흘려야 했다. 연기의 정체는 아편이었다. 짙어지는 아편 연기 속에서 웃음소리와 신음소리는 점차 가파르게 높아졌다. 이어서 날카로운 외침소리와 살을 때리는 철썩거리는 소리가 들려오더니, 별안간 한 노예가 석벽 사이에서 도둑고양이처럼 튀어나와 그의 품에 안길 듯 매달려왔다. 노예는 계속 미친 것처럼 깔깔거리면서 고래고래 소리를 질러댔다. 작년에 궁정으로 잡혀온 열세 살의 노예였다. 노예의 두 눈동자가 끊임없이 희번덕거리고 있었다.

"아아! 기분이 너무 좋다! 아하하하! 좋단 말이야!"

저만의 환각에 빠져버린 노예는 비호처럼 달려들어 그의 목을 졸랐다. 노예는 연신 무언가를 중얼거렸으나 그것은 그가 알아들을 수 있는 이 세상의 언어가 아니었다. 인간의 힘이라고는 믿겨지지 않을 만큼 굉장한 악력이었다. 금방이라도 숨이 막혀버릴 것만 같은 두려움 속에서 그는 있는 힘껏 노예를 자신에게서 떼어냈다. 내동댕이쳐진 노예는 좀 전의 이상한 괴력을 삽시간에 잃어버리고 시들어버린 식물처럼 대리석 바닥에 몸을 축 늘어뜨리고 있었다. 몇 차례 심한 경련을 일으키던 노예는 토악질을 하더니 곧 잠잠해졌다. 시큼한 냄새를 풍기는 갈색 토사물에 머리를 박고 있는 노예를 뒤로하며 그는 두 개의 기둥 같은 석벽 사이로 들어갔다. 그의 눈에 예닐곱 명의 젊은 남자 노예들이 붉은 양탄자 위에 나신으로 두세 명씩 뒤엉켜 있는 모습이 들어왔다. 뒤엉켜 있는 노예들이 아무렇게나 벗어던진 하얀 옷가지들이 붉은 양탄자 위에 여기저기 작은 봉분들처럼 솟아 있었다. 노예들은 그가 들어왔는지조차 까맣게 모르고 있었다. 함부로 뒤섞인 밀반죽처럼 오직 서로의 몸을 탐색하기에 급급할 뿐이었다.

그는 어찌할 도리 없이 우두커니 선 채 노예들을 바라보았다. 노예들의 서툰 몸놀림들이 하나같이 어떤 동일한 흐름의 연속인 것처럼 느껴진다는 것을 그는 한참 만에야 깨달았다. 그것은 정교한 수업에 의한 결과였다. 노예들은 서로의 몸을 구석구석 정성 들여 손끝과 손바닥과 혀끝으로 애무하고 핥으며 밀려오는 쾌락 속에서 숨 가쁜 신음소리를 내지르면서도 주의깊게 서로의 반응을 살피는 중이었다. 비로소 그는 오전에 있었던 일을 떠올렸다. 예전부터 궁정에는 지체 높은 이들에게 성적인 만족을 제공하는 젊은 남녀 노예들이 보다 빠르게 성적인 기교를 익히게 하기 위해 여러 명의 교사를 두고 있었다.

그들은 일명 '사랑의 교사'로 불리는, 오십대의 전직 시종인 기혼 남녀들이었다. 사랑의 교사들은 가벼운 입맞춤에서부터 시작하여 사랑의 행위에 이르기까지 남녀가 교합할 수 있는 모든 기교에 관해 직접 실연을 보여주고 행함으로써 가르쳤다. 그러나 젊은 남녀 노예들끼리의 성교는 엄격히 금지되어 있었다. 어디까지나 노예들은, 주인 된 이들에게 만족을 주기 위한 궁정의 소유물이었기 때문이었다.

한바탕 난교를 벌인 젊은 남자 노예들은 녹초가 되어 물에 흠뻑 젖은 해면처럼 늘어져 있었다. 그가 노예들의 주변을 돌아다니며 옷가지를 정리하는 와중에도 노예들은 손발 하나 까딱하지 못할 만큼 지쳐 있었다. 땀으로 범벅된 노예들의 몸 전체가 니스를 칠한 것처럼 번들거렸다. 쾌락의 여운이 남아 있는 몸뚱이들이 미세하게 꿈틀거리는 모습이 허물 벗은 커다란 애벌레들처럼 보였다. 청년들이 뿜어내는 강한 육향에 그는 머릿속이 아찔해질 지경이었다. 중간쯤에 누워 있던 노예 하나가 아직까지 남아 있는 욕정을 참지 못하겠다는 듯 슬며시 몸을 일으켜 가장 가까이에 엎드려 있던 노예의 몸 위에 자신의 몸을 밀착했다. 부지중에 욕정의 배설구가 된 노예는 느닷없이 은밀한 부위를 뚫고 들어오는 극심한 통증을 이기지 못하고 두 손으로 양탄자를 쥐어뜯으며 짐승처럼 울부짖었다. 울부짖는 노예의 몸 위에 밀착된 노예는 반항이 심해질수록 오히려 더욱 달아올라 욕지거리를 퍼부으며 격하게 하체를 흔들어대었다. 통증으로 머리를 바닥에 찧어대던 노예는 국부가 피투성이가 되어 그만 정신을 잃어버렸다. 이윽고 욕정을 채운 노예가 피 묻은 성기를 정신을 잃은 노예의 몸에서 빼내자, 또다른 노예가 입맛을 다시며 시체처럼 늘어진 몸의 국부에 성기를 꽂았다. 살과 살이 마찰하는 소리가 사방의 벽을 퉁기며 요란하게 울려퍼졌다. 피로 물든 성기의 움직임이 빨라지자, 늘어진 노예의 몸은 조금씩 앞으로 밀려나가 종국엔 홀로 양탄자 밖에 널브러졌다. 그는 묵묵히 널브러져 있는 노예에게 다가가 피투성이가 된 하체에 옷가지를 덮어주었다. 이런 그를 눈으로 좇던 장대한 몸집의 노예가 고성을 질렀다. 키가 사 큐빗이 훌쩍 넘는 노예는 밀실 안에서 가장 몸집이 작은 열다섯 살 노예의 몸 위에 포개지듯 엎어져 있었다.

"성가시게 굴지 말고 그거나 가져와! 네까짓 게 뭘 한다고 앞에서 얼쩡거려!"

그러자 여기저기서 김빠진 듯한 힘없는 웃음소리가 들려왔다. 어쩌면 웃음소리라기보다는, 억지로 입을 벌려 되는대로 이상한 소리를 낸 것에 불과할지도 몰랐다. 하지만 그는 눈물까지 찔끔거리면서 크게 웃었다. 젊은 남자 노예들을 지독히도 미워하는 수문장의 어투를 단어 하나 바꾸지 않고 그대로 흉내낸 말에 그는 내심 위로를 느꼈다. 아침 무렵 궁정의 문을 지날 때마다 수문장은 젊은 남자 노예들에게 돼먹지 않은 시비를 걸며 비아냥거리기 일쑤였던 것이었다. 수문장에게 곤혹을 당하지 않기 위한 최선의 방법은 바로 귀부인들과의 잠자리에서 종종 최음제로 사용되는 아편 주머니를 열흘마다 한 번씩 건네는 것이었다. 수문장은 노예들의 면전에 대고 '창녀보다도 못한 것들'이라는 모욕을 서슴지 않았고, 노예들이 관계하는 귀부인들을 빗대어 추잡한 말을 하기를 즐겼다. 그는 노예들을 멸시하는 수문장의 태도에 늘 치밀어오르는 울분을 참기 힘들었다. 그것은 밀실에 기거하는 다른 젊은 남자 노예들도 마찬가지였다. 그들이 노예인 어미에게서 태어나지 않고 열다섯 살이 넘어 도시로 잡혀온 노예이기 때문일 수도 있었다. 아직도 그는 노예로 산 지난 삼 년의 시간보다 자유민으로 살았던 이십 년의 세월을 더 가깝게 여기고 있었다.

가끔씩, 아니 자주 그는 '그날' 하루가 자신의 생에서 완벽하게 사라져버리기를 간절히 원했다. 그날은 바로 그가 도시의 군사들에 의해 노예로 잡혀온 날이었다. 해안가에 위치한 작은 도시에 터를 잡은 그의 집안은 아마와 직조물을 취급하는 교역상으로 살아왔다. 그의 아버지는 꽤 규모가 큰 상단을 이끌고 있는 일대의 부상(富商)이었다. 대륙의 곳곳을 돌아다니며 상권을 형성한 그의 아버지는 특히 동방 여러 나라의 질 좋은 견물을 대량으로 싼값에 사들여 서방의 도시국가들에 수매한 가격의 근 열 배에 가까운 가격으로 되파는 놀라운 수완을 발휘하여 집안에 막대한 부를 축척했다. 상단의 총 인원이 상인과 호위사병을 합해 백여 명을 넘을 정도로 큰 규모였다. 만일 '그날' 그의 아버지가 평소대로 조심성을 유지하여 만용을 부리지만 않았어도, 그는 노예가 아닌 부상의 셋째아들로서 안온한 삶을 살아가고 있을 것이었다. 그날은 4월 초입의, 대륙을 가로지르는 대하의 범람이 막 시작되기 직전의 시기였다. 갖가지 직조물을 스물세 개의 큰 수레에 싣고 북쪽의 험준한 산악지방을 돌아 불모지의 스텝과 사막을 거쳐온 상단은 도시의 항구에 정박하며 D로 가기 위한 막바지 준비로 매우 분주했다. 일 년여가 넘게 외지를 떠돌아다녔던 터라 당시 상단은 D의 역병과 기근에 대한 소문을 전혀 듣지 못한 상태였다. 도시의 항구는 타국의 선박에 대해 정박료란 구실로 꽤나 값비싼 세금을 물렸기 때문에 상단은 하루라도 빨리 출항을 하는 것이 이익인 상황이었다. 이런 와중에 출항을 불과 이틀 앞두고 한 동료 교역상으로부터 D의 불길한 소문을 접한 상단은 큰 혼란에 빠질 수밖에 없었다. 사흘간 이어진 상인들 간의 결론 없는 지루한 논의 속에서 마침내 상단의 총수인 그의 아버지는 과감히 모든 출항준비를 중지한다는 결단을 내렸다. 덧붙여 아버지는 그동안 어떤 거래도 하지 못했던 도시에서 어쩌면 또다른 새로운 상권을 확보하는 좋은 기회가 될 수도 있다는 요지의 생각을 상인들 앞에 피력했다. 그는 지금도 아버지의 자신감 넘치는 태도와 단호한 어조를 생생하게 떠올릴 수 있었다. 결국 현지 사정을 제대로 파악하지 못한 그의 아버지의 결정으로 인해 상단의 백여 명 중 절반이 도시의 군사들에 의해 처참히 도륙되었고, 나머지 절반은 도시의 노예가 되었다. 그의 아버지는 은연중에 휘황찬란한 도시의 외양만을 믿으며, 그 번듯한 외양에 내재된 극단적인 폭력성과 증오를 미처 읽지 못했던 것이었다. 애초부터 도시의 상인과 관리 들은 상단과 거래를 할 생각이 전혀 없었다. 오히려 상단이 항구에 머무는 동안 그들은 상단이 가진 엄청난 부의 실체를 접하면서 자신들의 압도적인 무력으로 이를 강탈해갈 방법에 대해 골몰했을 뿐이었다.

그는 새삼 비감에 잠겨 밀실 안을 돌아보았다. 밀실 안에 널브러져 있는 노예들이 흡사 비참하게 도륙되었던 그날의 상단의 모습처럼 느껴져서 그는 괴로웠다. 어느새 살그머니 밀실로 숨어들어온 노예가 널브러져 있는 노예들을 일일이 들여다보면서 연기가 오르는 길쭉한 파이프를 한 개씩 나눠주고 있었다. 아편을 피우다가 그에게 달려들었던 열일곱 살의 노예였다. 그는 얼굴과 가슴팍에 토사물을 그대로 묻힌 채 뭐가 좋은지 깔깔대며 웃고 있었다. 그에게서 파이프를 건네받은 노예들도 의미 없는 웃음소리를 내며 떨리는 양손으로 파이프를 쥐고는 주린 사람처럼 피워댔다. 곧 밀실 안 가득 짙은 안개 같은 희뿌연 아편 연기가 피어올랐다. 노예들은 연신 웃어대며 제각기 자신만의 기묘한 환상에 빠져들어갔다. 어떤 노예는 물속에서 유영하는 물고기처럼 몸을 놀렸고, 어떤 노예는 풀무질을 하는 대장장이처럼 땀을 뻘뻘 흘리며 움켜잡은 두 손을 앞뒤로 열심히 흔들어댔고, 어떤 노예는 단조로운 새의 울음소리를 내며 두 팔을 날개인 양 퍼덕거렸다. 얼마 있자 과도하게 연기를 들이마신 두 명의 노예가 왝왝거리며 붉은 양탄자 위에 토악질을 한 것을 시작으로 나머지 노예들도 하나둘씩 토사물을 양탄자 위에 쏟아내었다. 온몸이 토사물로 범벅이 된 노예들이 더럽혀진 양탄자 위를 이리저리 뒹굴며 눈동자를 희번덕거렸다.

가만히 밀실 밖으로 나가려던 그는 문가에서 발걸음을 멈췄다. 얼음 같은 석벽에 기대어 스르륵 주저앉은 그는 폐부 가득 아편 연기를 들이마셨다. 눈을 감은 그는 환상 속에서 드넓은 초원을 전속력으로 달려가는 소년을 보고 있었다.

하얀 망아지에 올라탄 소년은 작은 몸집에도 불구하고 제법 위풍당당해 보였다. 말 타기를 배운 지 일주일도 안 된 초보 기수라는 것이 느껴지지 않을 정도였다. 하얀 망아지에 맞춰 입은 미색의 기마복은 한 폭의 그림과도 같이 아름다웠다. 소년은 원형 승마장을 따라 망아지를 몰아가며 점점 속력을 높여갔다. 빠르게 달리는 망아지를 타고 있는 소년의 고동치는 심장소리가 관중석에 앉아 있는 그녀의 귓가에 힘차게 들려오는 것 같았다. 석양빛이 소년의 어깨에서 찰랑거리는 금발에 반사되며 후광처럼 불타올랐다. 눈부신 황금의 왕관이 소년의 머리 위에 씌워져 있었다. 그녀는 가슴 벅찬 뿌듯함과 감격 속에서 생각했다. '그래, 저 아이가 장차 황제가 될 나의 아들이다.' 아들에 대한 발작적인 애정이 지난 십삼 년의 세월 동안 그녀에겐 꽤 익숙한 것이었음에도 불구하고, 그녀는 그때마다 설레는 마음을 진정시키기 어려웠다. 그녀의 한없는 공상 속에서 소년은 이미 의젓한 성년의 남자로 자라나 왕국의 황제로 등극해 있는 것이었다. 왕관을 쓴 소년은 망아지의 옆구리에 박차를 가하며 소리쳤다.

"어머니! 보고 계시죠? 보고 계신가요!"

대답 대신 그녀는 오른팔을 높이 들어 손에 쥐고 있던 부채를 흔들었다. 그녀가 부채를 흔들자 소년은 고삐를 움켜쥐고 있던 두 손을 몇 초간 번쩍 위로 들어올렸다가, 장난스러운 웃음소리와 함께 다시 고삐를 잡았다. 순간 그녀의 얼굴이 흉하게 일그러지며 가슴속에서부터 새된 비명이 터져나왔다. 동시에 승마 교사가 승마장을 가로질러 달려가 잔뜩 흥분한 망아지를 멈춰 세웠다. 아들의 무사함을 두 눈으로 확인하면서도 그녀는 두 번이나 비명을 더 질렀다. 아들이 달리는 망아지에서 낙마하여 머리에서 붉은 피를 흘리는 환영이 그녀의 뇌리에서 지워지질 않았다. 승마 교사의 채근에 하는 수 없이 망아지에서 내려온 소년은 분이 덜 풀리는지 양 발끝으로 번갈아가며 흙바닥을 차고 있었다. 고개를 수그린 소년의 숱 많은 금발이 휘장처럼 얼굴의 양옆에 드리워졌다. 아들이 실망하는 모습을 지켜보는 것은 낙마의 환영만큼이나 그녀의 마음을 어둡게 만들었다. 단단히 화가 났는지 소년은 승마 교사의 훈계에도 입을 앙다문 채 수그린 고개만을 가끔씩 흔들고 있을 뿐이었다. 그녀는 소리 높여 아들의 이름을 불렀다.

"벨리사르! 벨리사르!"

그녀의 부름에 소년은 앞에 선 승마 교사를 밀치며 달려왔다. 아이의 순진함과 뻔뻔함이 뒤섞인 표정을 지은 소년은 그녀의 따뜻한 품에 안기어 멀찍이 서 있는 승마 교사를 여봐란듯이 쳐다보았다. 당연히 어머니로서 아들의 무례함을 꾸짖어야 했지만, 그녀는 아들의 머리 위에서 다시금 빛나고 있는 황금빛 후광에 정신이 팔리는 바람에 그 순간을 놓쳤다. 아들을 껴안은 그녀의 양팔에 한층 힘이 들어갔다. 소년은 어머니의 품에서 온순한 아이가 되어 있었다. 그녀가 아들과 함께 보낼 수 있는 시간은 언제나 부족했다. 사나흘에 한 번씩, 오후 무렵 두 시간 정도가 아들과 함께할 수 있는 시간이었다. 궁정에서 그녀는 공식적으로 존재하지 않는 황제의 부인이었기에, 그녀가 낳은 아들 역시 존재하지 않는 왕자였다. 그녀는 늘 이런 자신에게서 태어난 아들의 처지를 가슴 아파했다. 두 사람은 각기 다른 별궁에서 유폐되다시피 살아왔고, 황제의 특별한 결단이 없는 한, 앞으로도 달라질 것은 없었다. 하지만 그녀는 그 어느 것도 결코 포기하지 않을 생각이었다.

날이 어두워지자 모자는 침울해졌다. 궁정에서 백 큐빗 이상 외따로 떨어진 별궁은 모자의 숨소리까지 크게 들릴 만큼 한적했다. 별궁의 외양은 거대한 궁정과 다를 바 없이 호사스러웠다. 그러나 그 내부는 사람의 온기가 도통 느껴지지 않는 차디찬 호사만이 덧입혀져 있었다. 사방이 두터운 석벽으로 둘러싸인 세 개의 황금촛대가 밝히고 있는 연회실은 모자 단둘만이 앉아 있기에는 지나치게 컸다. 그녀는 아들에 대한 사랑을 내심 과시하고 싶은 생각에 언제나 연회실에 식사를 차리도록 명했다. 아들과의 만남을 위해 그녀가 세심하게 선별한 음식들이 식탁 가득 차려져 있었으나 그는 시종 굳은 표정으로 차려진 음식에는 거의 손을 대지 않았다. 저녁식사가 끝나자마자 그녀와 그녀의 아들은 기약 없이 헤어져야 했다. 비록 며칠간의 헤어짐이었지만 그 짧은 기간이 점차 길어져서 종국엔 서로의 얼굴조차 볼 수 없는 때가 올지도 모르는 일이었다. 언젠가 아들과의 무기한 이별을 통보받을 수 있다는 가정을 떠올리는 것만으로도 그녀는 심장을 도려내는 듯한 고통을 느꼈다.

이별의 시간이 다가올수록 소년은 말이 없어졌다. 묵묵히 음식을 입에 가져가는 아들이 그녀는 낯설게만 느껴져서 자꾸만 말을 꺼내고 싶어졌다.

"요즘은 뭘 배우고 있니? ……승마는 재미있니? ……유모가 아직도 밤에 재워주니?"

소년은 대답 없이 고개만 끄덕이거나, 가로저었다. 이번에도 그녀는 언제나 그랬듯이 아들에게 정작 물어보고 싶은 질문은 하지 못했다. 그녀가 그 질문을 했을 때 소년이 어떤 대답을 하더라도 그녀 자신은 결코 만족하지 못하리라는 것을 알고 있었기 때문이었다. 그러나 소년은, 그녀의 아들이었다. 어색한 얼마간의 침묵이 흐른 뒤, 소년은 말했다.

"……폐하께서 이번주엔 저를 찾지 않으셨어요. 하지만 다음엔 꼭 부르실 거예요."

황급히 말을 덧붙인 소년은 금세 얼굴을 붉혔다. 소년은 그녀와 마찬가지로 거짓말에 익숙하지 못했다. 그녀는 가슴이 아파서 견딜 수 없었다. 무엇보다 아들에게 거짓말을 하도록 만든 그 조숙함에, 그녀는 가슴 아파했다. 그들 모자는 단순한 혈연관계의 사랑이 아닌, 동병상련의 처지에 있는 사람들이 서로를 이해하는 보다 복잡한 감정으로 단단히 묶여 있었다. 그녀와 소년은 서로를 은연중에 자신의 거울로 여기며, 또하나의 자기처럼 여겼다. 붉어진 소년의 얼굴에 어린 촛불의 반영이 이리저리 흔들리고 있었다. 황금촛대의 촛농이 자그마한 폭포 같은 문양을 그리며 굴러떨어졌다. 그 모양을 지켜보던 그녀는 열린 문틈으로 유모가 서 있는 것을 보았다. 다시금 가슴이 아파온 그녀는 겨우 자신을 추스르며 말했다.

"자아, 벨리사르."

이름만을 불렀으나, 소년은 이 말에 담긴 의미를 잘 알고 있었다. 이윽고 유모와 함께 연회실을 나가는 아들의 뒷모습을 물끄러미 바라보던 그녀는 식탁에 엎드려 울기 시작했다. 눈물이, 그녀의 내부에서부터 흘러나오고 있었다. 아이처럼 그녀는 어깨를 들먹거리며 울었다. 누군가 그녀의 곁에 서 있다는 사실을 알아차린 것은 한참 뒤였다. 그녀가 눈물에 젖은 얼굴을 들었을 때 한 젊은 남자가 소리없이 자신을 내려다보고 있었다. 슬픔과 놀람으로 감정이 격앙된 그녀가 소리쳤다.

"감히 노예가 어찌 이곳에 있는 것이냐!"

젊은 남자는 황급히 그녀의 앞에 무릎을 꿇었다.

“저는 반년 전부터 별궁에서 일하는 노예입니다. 우연히 지나다가 부인께서 우시는 모습을 보고…… 저도 모르게 이곳으로 들어왔습니다.”

“나는 너와 같은 젊은 남자 노예를 본 기억이 없다.”

“부인께선 저를 기억하지 못하실지 모르나 저는 늘 부인을 지켜보고 있었습니다.”

“꽤나 재미있는 말을 하는구나. 그래, 네가 왜 나를 지켜보았다는 것이냐?”

“……부인의 눈물이 제 마음을 아프게 하기 때문입니다.”

노예의 말이 끝나자마자 그녀는 웃었다. 노예의 다소 건방진 말에 기분이 나쁘지는 않았으나, 그렇다고 마음이 동한 것도 아니었다. 그냥 모든 것이 우습다는 생각만이 들었다. 그녀 또한 궁정에 황후와 귀족의 부인들에게 성적인 만족을 제공하기 위한 미청년 노예들이 있다는 것을 알고는 있었다. 하지만 실제로 본 적은 없었기에 약간의 호기심이 동했다. 그녀는 눈앞의 노예를 일별했다. 곧 그녀는 노예가 지금까지 자신이 봤던 어떤 남자보다 아름답다는 사실을 깨달았다. 고개를 수그린 노예의 굳건한 어깨 위로 흘러내린 윤기 나는 흑갈색 고수머리가 실크처럼 부드러워 보였다. 그녀는 직감적으로 위험을 느꼈다. 어쩌면 노예의 지나친 아름다움이 그녀에게 무언의 경고를 보내고 있는 것인지도 몰랐다.

그녀가 막 노예에게 물러가라는 명을 내리려는데 갑자기 노예가 숙였던 고개를 들어 그녀와 시선을 마주쳤다. 그 순간 그녀는 저도 모르게 긴 한숨을 내쉬었다. 자신을 물끄러미 응시하는 젊은 남자 노예의 아름다운 흑갈색 눈동자를 마주 보며 그녀는 남자를 알지 못하는 처녀처럼 가슴이 설렜다. 노예의 속눈썹은 믿기지 않을 만큼 길고 짙었고, 촉촉한 눈동자는 흑수정을 박아놓은 것처럼 영롱한 빛을 발하고 있었다. 온전히 자신만을 향하고 있는 사랑스러운 시선을 그녀는 도저히 외면할 수 없었다. 두근거리는 심장소리가 귓가를 울려대는 것만 같았다. 그녀를 응시하는 노예의 흑갈색 눈동자의 검은자위가 점점 커지고 있었다. 노예는 그녀에게 애원하듯 두 손을 내밀며 간절히 말했다.

"……부인의 곁에 있도록 허락해주십시오."

눈동자 전체를 검은색으로 물들인 듯한 두 눈을 바라보며 그녀는 이미 아무런 저항도 할 수 없었다. 점점 가빠오는 숨을 애써 억누르며 그녀는 오직 노예의 아름다운 눈동자를 마주 볼 따름이었다.

교사를 중심으로 나신의 젊은 남녀 노예 마흔 명이 두 겹의 원을 그리며 서 있었다. 원을 세로로 가로지르는 선을 따라 왼편은 남자 노예 스무 명이, 오른편은 여자 노예 스무 명이 각자 동성의 상대자를 마주 보고 있었다. 장년의 남자 교사가 손짓을 하자, 바깥쪽의 원을 그리고 있는 남녀 노예들이 양손으로 바닥을 짚고 무릎을 꿇은 자세로 엎드려 중앙의 교사를 향해 엉덩이를 들어올렸다. 그러자 안쪽의 원을 그리고 있던 남녀 노예들이 상대자에게 다가가 들어올린 엉덩이와 다리 안쪽과 국부 근처를 천천히 양손 끝으로 깃털처럼 가볍게 쓸어주었다. 양손 끝의 움직임에 따라 엎드린 노예들은 몸을 뒤틀며 신음소리를 내었다. 팔에 힘이 풀려 그만 바닥에 엎어진 이들도 있었다. 교사는 노예들의 사이를 돌며 과도하게 신음소리를 내지르거나 엎드린 자세를 유지하지 못하는 노예들의 발바닥을 실다발처럼 가는 가죽끈이 묶여 있는 채찍으로 세 번씩 후려쳤다. 이곳에 있는 노예들의 몸은 향락을 위한 궁정의 소유물이었기에, 눈에 띄지 않는 발바닥만을 체벌할 수 있었다. 가죽채찍을 맞은 일곱 명 노예들의 발바닥이 이내 수십 마리의 벌떼에 쏘인 것처럼 부풀어올랐다. 체벌을 하는 교사나 발바닥을 채찍으로 맞은 일곱 명의 노예들이나 누구도 소리를 치거나 비명을 지르지 않았다. 양쪽 모두 진지한 표정으로 난제를 풀어가듯 동작 하나하나에 정성을 기울여 가르치고 배웠다. 교사가 바깥쪽 원에 엎드려 있던 여자 노예 한 명을 중앙으로 데려와 반듯이 눕도록 명했다. 손뼉을 쳐서 모두의 주의를 집중시킨 교사는 가볍게 고갯짓을 하며 말했다.

"자, 이렇게 들어올리도록!"

교사는 누운 여자 노예의 두 다리를 무릎에서 꺾어 자신의 양팔로 가슴 앞에 감싸안아 교접하는 동작을 보여준 다음, 다시 여자 노예의 꺾인 두 다리를 자신의 양 어깨에 올려놓아 교접하는 동작을 실행했다. 교사는 바깥쪽 원을 그리고 있는 노예들에게는 다리를 위로 치켜든 채 무릎을 꺾은 자세를 오랜 시간 동안 유지하는 방법을, 안쪽 원을 그리고 있는 노예들에게는 상대자의 두 다리를 요령 있게 떠받쳐 올리고 감싸안는 방법을, 노예들의 사이를 돌며 한 사람씩 가르쳐주었다. 말없이 발가벗은 몸으로 교접을 흉내낸 동작들을 연이어 수행하는 노예들은 이상하리만치 음란해 보이지 않았다. 마치 음식을 먹거나, 배설을 하는 것처럼 지극히 일상적인 행위처럼 보였다. 노예들은 한결같이 무표정한 얼굴로 서로의 나신을 하나의 악기를 다루듯 조심스럽고 치밀한 손길로 어루만지고, 쓰다듬고, 국부의 구멍들을 손가락과 발가락으로 찔러댈 뿐이었다.

이 수업을 두터운 커튼 뒤의 밀실에서 지켜보던 시종장은 몸을 굽혀 발밑에 엎드려 있던 노예의 귓가에 손가락을 튕겼다. 재빨리 몸을 일으킨 노예는 열린 커튼의 틈새로 빠져나갔다. 안쪽의 원을 그리고 있던 나신의 한 젊은 남자 노예가 커튼을 젖히며 들어왔다. 젊은 남자 노예가 밀실로 들어서자, 뒤편에서 열린 커튼의 틈새가 조용히 닫혔다. 시종장은 노예를 주시하며 말했다.

"그래, 부인을 위로해드렸느냐?"

"네, 시종장님. 지난 열흘 동안 별궁을 맴돌며 부인의 마음이 약해지실 때를 기다렸습니다. 마침 어제 저녁 유모가 왕자님을 별궁에서 데려간 뒤, 부인께선 홀로 울고 계셨습니다. 그 기회를 틈타 몰래 부인의 곁에 다가가 전심을 다해 위로해드렸습니다."

노예는 감히 시종장과 시선을 마주치지 않았고, 입가 근처를 쳐다보며 대답했다.

"부인께서 너를 마음에 들어하시더냐?"

"네, 말씀은 없으셨으나…… 그러신 듯했습니다."

시종장은 고개를 갸웃거리며 물었다.

"부인께서 네게 별다른 말씀은 없었느냐?"

"말씀은 거의 하지 않으셨습니다. 다만…… 제 이름을 물어보시더니 이제부터 저를 테세우스, 라고 부르시겠다고 말씀하셨습니다."

"테세우스?"

잠시 의아한 표정을 짓던 시종장은 이내 큰 소리로 웃었다. 테세우스, 라는 이름에 담긴 의미가 꽤나 재미있게 생각되었기 때문이었다. 노예에게 그리스 신화에 나오는 아티카의 영웅의 이름을 붙인 여자의 속내가 꽤나 흥미롭게 생각되었다. 어쨌든 노예가 부인의 환심을 얻는 데에는 성공한 듯했다. 다시금 시종장은 크게 웃었다. 노예는 시종장의 웃음소리가 커질수록 바짝 긴장하며 움츠러들었다. 웃음을 멈춘 시종장은 자신의 앞에 머리를 조아린 노예를 유심히 살피며 입을 열었다.

"부인이 네게 호감을 갖고 있다는 사실만큼은 확실한 것 같구나. 하지만 어떤 경우에도 방심하지 말거라. 여자의 마음은 온전히 손에 쥐었다고 여겨질 때 가장 주의를 기울여야 한다. 특히나 그 대상이 부인과 같이 지체가 높을 경우엔 더욱 매사에 조심해야 할 것이다. 조금 마음을 두었더라도 금방 싫증을 내고 또다른 대상을 찾는 것이 그네들의 습성이니까. 어쨌든 너는 이제부터 별궁에서 기거하도록 하여라. 내가 직접 별궁의 시종장에게 말해둘 것이니 너는 부인의 환심을 잃지 않도록 처신을 잘해야 할 것이다."

"명심하겠습니다, 시종장님."

"그럼 마지막으로 다시 한번 묻겠다. 누가 너의 진정한 주인이라고 생각하느냐?"

머리를 조아린 자세로 노예는 재빨리 대답했다.

"저의 진정한 주인님은, 지금 제가 섬기는 시종장님입니다."

시종장은 천천히 고개를 끄덕이며 말했다.

"지금 너의 진정한 주인이 누구인지를 결코 잊지 않도록 해라. 그것만 명심한다면 앞으로 너의 모든 것이 순조로울 것이다. 알겠느냐?"

말끝에 시종장은 손뼉을 두 번 쳤다. 닫혔던 커튼의 틈새가 열리자, 노예는 고개를 수그린 채 뒷걸음질로 밀실을 빠져나갔다. 시종장은 밀실의 안락의자에 앉아 잠시 두 눈을 감고 생각에 잠겼다. 노예는 예상대로 부인의 환심을 얻는 데 성공했고, 이제 적어도 당분간은 그가 우려한 일은 벌어지지 않을 것이라고 그는 생각했다. 마음속에 분노와 야심을 품고 있는 외로운 여자에게 소일거리를 던져준 것은 몇 번을 곱씹어도 현명한 판단이었음이 분명했다. 설혹 황제의 네번째 부인이 여섯 살짜리 왕자를 앞세워 음모를 꾸민다고 해도 그의 눈과 귀가 되어 사전에 부인의 야심을 알려줄 노예가 있었다. 시종장은 자신의 눈으로 선택한 노예를 믿었다. 노예가 끝까지 충성스럽게 부인의 동태를 그에게 고해준다면, 그는 언젠가 노예를 자유민으로 풀어줄 생각까지 하고 있었다. 물론 오랜 시간이 지난 후겠지만, 어쩌면 자유민이 된 노예를 자신의 후임으로 궁정에 머물게 할 수도 있을 것이었다. 그는 왠지 노예에게 이해하기 어려운 연민을 품고 있는 자신을 발견하며 당혹했다. 시종장은 감았던 두 눈을 떴다. 쓸데없이 감정을 소모하는 것은 평소의 자신과 어울리지 않았다. 커튼 밖에서 가벼운 헛기침소리가 들려오자 시종장은 곧 냉정을 되찾았다.

두 명의 건장한 노예들에게 양팔을 하나씩 잡힌 채 밀실로 끌려들어온 노예는 아직 앳된 소년의 티가 남아 있는 열일곱 살의 남자 노예였다. 노예의 체구는 다른 또래들에 비해 매우 작은 편이었고, 바싹 마른 팔다리가 안쓰럽게 느껴질 정도였다. 잔뜩 겁에 질린 듯 노예는 온몸을 사시나무처럼 떨며 이마를 바닥에 댄 자세로 납작 엎드렸다.

자리에서 일어선 시종장이 물었다.

"네가 아편을 빼돌린 노예냐?"

노예는 울먹이는 목소리로 다급하게 말했다.

"아, 아닙니다. 아닙니다. 시종장님, 제가 그런 것이 아닙니다."

"그럼 누가 그랬느냐?"

"다들…… 다들, 조금씩 귀부인들께 얻었을 뿐입니다. 나쁜 뜻은 없었습니다. 믿어주십시오, 시종장님."

급기야 노예는 바닥에 머리를 찧으며 울기 시작했다. 매끄러운 대리석 바닥에 노예의 찢어진 이마에서 흐르는 붉은 핏물이 일그러진 방울로 맺혀 있었다. 노예의 피로 물든 얼굴을 바라보며 시종장은 미간을 찡그렸다. 분명 노예는 전날 밤에 피운 아편의 기운이 아직 남아 있는 상태였다. 자신이 만든 망상의 세계에서 극도의 두려움과 흥분에 빠져 있어 스스로를 제어할 조금의 힘도 남아 있지 않았다. 시종장은 노예의 옆구리를 발로 걷어차며 소리쳤다.

"그만해라! 너를 책망하기 위해서 부른 것이 아니니 그만 마음을 가라앉혀라!"

시종장의 고성에 놀란 노예는 바닥에 맺혀 있는 자신의 핏물 위로 엎어져 몸을 떨었다. 시종장은 말을 이었다.

"너를 부른 까닭은 은밀히 네가 해야 할 일이 있기 때문이다. 내 명만 충실히 따른다면 네 죄는 더이상 묻지 않을 것이다."

"……"

"어려운 일은 아니다. 별궁에 머물고 있는 고귀한 부인과 너도 익히 잘 알고 있을 노예 하나를 감시하는 일이다. 두 사람에 관한 것이라면 아무리 사소한 것이라도 빠짐없이 내게 보고해야 할 것이다. 오늘부터 너는 거처를 별궁으로 옮기도록 하여라. 나머지는 모두 내가 알아서 처리할 것이다."

어느 사이엔가 노예는 감히 고개를 들어 시종장의 얼굴을 빤히 들여다보고 있었다. 노예의 핏발 선 텅 빈 두 눈은 시종장의 시선과 마주치는 것을 피하지 않았다. 당돌할 정도로 집요한 응시 앞에서 시종장은 잠시 할 말을 잃었다. 퍼뜩 정신을 차린 노예가 이마를 바닥에 찧으며 자비를 구했다.

"용서해주십시오! 용서해주십시오, 시종장님!"

열일곱 살의 노예는 이미 아편중독자였다. 밀실에 들어올 때와 마찬가지로 두 명의 노예들에게 강제로 끌려나가며 노예는 축 몸을 늘어뜨린 채 두 눈을 흰자위가 드러나게 치뜨고 있었다. 시종장은 심호흡을 하며 머릿속의 복잡한 상념을 정리하려 애썼다. 과연 자신의 몸도 스스로 가누기 힘든 어린 아편중독자에게 감시자의 역할을 맡겨도 되는 것인지 쉽게 판단이 서질 않았다. 저 상태로 계속 아편을 피워댄다면 적어도 일이 년 안에 궁정에서 쫓겨나 성안의 고된 노동을 하다가 비참하게 죽어갈 것이었다. 그러나 시종장은 이번에도 자신의 판단을 믿기로 마음먹었다. 어쩌면 성년의 노예보다는 어린 아편중독자 노예가 자신의 명을 군말 없이 잘 수행할 수 있을지도 모르는 일이었다. 노예에겐 생각할 여지가 없는 편이 여러모로 나았다. 문제가 생기면 그때 해결해도 늦지 않을 것이었다.

이날부터 별궁에는 두 명의 젊은 남자 노예가 새로이 기거하게 되었다. 기존에 별궁에 있던 여덟 명의 노예들은 늙은 남자 노예 한 명을 제외하고는 전부 여자 노예였다. 여자 노예들은 누구도 두 명의 젊은 남자 노예에게 말을 걸지 않았고, 그것은 남자 노예들도 마찬가지였다. 두 명의 남자 노예는 별궁에 기거하고 있었으나, 별궁의 누구도 그들의 존재를 알지 못하는 것처럼 지낸다는 암묵적인 약속이 되어 있었다. 그들은 아무 곳에도 없는 이들이었다.

수백 명의 정예군이 동시에 해안가로 몰려들고 있었다. 막 아침이 시작되려는 시간이었다. 사위는 적막하리만치 고요했고, 사람들은 아직도 지난밤의 꿈에서 깨어나지 못하고 있었다. 은빛 갑옷을 머리에서 발끝까지 두른 군사들의 몸놀림은 비호같이 재빨랐고 빈틈이 없었다. 순식간에 상단의 막사를 둘러싼 군사들은 홀로 말에 탄 무관의 지휘에 따라 위협적인 고함소리를 일제히 내지르며 긴 칼을 머리 위로 빼들었다. 수백 자루의 긴 칼날에 반사된 햇빛이 하늘을 향해 되쏘아졌다. 눈부신 반사광이 세 번 연속 되쏘아졌을 때, 군사들은 지체 없이 막사를 향해 달려들었다. 족히 백삼십 큐빗이 넘는 거대한 막사가 일순간 허물어지며, 막사 안은 아수라장이 되었다. 주도면밀한 군사들의 작전에 의해 상단은 제대로 된 저항 한번 하지 못하고 허무하게 사로잡혀버렸다. 맨 먼저 군사들은 상단의 육십 명의 호위사병 중 절반을 본보기로 참수했다. 모래사장에 일렬횡대로 무릎이 꿇린 삼십 명의 호위사병들의 잘린 목에서 핏물이 분수처럼 쏟아져나왔다. 피범벅이 된 목 없는 시체가 여전히 꼿꼿이 상체를 세우고 있는 모래사장에 두번째 희생물이 될 이십 명의 남자 상인들이 군사들에 의해 끌려왔다. 상인들 역시 무릎이 꿇린 채 참수당했다. 오십 구의 목 없는 시체에서 쏟아져나온 핏물이 주변의 모래사장을 검게 물들이고 있었다.

식은땀을 흘리며 그는 눈을 떴다. 푸르스름한 새벽빛이 방 안을 음울하게 덮고 있었다. 언제나 반복되는 악몽이었다. 마치 그와는 아무런 상관없는 다른 이에게 일어났던 사건처럼 무심히, 가장 떠올리기 싫은 끔찍한 기억을 빠짐없이 재구성해 보여주는 것이었다. 거듭될수록 길어지고 정교해지는 악몽은 어느새 그의 일부가 되어 있었다. 그는 소리를 내지 않으려 조심하며 자리에서 몸을 일으켰다. 반대편 벽면에 놓인 침대에서 잠들어 있는 열일곱 살의 노예를 깨우지 않기 위해 그는 머리맡에 벗어놓았던 옷가지를 주섬주섬 챙겨들고 발끝으로 처소를 빠져나왔다. 노예는 한밤중에 피운 아편에 절어 죽은 사람처럼 사지를 늘인 채 널브러져 있었다. 그는 노예가 거의 매일 밤마다 몰래 아편을 피운다는 것을 익히 알고 있었고, 노예 역시 그가 알고 있다는 것을 눈치채고 있었으나, 두 사람은 서로 이 사실에 대해 짐짓 모르는 듯 지내오고 있었다. 또한 그는 노예가 자신을 감시하기 위해 별궁으로 함께 보내졌다는 사실도 대략 짐작하고 있었지만, 애써 노예의 존재에 대해 생각하지 않으려 했다. 궁정에는 아직도 그가 알지 말아야 할 사실들이 많았다.

그는 복도의 허리 높이만한 석벽을 가볍게 뛰어넘었다. 이슬에 젖은 부드럽고 축축한 풀잎이 맨발에 기분 좋게 감겨드는 감촉을 음미하며 그는 별궁의 뒤편으로 뛰어갔다. 자유민이었을 때 그는 방탕한 생활을 거듭하는 다른 부상의 아들들과 어울리기를 즐기던 청년이었다. 그의 일상은 숙취로 인한 무거운 머리로 정오가 훌쩍 지난 시간에 잠이 깨는 것으로 시작되어 상단을 통해 각국에서 수집해온 다양한 책들을 뒤적이며 공상하는 것으로 대부분 채워졌다. 그러다가 막연한 공상마저 지겨워지면 동방의 제국으로부터 들여온 진귀한 종마를 타고 무작정 가까운 숲을 향해 달려갔다. 애마에 올라앉아 울창한 잡목림을 이리저리 헤매며 그 나이대의 젊은이가 으레 그러하듯, 그는 변덕스런 비감에 젖어 오후의 시간들이 고요히 흘러가기를 기다렸다. 서쪽으로 기우는 사양에 숲 전체가 불타오를 때에야 그는 비로소 말고삐를 돌려 무엇에 쫓기듯 도시의 열띤 쾌락을 향해 질주해갔다. 밤의 일과는 일찍이 소년 시절부터 스스로 터득한 독한 술과 여자들과의 진한 놀음으로 경박하게 흘러갔다. 무모하리만치 자유분방하고 나태했던 그의 삶이 별안간 갈가리 찢어져 하루아침에 노예의 신분이 되었을 때, 그는 자신의 영혼을 참수당한 상단의 목 없는 시체들과 함께 피로 물든 그날의 모래사장에 깊이 파묻어버렸다. 지난 삼 년의 시간 동안 그는 다만 살아 있다는 것에 감사할 뿐이었다. 그 외에 어떤 것도 생각하지 않았고, 생각할 수도 없었다. 그러나 이제는 위태롭게 버텨내고 있던 지반이 허물어져내리는 것만 같이 노예로서의 안온한 삶이 흔들리고 있었다. 그는 원하고 있었다. 그가 지금껏 살아왔던 이십삼 년간 단 한 번도 예기치 못했던 열정의 대상을 간절히 원했다. 그 대상이 비록 황제의 네번째 부인이라 할지라도 그는 자신의 생각과 감정을 멈출 수 없었다.

그는 부인과 첫 밤을 보냈던 날을 언제라도 생생하게 떠올릴 수 있었다. 울고 있던 부인을 그는 오랫동안 지켜보고만 있었다. 그는 부인이 왜 그토록 슬퍼하는지 이해하기 어려웠다. 부인에 대한 시종장의 설명은 들었으나, 아직 삶의 경험이 풍부하지 못한 이십대 초반의 청년인 그가 아이를 낳은 여인의 심정을 헤아리기엔 역부족이었다. 하지만 그는 여체를 아는 남자였다. 반투명한 솥 위로 드러난 부인의 희고 둥근 어깨가 울음으로 흔들리는 모습을 바라보며 그는 당혹감과 한편으로는 억누르기 힘든 흥분을 느꼈다. 이제 얼마 후면 자신이 황제의 여인을 취할 것이었다. 물론 부인이 그를 거부할 수도 있었다. 소리를 지르며 그에게 끝내 반항할 수도 있었다. 그러나 별궁엔 이미 부인과 그 외에는 아무도 없었다. 오직 두 사람뿐이었다. 그는 자꾸만 마른침을 삼켰다. 간간이 들려오는 부인의 흐느낌 속에서 그는 자신의 두 귀로 시간이 흐르는 소리를 뚜렷이 들었다. 급류의 소리와도 같은, 다급하고 성마른 어떤 소리가 끊임없이 그의 귓가에 감겨들었다. 소리가, 끊임없는 소리가, 그의 내부에서부터 흘러나오고 있었다. 그는 또 한번 부인의 흔들리는 희고 둥근 어깨를 바라보았다. 그러자 연회실을 둘러싼 사방의 벽에서 퉁겨진 급류의 소리가 그의 얼굴을 철썩 후려치는 것만 같았다. 초조를 견딜 수 없어진 그는 부인의 드러난 어깨에 시선을 고정한 채 전신을 떨며 부인에게 다가갔다. 그는 처분을 바라는 죄인처럼 울고 있는 부인의 곁에 조용히 서 있었다. 이윽고 부인은 자신의 곁에 선 그를 발견했다. 부인은 그에게 무언가를 소리쳤고, 그는 부인의 소리에 응답했다.

후에 그는 부인과의 대화를 기억해낼 수 없었다. 자신이 부인에게 무슨 말을 했었는지도 기억하지 못했다. 그가 유일하게 기억하는 것은 부인의 희고 둥근 어깨의 흔들림이 어느 순간 멈췄고, 흑요석같이 반짝이는 크고 검은 눈동자와 마주 보고 있었다는 것이었다. 그녀의 눈동자 속에 담겨 있는 자신을 응시하며 문득 그는 급류의 소리가 더이상 들리지 않는다는 것을 깨달았다. 그는 부인의 검은 눈동자를 향해 자신의 마음을 열었다. 부질없는 말 대신 감미로운 침묵이 밀폐된 공간에 드리우며 두 사람을 세상과 격리시키는 찰나, 그는 부인에게 떨리는 두 손을 가만히 내밀었다. 부인은 그의 손길을 거부했다. 그는 다시금 부인에게 두 손을 내밀었다. 몇 번이나 부인은 그의 손길을 거부했다. 하지만 그날 밤 그는 지치지도 않고 줄곧 부인에게 무언의 애원을 계속했다. 점차 그를 거부하는 부인의 몸짓이 미약해지자, 그는 자신의 두 손을 들어 눈물에 젖은 그녀의 얼굴을 감쌌다. 그는 아이를 달래듯 부드러운 손길로 부인의 양쪽 뺨에 흘러내린 눈물을 닦아주다가 자신도 모르게 눈을 감았다. 손끝에 느껴지는 도톰한 입술의 감촉을 음미하던 그는 무릎을 굽혀 자신의 뺨을 부인의 머리칼에 묻었다. 은은한 재스민향이 부인의 짙은 흑발의 냄새에 섞여 그는 숨을 들이마실 때마다 취한 듯 나른해졌다. 잠시 주저하다가 그는 부인의 목덜미를 손으로 휘감았다. 동시에 부인의 완강히 다문 입술이 비틀리듯 작게 벌어지며 들릴 듯 말 듯한 신음소리가 새어나왔다. 그는 부인의 벌어진 입술에 자신의 입술을 가볍게 대었다가 떼었다. 마치 소년이 소녀에게 하듯 짧고 순결한 입맞춤이었다. 그는 두 번, 세 번, 부인의 입술에 짧은 입맞춤을 반복했다. 머뭇거리던 부인의 입술이 무언가를 갈구하듯 그에게로 향하자, 그는 좀더 긴 입맞춤으로 그녀의 갈망을 채워주었다. 그의 입술이 부인의 입술을 함부로 누르고 비벼대다가 나중에는 서로가 기갈에 허덕이는 사람들처럼 상대방의 입술을 정신없이 탐했다. 입맞춤 끝에 부인은 잠긴 목소리로 그에게 말했다.

"어디로?"

그 말 한마디에 그와 부인의 경계는 눈 녹듯 허물어져버렸다. 그들은 순전히 서로를 원하고 있었다. 그는 대답 대신 갑자기 치밀어오른 설명하기 힘든 열의에 들떠 그만 부인의 한쪽 팔을 세게 움켜쥐었다가, 놓았다. 부인은 아픔조차 느끼지 못하는 것 같았다. 두 사람은 서로에게 시선을 고정한 채 문을 지나 부인의 침실로 바삐 움직였다. 어둡고 싸늘한 침실에 들어선 두 사람은 잠시 몸을 떨었다. 불현듯 어딘가 먼 곳에서 개처럼 짖는 짐승의 울음소리가 들려왔다. 그 울음소리를 신호로 그는 그녀를 안기 위해 두 팔을 벌렸다……

그는 가쁜 숨을 몰아쉬며 별궁의 뒤편을 서성였다. 부인과 약속한 밤은 사흘이나 뒤였지만, 그는 자신을 통제할 수 없었다. 부인이 있는 곳으로 가야 한다는 것만을 떠올렸을 뿐이었다.

"테세우스?"

그는 여인의 소리를 좇아 위를 올려다보았다. 그곳에 부인이 있었다. 그는 무작정 별궁의 창을 뛰어넘었다. 믿을 수 없다는 듯 놀람과 기쁨이 뒤섞인 표정으로 우두커니 서 있던 부인은 그를 향해 두 눈을 빛내고 있었다. 어디로? 이번엔 그가 부인에게 물었다. 부인은 서너 개의 복도를 지나서 지하로 내려가는 계단 밑에 있는 밀실로 그를 인도했다. 사방이 석벽으로 둘러싸인 좁은 방이었다. 천장과 가까운 높은 벽면에 세워진 촛불 아래, 한 사람이 겨우 누울 만한 침대가 구석진 곳에 놓여 있었다.

"자, 이쪽으로."

그는 부인의 손을 잡고 침대로 이끌었다. 부인은 아이처럼 순순히 그의 말을 따랐다. 그는 부인의 머리칼을 묶었던 붉은 끈을 풀어냈다.

눈동자처럼 검고 풍성한 머리칼이 불빛 아래 비처럼 쏟아져내렸다. 그는 천천히 자수정 펜던트를 부인의 목에서 빼내고, 옷을 부인의 몸에서 벗겨냈다.

“아아, 나의 테세우스! 아름다운 나의 새! 너는 왜 내게 날아온 거지?” 부인은 물었다.

“저는 오로지 부인을 위해서만 우는 새랍니다. 그 외엔 살아가야 할 아무런 이유도 없는 한낱 노예일 뿐이지요.” 그는 대답했다.

“테세우스! 나의 새! 나의 노예! 너는 나만을 위해 울어줄 수 있겠니?”

“저는 이미 부인의 것이랍니다. 원하신다면 기꺼이 부인만을 위한 새가 되겠어요. 하지만 지금은 당신의 연인이 되고 싶어요. 아름다운, 아름다운 나의 부인.”

어느덧 해가 떠오르든, 시녀와 노예 들이 바삐 움직이며 하루를 시작하든, 한 어린 노예가 잔뜩 신경을 곤두세우며 밀실 밖에서 기웃거리고 있든, 사랑을 나누는 두 사람에겐 상관없는 일이었다. 그들은 완전히 세상과 격리된 이들이었다. 오직 서로 끌어안고, 서로 부둥켜안으며 이제까지 한 번도 그들이 경험하지 못했던 금단의 열락에 점점 더 깊숙이 빠져들 따름이었다.

이른 아침부터 성안은 고요히 분주했다. 해마다 신전에서 거행되는 중요한 의식이 있는 날이었다. 올해에는 십 년마다 거행되는 인신 제물을 바치는 특별의식이 예정되어 있던 터라 성안의 분위기는 한층 고조되어 있었다. 이날만은 해가 뜰 때부터 질 때까지, 지위 고하를 막론하고 결코 음식을 먹지 말아야 했고, 화려한 복장을 해서도 안 되었다. 최대한 그들이 섬기는 물신에게 온전히 속해야만 했다. 성안에 속한 모든 이들은 반드시 의식에 참여해야 했고, 이는 황제의 네번째 부인 역시 예외는 아니었다.

시녀가 꺼내온 옷은 아마로 지은 코트였다. 화장대에 놓인 초라한 옷을 보며 그녀는 한숨을 내쉬었다. 얼마 전부터 그녀는 우울했다. 황제가 더이상 자신을 찾지 않을 것이라는 사실을 알았던 때에도 그녀는 의연히 현실을 받아들였으나, 벨리사르의 방문이 자꾸만 늦춰지자 지금까지 버텨왔던 인내가 어느새 바닥을 드러내고 있음을 절감했다. 막연히 불안 속에서 예상했던 그날이 벌써 다가왔는지도 몰랐다. 그날, 벨리사르가 자신의 품을 영원히 떠나는 날. 그녀는 머리를 가로저었다. 아직 일어나지도 않은 일에 대한 불길한 생각은 어리석은 망상일 뿐이었다. 그녀는 자꾸만 꼬리를 물고 떠오르는 망상을 떨치기 위해 재빨리 코트를 입고 화장대 앞에 앉았다. 거울 속에 수심에 찬 생기 없는 여인이 담겨 있었다. 그녀는 한동안 그 여인을 마주 보았다. 활짝 피어났던 꽃봉오리가 서서히 시들어가듯 이미 절정의 아름다움을 잃어버린 여인을 그녀는 서글프게 바라보며 생각했다. '이제 저 여인의 두 눈동자는 빛을 잃어버렸어. 남아 있는 아름다움이라고는 고작 길고 풍성한 머리칼뿐이구나.' 그녀는 젊은 남자 노예를 떠올렸다. 자신이 테세우스, 라고 이름 붙인 노예의 해사한 아름다움이 갑자기 그녀의 마음속 깊은 곳을 갈퀴로 긁어내리는 것처럼 아프게 느껴졌다.

테세우스, 스물일곱 해를 살아오는 동안 그녀가 진정으로 사랑했었던 단 한 사람. 가장 순수했던 시절에 그녀의 전부였던 슬픈 사랑. 그는 그녀의 유일한 혈육이며 약혼자였다. 황실의 혈통을 지켜내기 위해 오래전부터 이어져 내려오던 근친혼 관습에 따라 그녀는 태어날 적부터 다섯 해 먼저 태어난 그의 내정된 반려였다. 아직도 그녀는 눈부신 황금빛 고수머리를 휘날리며 후원을 달려오던 그의 모습을 머릿속에 생생히 떠올릴 수 있었다. 성홍열에 걸려 닷새 만에 열두 살의 나이로 그가 죽었을 때, 그녀는 얼마 동안 그 사실을 알지 못했다. 다만 하루에도 몇 번씩 굳게 닫힌 그의 방문 앞을 안타깝게 살피며 풀이 죽은 채 되돌아가기 일쑤였다. 어린아이였던 그녀는 죽음에 대해 무지했다. 그녀는 더이상 왜 그의 모습을 볼 수 없는지, 왜 그에 대해 말하는 것이 금기시되는지 궁금할 따름이었다. 그들은 테세우스였고, 아테나였다. 아무도 몰래 서로에게 지어준 이름을 부르며 즐거워하던 그들은 그의 죽음으로 영원히 이 세상에서 함께할 수 없었다. 그리고 또 한 사람의 테세우스 역시 그녀를 아프게 했다. 지나치리만치 아름답고, 눈부신 젊음으로. 그와 첫 밤을 보내고 자신도 모르게 입 밖으로 테세우스, 라는 이름이 나오자 그녀는 내심 놀라워하고 있었다. 영웅이 되고 싶었던 소년과 그 영웅을 소유하는 지혜를 얻고 싶었던 소녀가 이십 년이 지난 후에 이루지 못한 서로의 바람을 실현하려 하는 것일까. 그런 생각이 들자 그녀는 스스로도 어이가 없어져 실소했다. 그녀는 망상을 떨치기 위해 몇 번이나 고개를 가로저었다. 어느새 소리없이 거울 속에 시녀의 모습이 나타났다.

"부인, 이제 신전으로 가셔야 합니다."

검은색 베일로 얼굴을 반쯤 가린 채 그녀는 별궁을 나섰다. 궁을 가로지르는 석벽의 그림자를 쫓아 그녀와 뒤를 따르는 시녀 두 명이 종종걸음을 놓았다. 해는 막 정점에 도달해 있었다. 하늘엔 구름 한 점 없었고, 바람조차 불지 않았다. 신전으로 가는 내내 일행은 가능한 한 자신들의 모습을 드러내지 않기 위해 고개를 수그리고 시선을 땅에서 떼지 않았다. 종종 마주치는 궁 안의 사람들도 검은색 베일이 의미하는 금지의 표식에 기가 질려 얼른 도망치듯 일행을 지나쳐갔다. 궁에서 검은색 베일을 두른 여인들은 이유는 각기 달랐지만 모두 황제의 미움을 사고 있는 이들이었다. 일행은 석벽의 그림자가 끝나는 곳에 세워진 작은 문을 통해 궁을 빠져나온 다음 포석이 깔린 왼편의 길을 따라 부지런히 발걸음을 옮겼다. 그 끝에 이어진 백 개의 대리석 계단을 오르자 드디어 일행의 눈앞에 거대한 돌들을 겹겹이 쌓아올린 신전이 나타났다.

벌써 신전 앞에는 궁 안에 있는 모든 이들이 운집해 있었다. 검은 베일을 두른 여인들은 그녀까지 모두 다섯 명이었다. 다섯 명의 여인들은 운집한 무리로부터 멀리 떨어진 채, 서로의 얼굴을 식별할 수 없을 만큼의 일정한 거리를 두고 자신을 따르는 두 명의 시녀들과 함께 호위 군사들의 감시를 받았다. 다가올 의식을 예비하며 전원이 긴장한 가운데 누구 하나 입을 열지 않았다. 그녀는 신전의 오른편을 에워싼 호위 군사들의 틈 사이로 성안을 내려다보았다. 거대한 인파가 의식의 시작을 알리는 북소리만을 숨죽여 기다리고 있었다.

황제의 입장을 알리는 크고 짧은 나팔 소리가 들려왔다. 신전 앞에 모인 사람들과 마찬가지로 아마로 지은 단출한 장옷을 입은 황제가 그녀의 눈에는 잘 보이지 않았다. 그녀는 나팔 소리로 황제의 입장을 알 수 있었다. 작년에 거행된 의식 이후로 일 년 만에 황제의 모습을 먼발치에서나마 보는 것이었지만 그녀의 마음은 자신이 생각하기에도 의아할 만큼 담담했다. 그녀는 다만 벨리사르의 아버지로서 황제의 존재를 떠올릴 뿐이었다. 비록 보이지는 않았으나 그녀는 황제가 신전의 안쪽으로 들어가 홀로 신과 마주할 것임을 알고 있었다. 이 도시에서 황제는 신의 대리자였다.

마침내 북소리가 사위를 울렸다. 처음 북소리를 들었을 때 그녀는 자신이 환청을 듣고 있다고 여겼다. 둥둥둥, 간헐적으로 들리는 북소리는 크지도 작지도 않게 일정한 장단과 강약으로 끊어질 듯 이어지기를 되풀이했다. 마치 심장박동과도 같은 북소리가 귓가에 감겨들며 그녀의 전신을 기묘한 흥분 상태로 이끄는 것이었다. 그때 신전 뒤편에서 느닷없이 사람들의 함성이 들려왔다. 믿을 수 없을 만큼 커진 함성 속에서 북소리는 묻혀버렸다. 와아아와아아, 함성이 어찌나 거센지 사방을 둘러싼 성벽을 금방이라도 무너뜨릴 듯한 형세였다. 그것은 환호의 함성이 아니었다. 억제할 수 없는 광기에 휩싸인 숨 막히는 고함소리였다. 그녀는 전율을 느꼈다. 보이지 않는 무시무시한 기운이 그녀의 머리와 양어깨와 사지를 비틀어 짜내듯 압박해왔다.

와아아와아아, 오래된 건물들의 전면을 울리는 고함소리가 점점 높아지면서, 끝내 집단적인 울부짖음으로 변하고 있었다. 개개인의 음색 따위는 몰살된 하나의 거대한 덩어리 같은 울부짖음은 차라리 비명이었고, 호흡도 멈춰 있었고, 고저도 없었다. 오직 귀청을 째는 파열음만이 있을 따름이었다. 무리에 대한 강렬한 이끌림과 미지에 대한 막연한 두려움 속에서 그녀는 속이 메스꺼워지는 것을 느꼈다. 저 멀리 길의 반대편 끝에서 군중의 무리가 쏟아져나왔다. 남녀를 가릴 것 없이 손바닥만한 붉은 천으로 국부만을 간신히 가린 무리들은 십 수 명의 장정들이 어깨에 멘 황금으로 만든 물신 주위에 바글거리며 달라붙어 선 채, 오른손에는 단도를 왼손에는 가죽으로 만든 작은북을 무기처럼 머리 위로 높이 치켜들고 있었다. 여전히 고함을 내지르는 사람들은 저마다 칼등으로 북을 쳐대며 제자리에서 두 발을 굴러댔다. 이상한 열기가 무리들 가운데 잔뜩 달아오르고 있었다. 행로 가장자리까지 빼곡히 메우며 다가오는 무리들을 그녀는 우두커니 바라보았다.

이윽고 행로를 따라 전진하기 시작한 사람들은 초점 흐린 두 눈을 반쯤 감은 채 물신을 바짝 뒤따르는 악사들로부터 퍼져나가는 빠른 리듬에 맞춰 발을 굴러댔는데, 격정적으로 빨라지는 리듬 탓에 두 다리가 부러져나갈 것만 같았다. 무리들 중 한 젊은 남자가 험상궂은 얼굴로 손에 든 단도를 위협하듯 흔들어대면서 자신의 목을 난자하는 흉내를 냈다. 젊은 남자의 주변에 있던 수십 명의 남자와 여자 들이 사지를 뒤틀며 발작적으로 웃어댔다. 강렬한 대낮의 햇빛을 반사하여 눈부신 광원처럼 빛을 내뿜는 물신은 황금의 수소였다. 수소를 고정한 매끈한 석판 위에 아맛빛 머릿결을 가진 벌거벗은 세 명의 젊은 처녀가 검은 천으로 눈을 가리고 손발을 결박당한 채 비스듬히 누워 있었다. 처녀들의 몸은 군데군데 붉은 손자국이 새겨진 유백색이었고, 한쪽으로 쏠린 두 유방은 탐스러운 열매 같았으며, 머릿결과 동일한 아맛빛의 음모는 금사처럼 반짝였다. 연신 발을 구르며 소리를 질러대던 사람들은 황금의 수소 곁으로 너도나도 몰려와 처녀들의 나신을 함부로 만지고 주무르며 고양이처럼 갸르릉거리는 목쉰 울음소리를 내었다. 그때마다 세 명의 처녀들은 고통에 찬 신음소리를 내며 전신을 뒤틀었다. 처녀들의 고통이 배가될수록 사람들은 더욱 흥분해서 미쳐 날뛰는 것이었다. 하늘에서 내리쬐는 햇빛과, 사람들이 포석 위에 발을 굴려 내는 요란한 공음과, 허공으로 분절되는 갖가지 고함들의 뒤섞임 속에서 무리를 바라보던 그녀는 차츰 피로가 몰려드는 것을 느꼈다. 갈수록 그녀의 귓가는 멍멍해졌고, 눈앞의 광경이 과연 현실인지조차 구별하기 힘들어졌다.

별안간 무리들의 끝에서 요란한 나팔 소리가 들려왔다. 길게 이어지는 듣기 거북한 나팔 소리는 고막을 긁어내는 듯했다. 일제히 제자리에 멈춰 선 사람들은 긴장한 표정이 역력했다. 그녀는 사람들의 시선을 좇아 황금으로 도금된 거대한 제단을 보았다. 불타오르는 듯 난연한 황금빛이 제단 전체를 에우고 있었다. 황금의 제단은 마치 또 하나의 태양이 지상으로 강하한 듯 눈부셨다. 시계를 장악하는 우상의 빛은 그녀의 망막을 태워버릴 것처럼 시야를 하얗게 표백시켰다. 백열하는 빛의 위세에 눌려 그녀는 숨결이 높아지며 머릿속이 화끈화끈 달기 시작했다. 그녀는 도처에서 자신을 노려보고 있는 날선 시선을 느끼고 있었다. 침묵 속에서 노려보는 단독의 시선은 수십, 수백의 시선들로 기하급수적으로 늘어갔다. 묵직한 금속 덩어리 같은 시선들은 무방비로 서 있는 그녀를 내려치고, 내려쳤다. 그녀는 그 시선들을 차마 마주 볼 용기가 나지 않아 황금의 제단에 못박힌 두 눈을 돌리지 못했다. 표백된 시야에 불길한 주홍이 너울거리며 제단의 중앙에 나타나는 모습이 들어왔다. 머리에서 발끝까지 주홍의 천으로 감싼 제물은 네 명의 붉은 장옷을 입은 청년들의 머리 위로 들려 있었다. 주홍의 제물을 보자마자 돌변한 군중은 백지같이 멀건 얼굴로 오직 제물만을 응시한 채 마구 두 발을 구르며 짐승 같은 소리를 내질렀다. 우와와우와와, 무리들의 야만적인 외침에 화답하듯 동시에 북과 나팔소리가 한꺼번에 사방의 성벽을 퉁기며 천공으로 울려나갔다. 감당할 수 없는 고성의 병풍이 점차 자신을 옥죄어오는 것을 느끼던 그녀는 참을 수 없는 갈증에 허덕거리다가 양손으로 두 귀를 막고 새의 비명 같은 날카로운 소리를 질렀다. 그러나 군중의 압도적인 고함에 묻혀 그녀의 비명은 들리지 않았다. 눈을 감은 그녀는 몇 번이고 소리를 지르다가 그에 지쳐버렸다. 다시금 우와와우와와, 무리들의 외침이 들려왔다.

"이것들은 아이들이 아니다! 우리의 신이 취할 송아지다!" 제단 뒤편의 성벽 꼭대기에 묵직한 가죽부대를 한쪽 어깨에 멘 장정 세 명이 고함치고 있었다. "송아지! 송아지!" 군중은 장정의 고함을 따라 왼팔을 높이 들어올리면서 외쳤다. "송아지! 송아지!" 긴장을 고조시키는 반복적인 리듬의 타악기 소리가 갑자기 멈추더니 족히 이백 큐빗은 넘게 보이는 성벽 위에서 세 명의 장정이 들고 있던 가죽부대를 다같이 내던졌다. 추락하는 가죽부대들을 눈으로 좇던 무리는 간발의 차로 퍽, 소리와 함께 가죽부대들이 바닥에 떨어지자, 저마다 오른손에 든 단도로 왼손에 든 북을 함부로 찢어대며 함성을 올렸다. 성벽 아래에 대기하고 있던 붉은 장옷을 입은 세 명의 청년들이 가죽부대들의 귀퉁이를 단도로 잘라내어 그 속에 괸 핏물을 큼직한 황금술잔에 따라내고 있었다. 얼마 후 붉은 장옷을 입은 청년 중의 한 명이 핏물이 가득 담긴 황금술잔을 두 손에 높이 쳐들고 맞은편의 제단을 향해 발걸음을 옮겼다. 다른 두 명의 청년들도 그의 뒤를 쫓아 제단으로 걸어갔다.

수십 개의 향을 피운 거대한 제단에는 이미 벌거벗은 세 명의 처녀가 주홍의 제물 곁에 삼각형을 그리며 누워 있었다. 제단 전체에 자욱하게 깔린 안개 같은 연기가 스멀스멀 성벽으로 기어올라갔다. 무리들의 아우성 속에서 반투명한 연기의 막이 덧씌워진 부패한 노른자위 같은 해가 그대로 떨어져버릴 듯 위태롭게 흔들리고 있었다. 상공의 해가 눈에 띄게 희미해지고 사람들의 아우성이 광기 어린 발악으로 이어질 무렵이었다. 갑자기 또다른 해가 제단의 중앙에 나타났다. 제단과 동일한 황금빛 장옷을 입은 장대한 사내였다. "보아라! 우리의 신이 취할 생명이 여기에 있다!" 목청 돋워 외친 황금빛 사내는 붉은 장옷을 입은 청년에게서 황금술잔을 건네받아 머리 위로 높이 들어올렸다. "이것이 무엇의 피냐!" 기다렸다는 듯 제단 밑의 무리들이 외쳐 답했다. "송아지! 송아지!" 사내는 제단을 천천히 돌면서 황금술잔을 기울여 벌거벗은 세 명의 처녀들의 몸 위로 핏물을 떨어뜨렸다. 그때까지 눈을 감고 누워 있던 세 명의 처녀들은 자신들의 유백색 피부 위로 핏물이 흘러내리자마자 감았던 두 눈을 뜨고 날카로운 비명을 지르기 시작했다. 처녀들의 비명은 사람들의 아우성 속에서도 똑똑히 들렸고, 그 비명소리가 더이상 참을 수 없을 정도로 고조에 이르는 순간, 붉은 장옷을 입은 세 명의 청년들이 한 손에 단도를 들고 냅다 제단으로 뛰어올라왔다. 세 명의 청년들은 입고 있던 장옷을 벗어 제단 아래의 사람들에게 내던졌다. 청년들이 벗어던진 붉은 장옷은 무리에게 채 떨어지기도 전에 아우성치는 수많은 손들에 의해 곧 흔적도 없이 갈가리 찢겨졌다. 여전히 비명을 지르고 있는 세 명의 벌거벗은 처녀들에게 다가간 청년들은 느닷없이 그네들의 머리채를 잡아채더니 있는 힘을 다해서 십수 번이 넘게 제단 위에 머리를 짓찧는 것이었다. 이윽고 피로 물든 처녀들의 이목구비가 식별할 수 없게 뭉개지고 허연 두개골이 드러나자, 청년들은 그때야 잔뜩 성이 난 자신들의 몸 일부를 처녀들의 틈 속에 밀어넣었다. 또다시 우와와우와와, 미쳐 날뛰는 군중 앞에서 격하게 몸을 흔들어대던 청년들이 온몸을 부르르 떨며 절정에 다다른 순간, 아직 자신들의 몸을 처녀들에게 밀착한 자세로, 느닷없이 손에 들고 있던 단도를 휘둘러 시체처럼 늘어져 있는 처녀들을 난자했다. 청년들이 무자비하게 휘두르는 단도에 처녀들의 나신은 포를 뜬 고깃덩어리처럼 너덜너덜하게 찢겨져 오장이 제단 위에 쏟아져내리며, 온몸의 벌어진 구멍이란 구멍에서 끊임없이 흘러나오는 흥건한 핏물 속에 잠겨들었다.

"제물을! 신께 제물을!" 바야흐로 막바지에 다다른 무리의 광적인 고함이 하늘에 맞닿을 듯 드높아지자, 제단의 한켠에 서서 이 모든 광경을 지켜보던 황금빛 사내가 군중에게 모습을 드러냈다. "너희가 무엇을 원하느냐!" 황금빛 사내가 목청 돋워 물었다. "제물!" 군중은 주먹 쥔 두 팔을 머리 위로 흔들며 고성으로 화답했다. "제물! 제물을 신께!" 사람들의 고함이 거대한 해일처럼 성안을 연속적으로 휩쓰는 사이, 그녀는 내내 온몸을 떨며 말없이 눈물을 흘리고 있었다. 그녀는 더이상 견뎌낼 수 없었다. 황급히 주위를 둘러봤지만 곁에 있던 시녀들과 군사들은 이미 고함을 지르는 무리들에 섞여 보이지 않았다. 그녀는 울면서 허청거리는 두 다리를 간신히 옮겨 계단을 내려갔다. 홀로 신전을 떠나는 그녀를 아무도 막아서지 않았다. 그녀의 등뒤로 또 다른 함성이 연이어 울려퍼지고 있었다.

보초병에게 끌려온 장년의 사내는 바싹 마른 몸집에 모자가 달린 통옷을 입고 있었다. 언뜻 봐서는 성 밖에 사는 여느 농부들과 다를 바 없는 행색이었다. 시종장은 사내를 일별하며 말했다.

"무릎을 꿇어라."

사내는 시종장의 명에 응하지 않았다. 무릎을 꿇기는커녕 숙였던 고개를 치켜들어 시종장을 도전적으로 응시했다. 검게 그은 얼굴 속에 유독 빛나는 두 개의 눈동자가 시종장을 노려보고 있었다. 시종장은 말없이 손뼉을 두 번 쳤다. 보초병 하나가 몽둥이로 사내의 무릎 뒤를 세게 후려쳤다. 사내는 이를 악물며 버텼다. 매질을 계속하려는 보초병을 제지하며 시종장은 물었다.

"네가 P의 첩자냐?"

사내는 대답 없이 시종장을 노려보았다. 또다시 몽둥이가 사내의 무릎 뒤를 가격했다. 아픔으로 얼굴이 일그러진 사내는 피가 배어나올 정도로 아랫입술을 깨물었다. 시종장은 왼손을 올렸다. 그러자 한 손에 창을 들고 있던 보초병이 사내의 양쪽 무릎을 가차 없이 차례로 찔러댔다. 하지만 사내는 아랫입술과 무릎에 피를 흘리면서도 선 자세를 버티며 제대로 된 비명조차 지르지 않았다. 다만 으어어, 하는 낮은 단음만을 내뱉었을 뿐이었다. 시종장은 명했다.

"죽여라."

허공으로 치켜올려진 창끝이 사내의 등을 관통하는 동시에 번쩍이는 칼날이 사내의 목을 베었다. 시종장은 사내의 잘려진 목이 땅바닥으로 떨어지기도 전에 이미 황궁을 향해 빠른 걸음을 옮겼다. 시종장은 어느 때보다 신경이 곤두선 상태였다. P는 황제의 네번째 부인이자 유일한 왕자 벨리사르의 어머니인 와스디의 본국이었다. 첩자의 혀를 자르는 것은 발설을 금하기 위한 P의 전형적인 수법이었다. 오래전부터 미개한 P에서 행해지는 갖가지 고문과 처형에 대한 기술이 타의 추종을 불허한다는 것은 익히 알려진 사실이었다. 시종장은 자신을 노려보던 사내의 눈빛이 마음에 들지 않았다. 다가올 죽음을 앞두고 당당하게 대처할 수 있는 인간은 적어도 천민일 수는 없다는 것이 그의 생각이었다. 시종장은 지금껏 무수한 죽음을 목격해왔고, 자신이 의도하든 그렇지 않든 그 죽음들 속에서 자신의 안위를 지켜올 수 있었다. 하지만 방금 목격한 죽음은 이유는 확실치 않으나 그를 왠지 불안하게 했다. 시종장은 자신의 힘으로는 더이상 막을 수 없는 일들이 벌어지고 있음을 직감했다.

황궁으로 들어서려던 시종장은 희미하게 남아 있는 연기를 감지했다. 궁 안의 곳곳에서 맡아지는 향락과 타락의 여운이었다. 멈춰 선 시종장은 굳은 얼굴로 황제의 침실 앞에 늘어선 시종들을 쏘아보았다. 양옆으로 늘어선 스무 명의 시종들이 고개를 수그린 채 몸을 떨었다. 시종장은 응접실을 가로질러 곧장 황제의 침실로 통하는 왼쪽 복도의 벽면을 몸으로 밀었다. 성인 남자가 겨우 통과할 수 있는 공간이 열렸다 닫히며 여러 겹의 자줏빛 베일이 시종장의 시야를 가렸다. 갑자기 젊은 여자의 비명소리가 들렸다. 황제의 발작적인 웃음소리 속에서 여자의 비명은 거의 울먹이는 소리로 바뀌었다. 시종장은 자줏빛 베일들을 가만히 젖히며 침실의 안쪽으로 들어갔다.

황제는 두 명의 젊은 여자 노예와 함께 있었다. 눈처럼 하얀 피부에 초록색 눈을 지닌 아직 어린아이의 티를 벗지 못한 열세 살의 노예와, 발끝까지 오는 길고 풍성한 흑발을 침대 밑으로 늘어뜨리고 있는 열여덟 살의 노예였다. 두 명 모두 궁으로 팔려온 지 사흘이 안 된 노예였다. 나이가 들어갈수록 황제의 성욕은 걷잡을 수 없을 만큼 강해지고 있었다. 두 해 전 오십 세를 넘기면서부터는 더욱 젊고 아름다운 여자 노예를 까다롭게 고르는 터라, 시종장은 황제의 복잡한 요구사항에 따라 매번 곤혹을 치러야 했다. 하지만 황제는 열 명의 부인들과 수많은 여자 노예들 사이에서도 황손은 오직 이민족 출신의 네번째 부인 와스디에게서만 얻을 수 있었다. 시종장은 젊은 시절 그토록 금욕적이었던 황제가 날이 갈수록 호색한으로 늙어가는 이유가 아마도 후사에 대한 비뚤어진 바람 때문일 것이라고 추측했다.

시종장을 발견한 황제가 몸을 일으키며 말했다.

"마라! 디르사! 나가라."

황제의 말이 끝나자마자 두 명의 여자 노예는 재빨리 시종장이 들어왔던 벽면의 문을 통해 침실 밖으로 나갔다. 시종장은 부복했다.

"폐하, 방금 P의 첩자를 처형했습니다."

나신의 황제는 베일을 거칠게 잡아채며 부복한 시종장 앞에 다가섰다.

"와스디는 이 사실을 알고 있는가?"

"첩자의 혀가 이미 잘려 있던 터라 와스디 부인과 접촉했는지는 확인할 수 없었습니다."

황제가 짧은 탄성을 발했다.

"잔인한 족속들이군! 과연 야만족속의 나라답구나."

"그렇습니다, 폐하. P의 고문 기술이 얼마나 잔인하고 다양한지는 근방의 나라들에 익히 알려져 있습니다."

얼마간 황제는 시종장의 주변을 이리저리 거닐었다. 이마를 바닥에 댄 시종장은 곁눈으로 황제의 동태를 살폈다. 퍼런 정맥이 툭툭 불거진 황제의 두 발이 수십 마리의 은빛 여우 가죽을 이어 직조한 카펫 위에 희미한 자국을 만들었다. 시종장은 황제의 발 모양으로 눌린 부드러운 은빛 털들을 부지런히 눈으로 좇으며 온몸을 바짝 웅크렸다. 황제의 두 발이 멈췄다. 황제는 말없이 손뼉을 한 번 쳤다. 시종장은 얼른 고개를 들어 벌거벗은 황제를 바라보았다. 황제는 물었다.

"벨리사르는 어떻게 지내느냐?"

황제의 얼굴이 미묘하게 일그러지는 것을, 시종장은 알아챘다. 북구의 사람들처럼 피부가 유독 희고 장신인 황제는 비대한 몸집까지 더해져 그 풍채를 드러내는 것만으로도 도시민들에게 위압을 주는 존재였다. 짙고 검은 눈썹 밑에 각기 빛깔이 다른 두 눈동자가 그런 인상을 더욱 강하게 만들었다. 시종장은 파란색과 초록색의 두 눈동자가 자신을 바라볼 때마다 매번 날카로운 발톱을 숨긴 맹수를 마주하는 듯한 섬뜩한 기분이 드는 것이었다. 시종장은 짐짓 황제의 시선을 피하며 대답했다.

"폐하께서 명하신 대로 왕자님은 서궁의 별실에서 거하고 계십니다. 와스디 부인을 만나지 못해 가끔 우울해하시지만, 역시 고귀한 황실의 혈통이시라 잘 견디고 계십니다."

"하만!"

돌연 황제의 어조가 높아졌다.

"벨리사르가 적통이 아니라는 것을 알고 있지 않느냐! 황실의 혈통을 욕되게 하지 마라!"

시종장은 재빨리 부복하며 말했다.

"용서해주십시오. 폐하, 부디 자비를 베풀어주십시오."

"이 나라에서 왕자의 칭호를 받을 수 있는 이는 오직 적통뿐임을 유념해야 할 것이다."

"명심하겠습니다, 폐하."

황제가 물었다.

"벨리사르가 올해 몇 살이더냐?"

"한 달 뒤 4월이면 열세 살이 되십니다."

"여덟 살이라…… 때를 앞당겨야겠다. 일전에 벨리사르에 대해 명했던 것을 이곳을 나가는 즉시 실행하라."

"폐하, 그것은……"

"나가라, 하만!"

시종장은 무거운 마음으로 침실을 나섰다. 벽면의 문 앞에 부복하고 있던 벌거벗은 두 명의 젊은 여자 노예들은 시종장의 날선 눈빛 아래 온몸을 떨었다. 시종장은 여자를 좋아하지 않았다. 그에게 여자란 항상 남자들로 하여금 소모적인 욕망을 불러일으키게 하는 처치 곤란한 존재와도 같았다. 어머니의 죽음으로 세상에 태어난 시종장의 생에서 여자는 한 번도 그와 연관이 없었다. 오랜 세월 동안 궁의 일원으로 살아온 시종장에겐 황실의 혈통을 제외한 모든 사람들처럼, 그림자로서의 생이 전부였다. 그림자인 그는 어디에서도 자신의 모습을 드러내지 말아야 했다. 시종장은 마라와 디르사를 당장 오늘밤부터 황제의 처소에서 나오게 해야겠다고 생각했다. 어리석게도 두 명의 여자 노예들은 어떤 경우에도 황제의 앞에서 아편을 금한다는 궁의 규율을 어겼던 것이다. 오직 황제만이 궁에서 특별했다. 그림자들은 언제라도 다른 그림자들로 바뀔 수 있었고, 그것 또한 궁의 규율이었다.

서궁은 사방이 온통 아름드리 교목으로 뒤덮인 곳에 외따로 지은 별궁이었다. 선대의 황제가 각국의 사신들이 머물 거처를 위해 지었던 서궁은 현재의 황제가 즉위하기 전, 불과 십여 년 전만 하더라도 황궁을 제외하고 가장 화려한 곳 중의 하나였다. 현 황제는 주변 국가들에 대한 유화정책으로 통혼을 추진하면서도, 한편으로는 그들이 보내는 사신을 의도적으로 홀대함으로써 자신의 위세를 과시하려 했다. 이에 따라 서궁은 점점 인적이 끊겨 석 달 전 벨리사르가 몇몇 시종과 노예 들과 함께 거하기까지, 사실상 폐궁으로 남아 있었던 것이었다.

시종장이 예고 없이 서궁에 나타나자, 벨리사르와 유모를 제외한 서궁에 거하는 모든 이들이 문 앞에 나와 도열했다. 시종장은 중간쯤에 선 어린 시종을 지목하며 물었다.

"왕자님은 어디에 계시느냐?"

"숲, 숲속으로 가셨습니다."

갑작스런 시종장의 질문에 어린 시종은 겁에 질려 말까지 더듬었다. 시종장은 벨리사르를 찾으러 가려는 이들을 제지시켰다. 시종장은 자신의 수하 두 명과 함께 서궁 뒤편 숲속으로 들어갔다. 얼마 걷지 않아 소년의 밝은 목소리가 들려왔다.

"유모! 나무를 넘었어!"

황금빛 고수머리를 어깨까지 늘어뜨린 벨리사르가 하얀 망아지를 타고 있었다. 시종장 일행은 덤불숲에 몸을 숨겼다. 망아지는 좀 전의 달리기가 힘에 부쳤는지 연신 거친 콧김을 뿜어내며 앞발로 허공을 구르고 있었다. 벨리사르가 몸을 굽혀 망아지의 귀에 대고 뭔가를 속삭이며 잔등을 쓸어주었다. 저편에서 유모가 달려오고 있었다.

"왕자님! 그렇게 말을 타시다간 다치세요!"

다급한 나머지 유모는 왕자를 향해 두 팔을 크게 휘저었다. 대답 대신 벨리사르는 웃음소리를 내며 보란 듯이 고개를 흔들었다. 울창한 나뭇가지를 비집고 새어들어온 한 줄기 햇빛이 흔들리는 황금빛 고수머리에 내리비추자, 시종장은 순간 자신의 두 눈을 의심했다. 마치 벨리사르의 머리 위로 손바닥만한 후광이 돋아난 듯 보였기 때문이다. 시종장은 내심 반문했다. '저 아이가 장차 황제가 될 예표를 본 것이란 말인가?' 저도 모르게 시종장은 덤불숲속으로 몸을 더욱 수그렸다. 벨리사르의 후광은 아직 사라지지 않고 있었다. 시종장은 몇 번이나 두 눈을 껌벅였다. 하얀 망아지가 걸음을 옮기자, 거짓말처럼 후광은 사라졌다. 그러자 시종장은 차갑게 가라앉는 자신의 마음을 느꼈다. 벨리사르는 여전히 밝은 웃음소리를 내며 소리쳤다.

"이번엔 더 높은 나무를 넘어볼 테야!"

벨리사르는 하얀 망아지의 고삐를 바짝 조였다. 망아지의 앞발이 허공을 구르자 시종장의 왼손이 위로 들려졌다. 수하 중 한 명이 망아지의 뒷무릎을 향해 단도를 던졌다. 동시에 다른 수하는 비명을 지르는 유모를 향해 달려갔다. 덤불숲에서 몸을 일으킨 시종장은 뒷무릎에 단도가 박힌 채 몸부림을 치는 하얀 망아지의 등에서 안간힘을 다해 버티는 벨리사르를 바라보았다. 마침내 고삐를 놓친 벨리사르가 망아지의 등에서 땅으로 떨어졌다. 아픔으로 마구 날뛰는 망아지의 발굽에 사정없이 밟히던 벨리사르는 머리에 피를 흘리며 혼절했다. 망아지를 사살한 시종장은 허공으로 연속 세 발의 총을 쏘았다.

양손이 결박된 수십 명의 젊은 남녀 노예들이 무장한 군사들에 의해 북문으로 끌려들어오고 있었다. 노예들의 행렬 뒤로 두 명의 사내가 큰 소리로 농을 주고받으며 따라 들어왔다. 한 명은 어깨에 털가죽 망토를 두른 노예상이었고, 다른 이는 전신에 갑옷을 입은 수문장이었다. 오랜 항해에 시달린 노예들은 하나같이 피로에 찌든 얼굴에 발목까지 오는 더러운 통옷을 입고 있었다. 무장한 군사들은 손에 든 몽둥이 끝으로 가축을 몰듯이 노예들의 몸을 함부로 쿡쿡 찌르며 남녀를 구별하여 가운데에 선 노예상과 수문장을 중심으로 각각 왼편과 오른편의 길게 뻗은 석벽 아래로 한 명씩 늘어서게 했다. 고개를 숙인 노예들은 무거운 발걸음으로 군사들이 지정하는 자신의 자리에 섰다. 여자가 스무 명이었고, 남자가 열일곱 명이었다. 명수를 확인한 노예상은 늘어선 노예들의 앞으로 나섰다. 노예상은 명했다.

"벗어라!"

서른일곱 명의 노예들은 신속하게 입고 있던 통옷을 머리 위로 끌어올려 벗었다. 석벽의 그림자 아래에 각기 다른 피부색의 젊은 나신들이 정면을 바라보며 우두커니 서 있었다. 그 앞, 스무 발자국 정도 떨어진 광장에는 황궁을 비롯한 열한 개의 별궁에 속한 오십여 명의 젊은 남녀 노예들이 포석 위에 무릎을 꿇고 있었다. 그림자 아래 서 있는 나신의 노예들과 무릎을 꿇은 노예들은 서로를 마주 보고 있는 듯 보였으나 실상 아무것도 보고 있지 않았다. 황제의 네번째 부인이 거하는 별궁에 속하는 그 역시 마찬가지였다. 매해마다 행해지는 신전 의식 후에 닷새간의 경건의 기간이 지나면, 이어지는 열흘간 밤낮으로 나라 전체가 떠들썩한 축제에 들썩거렸다. 오늘이 바로 경건의 기간의 마지막 날이었다. 궁에서 열릴 연회에 소용될 노예들은 항상 가장 젊고, 용모가 출중한 노예들로 선별했고, 기준에 합당한 노예가 부족할 시에는 그 인원만큼 노예상으로부터 충원했다.

한낮의 햇볕으로 달궈진 포석에 맞닿은 그의 맨 무릎은 금세 붉게 달아올랐다. 그리 덥진 않았으나 바람이 불지 않아 텁텁하고 건조한 날이었다. 백여 명이 넘는 이들이 숨죽여 집결해 있는 광장에는 간간이 들리는 노예상과 수문장의 말소리 외엔 어떤 인기척 하나 들리지 않았다. 모두가 긴장하며 곧 있을 노예 선별을 기다리고 있었다.

그의 두 다리가 감각이 사라져 뻣뻣하게 굳어갈 때에야 시종장이 모습을 드러냈다. 광장의 모든 이들이 시종장을 향해 부복했다. 시종장은 말했다.

“시간이 없다. 양질의 노예들로 남녀 열 명씩만 선별하라.”

노예상과 수문장은 석벽 아래 늘어선 노예들의 양쪽 끝에서부터 정해진 일곱 가지의 방식대로 노예들을 선별하기 시작했다. 먼저 노예의 머리카락을 세게 잡아당겨 머리숱과 머리칼의 강도와 윤기를 확인하고, 두번째로 눈꺼풀을 뒤집어 붉은 기를 확인하고, 세번째로 입술을 뒤집어 치아의 색과 고른 상태를 확인하고, 네번째로 양팔과 양 손가락의 길이가 같은지를 확인하고, 다섯번째로 남자의 경우 성기의 모양과 발기 상태를, 여자의 경우 두 유방의 모양과 유두의 함몰 여부를 확인하고, 여섯번째로 척추의 곧은 모양을 확인하고, 마지막으로 두 다리의 모양과 양발의 크기가 같은지를 확인하는 것으로 선별을 마쳤다.

노예상의 우악스런 손이 구릿빛 피부의 여자 노예의 양쪽 유방을 쥐어짜듯 세게 움켜쥐자 선별이 진행되는 동안 노예들은 어떤 경우에도 소리를 내서는 안 되는 법도를 어기고 그만 여자 노예가 새된 비명을 질렀다. 광장에 비명이 울려나가기도 전에 무장한 군사 두 명에 의해 구릿빛 피부의 여자 노예는 북문 밖으로 끌려나갔다. 이어서 머리채를 휘어잡힌 여자 노예와 유두를 이빨로 씹힌 여자 노예가 차례로 비명을 지르자 이들 역시 북문 밖으로 끌려나갔다. 남자 노예의 선별을 맡은 수문장도 사정은 다르지 않았다. 궁에서 수문장이 은밀히 남색을 즐기는 자라는 것은 이미 공공연한 사실이었다. 노예 선별이 있을 때마다 아무 관련이 없는 수문장이 굳이 남자 노예를 선별하는 일을 도맡아하는 것을 두고 궁 안의 몇몇 관리들은 노골적으로 불만을 표했으나, 시종장은 그의 안목을 높이 평가하고 있었기에 수문장이 남색을 즐기든 상관없다는 입장이었다. 수문장에게 발기된 성기를 잡힌 세 명의 남자 노예가 끔찍한 비명을 지르며 북문 밖으로 끌려나가는 것으로 새로운 노예들의 선별은 끝이 났다.

어느새 해가 기울고 있었다. 동편의 하늘로부터 석양빛이 떠올라 사위를 불그스레하게 물들였다. 스무 명의 새로운 남녀 노예들이 노예상을 따라 광장의 왼편으로 난 샛길을 통해 물러나자, 시종장은 비로소 명했다.

"일어나라."

각 별궁에서 뽑힌 오십 명의 노예들은 시종장의 명에 따라 자리에서 일어나려 했으나 제대로 다리를 움직일 수 있는 노예는 아무도 없었다. 노예들은 한동안 자신의 하체를 열심히 주무르고 두드린 뒤에야 서로의 몸을 딛고 일어설 수 있었다. 그 역시 앞선 노예의 어깨를 짚고 몸을 일으켰다. 그리고 자신에게 어깨를 내어준 노예에게 손을 내밀어 일으켜주었다. 노예들은 모두 침묵 속에서 여러 겹의 붉은 줄이 낙인처럼 찍힌 맨다리를 휘청거리며 간신히 서 있었다. 그 와중에도 수문장은 다른 노예들보다 늦게 일어서는 네 명의 노예들을 골라내어 수십 개의 가는 가죽끈이 묶인 채찍으로 발바닥을 후려갈겼다. 머리를 땅에 박고 엎드린 네 명의 노예들은 채찍이 발바닥을 후려갈길 때마다 비명을 입안으로 삼키며 전신을 비틀었다. 시종장은 채찍질을 계속하려는 수문장을 제지했다. 아직 경건의 기간이 지나지 않았던 것이었다. 십 년마다 거행되는 인신공양 의식의 성공적인 거행 여부에 따라 나라의 흥망이 좌우된다는 것은 이 땅에 거하는 사람들이라면 누구나 알고 있는 사실이었다. 의식을 별탈 없이 무사히 끝낸 마당에 괜한 소란을 부릴 이유가 없었다.

오십 명의 젊은 남녀 노예들은 한 사람씩 시종장 앞을 지나쳐 포석이 깔린 중앙의 한길을 열을 맞춰 걸어갔다. 시종장은 눈으로 노예들의 매무새와 상태를 점검했다. 노예들이 절반쯤 광장을 빠져나갔다. 차례가 된 그는 시종장 앞을 지나갔다. 그를 훑어보듯 살피는 시종장의 눈은 다른 노예들을 대하는 시선과 다르지 않았다. 작고 매서운 눈빛에선 노예로서 그의 가치를 가늠하는 냉혹함만이 담겨 있었다. 고개를 숙인 그는 일정한 거리를 유지하며 앞선 노예의 뒤를 따라 광장 중앙의 한길을 걸어갔다. 무장한 군사들의 감시 속에서 두 개의 별궁과 황궁을 지나 후원에 있는 옥외 계단을 걸어올라가는 동안 노예들은 일절 말을 하지 않았다. 오십 명의 노예들은 아직 굳게 닫힌 연회장의 문 앞에서 발걸음을 멈췄다. 시종이 건넨 하얀 모슬린 천으로 국부만을 가린 노예들은 서늘한 밤바람에 몸을 웅크렸다.

자정이 넘어 경건의 기간이 끝나자, 연회장의 문이 활짝 열렸다. 별안간 휘황한 불빛이 오십 명 노예들의 몸 위로 덮치듯 내리퍼부어졌다. 어둠에 익숙했던 노예들의 두 눈이 빛의 세례에 놀라 짧은 암전을 반복했다. 겨우 빛에 익숙해진 그는 먼저 연회장 한가운데에 놓인 황금의 물신을 발견했다. 살이 오른 네 발로 딛고 서 정면을 응시하고 있는 황금송아지가 거대한 돔형의 천장 아래 사람의 키만한 높이의 황금발판을 밟고 있는 광경은 바라보는 이에게 위압감을 주기에 충분했다. 벽면마다 금박 입힌 다섯 개씩의 양초가 불빛을 밝히고 있었고, 은회색 모피 카펫이 깔린 바닥 곳곳에는 수십 개의 자그마한 둥근 상들이 있었다. 줄을 이어나오는 갖가지 음식이 담긴 커다란 은쟁반이 상 위에 놓였다. 그는 눈을 돌려 손님을 맞을 준비에 여념이 없는 시종과 노예 들을 보았다. 어디선가 피어오르는 자극적이고 진한 향이 그의 오감을 마비시키고 머릿속을 흩트렸다. 음식을 나르던 어린 시종이 연회장의 구석에 몰려 서 있는 오십 명 노예들에게 초록색 음료가 담긴 술잔을 하나씩 내밀었다. 그도 술잔을 받아 마셨다. 첫맛은 달콤하지만 뒷맛은 묘하게 쓴 음료였다. 조금 지나자 그는 온몸이 깃털처럼 가볍게 변하여 허공에 붕 뜨는 듯한 기분이 들었다. 음료를 마신 다른 노예들도 굳었던 얼굴이 풀어지며 주위를 의식하지 않고 몸을 이리저리 우스꽝스럽게 움직였다. 그러자 모슬린 천을 나눠주었던 시종이 나타나 위협하듯 벽을 향해 채찍을 휘둘렀다. 노예들은 조용해졌다.

밤은 깊어갔다. 노예들이 쭈그리고 앉아 시간의 흐름을 잊어갈 무렵, 연회장으로 수백 명의 남녀 손님들이 밀어닥쳤다. 연회장은 곧 수많은 사람들의 열기로 달아올랐다. 귀족과 고위관리가 대부분인 손님들은 쿠션에 몸을 묻고 편한 자세로 비스듬히 앉아 음식들을 손에 집히는 대로 입안에 넣고 먹기에 바빴다. 구운 고기에서 흘러나오는 육즙과 향신료로 범벅된 걸쭉한 소스와 취한 손님들의 손에서 떨어져 뭉개진 색색의 과육들과 끊임없이 마셔대는 술이 손님들의 입가와 가슴팍을 더럽혔고, 그들이 앉아 있는 카펫을 엉망으로 만들었다. 손님들의 식탐이 어느 정도 채워지자 그때까지 오십 명의 노예들과 함께 맞은편에서 대기하고 있던 연주자들의 음악에 맞춰 연회장의 문이 열리며 황제와 황후가 입장했다. 손님들은 자리에서 일어나 환호했다. 황제와 황후는 연회장 상석에 마련된 자리에 앉았다. 황제가 말했다.

"연회를 계속하라."

손님들은 황제의 말이 끝나자마자 아우성을 쳤다. 모두들 서로 끌어안고 알아듣기 힘든 괴성을 질러대며 남녀노소를 가리지 않고, 닥치는 대로 곁에 선 이들에게 입을 맞추는 것이었다. 연이어 그들은 뭔가에 잔뜩 굶주린 것처럼 다시 곳곳에서 술잔에 가득 담긴 붉은 포도주를 입안에 경쟁하듯 털어넣었다. 술이 흥건히 괸 카펫 위에 대취한 초로의 대신이 얼굴을 박고 넘어진 것을 계기로 사람들은 더욱 큰 웃음소리를 내며 자신의 옷을 찢고 음란한 춤을 추면서 이리저리 휩쓸리듯 미끄러졌다. 젊고 어여쁜 처녀 하나가 한껏 무르익은 분위기에 도취해 옷을 홀딱 벗고 바닥에 배를 깔고 누워 네 발 달린 짐승처럼 엉금엉금 기어가자 어느새 모든 이들이 처녀를 둘러싸고 함부로 두 발을 구르며 박수를 쳐댔다. 긴 휘파람 소리와 사람들의 고성이 연회장이 떠나갈 듯 울렸다. 여전히 사람들은 알아들을 수 없는 말들을 외치고 있었지만 조금씩 지루해하는 기색이 역력해지자, 말없이 상석에 앉아 술을 마시고 있던 황제가 한 손을 치켜들었다.

황제의 손이 들리기가 무섭게 연회장 뒤편의 어둠 속에서 튀어나오듯 여러 명의 시종들이 빠르게 나와 오십 명의 노예들에게 일어설 것을 명했다. 진한 향과 이름 모를 음료에 취해 무방비로 늘어져 있던 노예들은 갑작스런 시종들의 채근에 놀라 엉거주춤 굳어버린 자세로 몸을 일으켰다. 앞선 시종의 뒤를 따라 오십 명의 노예들은 황금의 물신에게 다가갔다. 국부만을 가린 젊고 아름다운 남녀 노예들을 발견한 손님 몇몇이 이상한 단음의 비명을 질렀다. 황금의 물신 아래 오십 명의 노예들이 서자, 사람들은 새로운 구경거리를 향해 몰려들었다. 막 사냥을 시작하기 전 먹잇감을 노리는 맹수처럼 모두들 오십 명의 노예들을 에워싸며 번들거리는 눈으로 입맛을 다셨다. 오십 명의 노예들은 광기 어린 사람들의 눈빛에 질려 최대한 서로의 몸에 가까이 붙어 있었다. 노예들의 안쪽에 서 있던 그도 점점 다가오는 몸피에 눌려 숨을 쉬기 어려웠다. 얼마간 에워싼 손님들과 그 안에 갇힌 오십 명의 노예들 사이에 긴장된 시간이 흘렀다. 어어, 압박을 견디다 못해 젊은 여자 노예가 외마디 비명을 질렀다. 여자 노예의 비명을 시작으로 연회장은 그야말로 흥분의 도가니로 변해 아수라장이 되고 말았다. 손님들은 저마다 있는 힘껏 들뜬 소리를 내지르며 공포에 질려 도망치는 노예들을 잡기 위해 혈안이 되었다. 어떤 이들은 짐승을 꾀는 것처럼 자신이 쫓는 노예를 향해 구운 노루고기와 꿩고기를 던지기도 했고, 어떤 이들은 한 손엔 파인애플을 쥐고 다른 손엔 야자나무의 열매를 쥐고 둔기처럼 휘두르기도 했고, 어떤 이들은 음식을 담았던 은쟁반을 들어 닥치는 대로 노예들의 머리를 후려치기도 했다. 손님들 중에는 스스로 흥에 겨워 눈물을 글썽이는 이도 있었다. 온몸이 육즙과 소스로 범벅이 된 채 쫓기던 젊은 남자 노예가 이윽고 발을 헛디뎌 카펫 위에 나동그라지자, 약속이나 한 듯 두 명의 여자 손님과 서너 명의 남자 손님이 넘어진 남자 노예의 몸 위로 달려들었다. 대여섯 명의 남녀가 아우성을 치며 서로 남자 노예가 자신의 것임을 주장했다.

"이건 내거야! 내 것이 맞아!"

그들의 바로 옆에선 금박 입힌 커다란 양초로 머리를 가격당한 젊은 여자 노예가 비명조차 지르지 못하고 쓰러졌다. 쓰러진 여자 노예에게도 역시 아우성을 치는 서너 명의 사람들이 달려들었다. 여기다, 여기야! 모두들 난장판 속에서 이리저리 우르르 옮겨다니며 마음껏 폭력을 휘둘렀다. 은회색 모피 카펫 곳곳에 끈적끈적한 핏물이 뭉쳐 있었다. 다른 노예들처럼 깨진 술잔을 한 손에 칼처럼 들고 뒤를 쫓는 중년의 여자 손님을 피해 달아나던 그는 상석에 앉아 이 모든 광경을 지켜보는 황제와 시선이 마주쳤다. 순간 그는 쫓기는 자신의 처지와

궁의 법도를 잊고 그 자리에 멈춰 섰다. 심드렁한 표정의 황제는 노예가 자신을 바라보고 있다는 것을 아는지 모르는지 비스듬히 고개를 기울인 자세로 푹신한 의자 깊숙이 몸을 묻고 있었다. 그가 좀더 황제를 자세히 바라보려 할 때였다. 그는 왼쪽 어깨에 저릿한 아픔을 느꼈다. 깨진 술잔이 화살처럼 그의 왼쪽 어깨에 박혀 있었다. 그는 몸을 돌려 자신을 찌른 중년의 여자 손님의 두 눈을 똑바로 마주 보았다. 그가 사나운 눈길로 쳐다보자, 여자 손님은 날카롭게 외쳤다.

"이것 봐! 감히 날 보고 있어, 이게 나를 마주 보고 있다고!"

하지만 그녀의 외침은 다른 손님들의 고성에 파묻혀 누구의 주의도 끌지 못했다. 그는 스스로 어깨에 박힌 술잔을 빼냈다. 그가 피 묻은 깨진 술잔을 오른손에 움켜쥐자 지레 겁을 먹은 여자 손님은 외마디 비명을 지르며 도망쳤다. 다가오는 무리들을 향해 깨진 술잔을 휘두르던 그는 기회를 틈타 구석진 벽면에 기대어 앉았다. 남녀가 뒤섞여 이리저리 몰려다니는 무리들에게 붙잡힌 노예들의 비명과 신음과 울음소리가 연회장을 둘러싼 벽면과 거대한 천장을 울리고 있었다. 광풍처럼 몰아쳤던 무지막지한 폭력의 시간이 지나가자, 이번엔 달아오른 여세를 몰아 아직 몸을 가눌 수 있는 젊은 남녀 노예들을 찾아내 황금의 물신 위에 태워놓았다. 연회장 안은 곧 이어질 더욱 큰 쾌락에 대한 기대로 잔뜩 흥분한 손님들로 인해 온통 시끌시끌해졌다. 젊은 남녀 노예들은 황금송아지의 등에서 떨어지지 않으려고 서로의 벗은 몸을 부둥켜안은 채 눈물을 흘리고 있었다. 그는 피가 멈추지 않는 어깨의 상처를 손으로 누르며 한동안 멍한 상태에서 사람들을 바라보았다. 모두들 황금의 물신 위에 있는 젊은 남녀 노예들을 희롱하는 데 정신이 쏠려 있었다. 그는 황금송아지와, 그 위에 올라앉은 노예들을 바라보았다. 바라보고 또 바라보자, 그때까지 들리지 않던 소리가 아주 가까이에서 그에게 들려오는 것이었다. 노예들은 저마다 신음소리를 내고 있었다. 갓 태어난 동물들의 울음소리처럼 아주 가는 신음소리였다. 메마른 신음소리들은 무언가를 간절히 희구하는 것처럼 위태롭게 떨리고 있었고, 듣는 이의 마음을 걷잡을 수 없이 슬프게 만들었다. 그는 무거운 납덩이처럼 자신의 가슴속 깊이 박힌 슬픔을 헤아리며 눈가를 붉혔다. 자신도 모르는 새에 그는 몸을 일으켰다. 무리들에게 가려는 그의 한쪽 팔을 누군가가 세게 잡아당겼다. 시종장이었다. 시종장은 손가락을 입에 대며 조용히 하라는 신호를 보낸 다음, 덧옷으로 재빨리 그의 벌거벗은 몸을 감쌌다. 그들은 후원으로 난 벽면의 문을 통해 밖으로 빠져나왔다.

노예는 아직 깨어나지 못하고 있었다. 하루가 지나고 다시 밤이 되도록 고열에 들떠 끊임없이 헛소리를 되뇌었다. 그녀는 내내 앓는 노예의 곁을 지켰다. 깊은 잠 속에 빠져 있는 젊은 남자 노예의 창백한 얼굴이 가끔씩 찡그려질 때마다 그녀는 불길한 생각에 가슴을 졸였다. 핏기 없는 노예의 낯빛이 창가에 스며든 달빛보다 더 파리해서 흡사 죽은 이같이 느껴지는 것이었다. 부어오른 어깨의 통증 때문인지 노예는 무의식중에도 자꾸만 머리를 움직였다. 그녀는 가만히 그의 이름을 불렀다.

"테세우스! 테세우스!"

여전히 노예는 대답이 없었다. 그녀는 조금이라도 노예의 통증을 덜어주기 위해 쿠션을 상처 난 왼쪽 어깨 밑에 받쳤다. 축제가 시작되는 밤, 노예는 피로 물든 덧옷을 입고 그녀가 거하는 별궁으로 찾아왔다. 그녀가 침대에 누워 억지로 잠을 청하던 참이었다. 남자의 목소리가 그녀의 이름을 부르고 있었다. 와스디…… 와스디…… 그녀는 목소리를 들으면서도 그것이 자신의 이름이라는 것을 깨닫지 못했다. 그녀의 의사와는 상관없이 황제의 네번째 부인으로 이 땅에 오면서부터, 그녀는 십사 년의 세월 동안 와스디, 라는 이름을 잊고 지내야만 했던 것이었다. 그녀는 자신을 부르는 목소리에 이끌려 몽유병자처럼 자리에서 일어나 방문을 열었다. 그곳에 그녀만의 노예, 아름다운 테세우스가 정신을 잃고 쓰러져 있었다. 와스디…… 이름을 부르던 노예의 목소리가 아직도 그녀의 귓가를 맴돌고 있었다. 그녀는 식은땀이 맺힌 노예의 이마를 손으로 짚었다. 땀에 젖은 노예의 검은 고수머리를 손가락으로 쓸어넘기며 그녀는 새삼 사위가 적요하다고 느꼈다. 그녀와 노예가 있는 침실 이외엔 별궁이 텅 비어 있는 것만 같았다. 황족을 비롯하여 직급과 신분에 관계없이 하물며 노예들까지 궁 안에 거하는 모든 이들이 신전 의식 후에 열리는 궁중의 연회에 참석하고 있었다. 그녀는 단 한 번도 연회를 본 적도, 참석할 수도 없었다. 해마다 축제가 열리는 열흘 동안 그녀는 자신이 완벽한 이 땅의 이방인임을 절감하면서 창살 없는 감옥에 홀로 격리된 채 한없이 느리게 흘러가는 시간을 실현 불가능한 낙관적인 공상과 자기염오와 무절제한 잠에 취하는 것으로 견뎌냈다. 꼬리를 무는 공상 속에서 그녀의 유일한 아들 벨리사르는 어느새 성인으로 자라나 당당히 황제로 봉해져 강성한 나라를 다스리고 있었고, 그녀는 그 자랑스러운 황제를 낳은 모후로서 모든 이의 칭송을 한 몸에 받고 있는 것이었다. 하지만 빛나는 미래에 대한 환영은 창가에 스며드는 어둠과 더불어 신기루처럼 사라졌다. 이 땅에서 이름 없는 귀족의 신분보다 나을 것 없는, 한낱 군소 도시의 공주에 불과한 자신의 가련한 처지가 화인처럼 그녀의 뼛속까지 찍히면, 그녀는 감당할 수 없이 밀려드는 무기력 속에 끝도 없이 빠져들었다. 가까스로 청한 잠 속에서조차 그녀는 고독했고, 또 불행했다. 악몽이, 끔찍한 악몽이 그녀를 송두리째 사로잡았으며 종국엔 그녀의 내밀한 영혼까지 침식했다. 그러나 가장 끔찍한 것은 불길한 꿈이 바로 그녀의 현실이라는 것이었다. 그녀가 이 땅에서 벗어나지 않는 한, 악몽 같은 현실은 언젠가 죽음이 그녀에게 찾아올 때까지 수십 년간 반복되리라는 것이었다.

그녀는 달빛에 잠긴 노예의 얼굴을 응시하면서 그의 이름을 불렀다.

"테세우스!"

노예는 미간을 살짝 찡그릴 뿐, 대답이 없었다. 검은 고수머리가 베개 위에 흩어져 있었다. 눈을 감고 누워 있는 노예의 모습은 사랑스러웠다. 실제로는 그녀보다 머리 하나는 더 있는 큰 키였으나 드러난 어깨 아래로 시트에 덮인 장신은 가려져 있었기에, 언뜻 보면 아주 작고 연약한 소년 같다는 착각마저 들었다. 그녀는 성홍열로 죽은 또 한 명의 테세우스와 한 달이 넘도록 별궁에 발걸음이 없는 아들을 떠올렸다. 그녀가 사랑하는 아름다운 소년들이 하나둘씩 자신의 곁을 떠났고, 또 어쩌면 떠나려 하고 있었다. 어느 날 갑자기, 그녀의 바람과는 상관없이 그들은 매번 그녀를 떠날 것이었다. 새로운 슬픔이 가슴에 차오르는 것을 느끼며 그녀는 정신을 잃은 창백한 소년 테세우스의 이마와 양 볼과 입술 위에 가벼운 입맞춤을 했다. 마치 또 한 명의 소년을 떠나보내는 작별인사를 하듯 그녀는 낮은 어조로 말을 시작했다.

"……태어나기 전부터 내겐 약혼자가 있었어. 너무 어렸을 때의 일이지만, 그래도 나는 그를 기억하고 있어. 황금빛 고수머리를 휘날리던 그이는 나의 전부인 벨리사르와 같은 나이에 성홍열로 죽었지. 나는 아직도 그날을 기억해. 아무도 내게 그의 죽음을 말해주지 않았지. 하지만 사람들의 슬픈 얼굴과 무겁게 가라앉은 궁정의 분위기가 어린 내게도 뭔가 큰일이 일어났다는 것을 직감하게 했어. 돌이켜보면 그날 이후 내가 더이상 기뻤던 적이 없었던 것 같아…… 아아, 아니야. 나의 벨리사르! 내 아이와 함께 지냈던 삼 년 동안만은 모든 나쁜 기억을 잊고 행복할 수 있었지. 벨리사르를 낳을 수 있었기에 한때 그 아이의 아버지를 용서할 수도 있었어. 적어도 행복했던 그때만큼은……"

벨리사르는 늘 그녀에게 황제를 떠올리게 했다. 부자는 얼굴뿐만 아니라, 행동과 말투가 놀랍도록 닮아 있었다. 짙고 검은 눈썹, 각기 다른 두 눈동자의 빛깔과 유독 흰 낯빛, 다분히 위압적인 행동과 말투까지. 그녀는 어린 벨리사르에게서 황제의 모습을 보았고, 그럴 때마다 어쩔 수 없이 황제와의 굴욕적인 첫날밤을 떠올렸다.

열네 살의 그녀는 하만의 안내를 따라 황궁의 긴 복도를 지나 벽면의 문을 열고 들어갔다. 자줏빛 베일을 앞에 두고 어디선가 나타난 두 명의 시종이 그녀의 옷을 벗기며 침실 안으로 안내했다. 그리고 그녀는 눈앞에 보이는 광경을 벌거벗은 자신의 몸도 의식하지 못한 채 한

동안 바라보았던 것이었다. 멍하니 선 그녀를 발견한 황제가 재미있는 구경거리라도 본 듯 아편에 취한 사람 특유의 신경질적인 웃음소리를 내었다. 침대 위에 그녀를 눕힌 세 명의 여자 노예는 황제가 지켜보는 앞에서 그녀를 애무하기 시작했다. 수치심으로 두 눈을 감은 그녀는 자신의 온몸을 구석구석까지 애무하는 여자 노예들의 부드럽고 집요한 손길에 전신이 허물어질 것만 같은 쾌감을 느꼈고, 동시에 난생처음 몸이 느끼는 순전한 쾌감에 심한 당혹감을 느꼈다. 쾌락의 파도에 휩싸이면서도 그녀는 있는 힘을 다해 황제의 네번째 부인인 자신이 세 명의 여자 노예들과 다를 바 없는 하찮은 존재로 전락했음을 자각하려 애를 썼다. 그녀가 두 눈을 질끈 감고 자신의 몸의 감각과 싸우고 있을 때였다. 갑자기 그녀는 전신을 짓누르는 황제의 무게에 숨이 막혀왔고, 곧이어 껍질이 째지는 듯한 아픔 속에서 눈을 떴다.

"황제와 첫 밤을 보내는 날엔 이상하게도 그리 두렵지 않았어. 다만 내가 태어났던 도시에서 모든 결혼한 남자들이 그렇듯 황제가 나의 몸을 취함으로써 남편인 자신의 권리를 누리는 것이라는 생각만을 머릿속에 떠올렸어. 그것이 공주이자 황제의 아내인 내 의무를 행하는 것이라고 여겼지. 하지만 역시 나는 무지한 어린 여자에 불과했어. 황제는 정치적인 목적으로 나의 아버지를 설득하기 위해 허울 좋은 통혼을 제안했을 뿐, 실제로는 단 한 번도 날 자신의 부인으로 여긴 적이 없었으니까. 나는 그 사실을 황제의 침실에 들어가는 순간 알 수 있었어. 그곳엔 벌써 네번째 부인의 첫 밤을 환영하기 위해 벌거벗은 세 명의 여자 노예들과 황제가 뒤엉켜 있었으니 말이야."

말을 마친 그녀는 긴 한숨을 내쉬었다. 또다시 침실엔 침묵이 흘렀고, 어느새 구름에 반쯤 가려진 달빛이 미묘한 어둠의 빛으로 변질되어 창가와 그 주변을 희미하게 밝히고 있었다. 그녀는 되돌아온 침묵을 음미하며 침실의 어딘가에서 자신을 응시하고 있는 혈족들의 날선 시선을 감지했다. 그녀는 담담히 그 시선들을 견뎌냈으나 뒤를 돌아보지는 않았다. 아주 먼 곳에서 메아리처럼 사람들의 함성이 들려왔다. 그녀는 두려워졌다. 그러다 문득 자신이 피로하다는 사실을 절감했다. 그녀는 살며시 시트를 젖히고 잠든 노예의 곁에 누워 공벌레처럼 몸을 웅크렸다. 밤이 깊어갔고, 알아듣기 힘든 노예의 중얼거림과 가위에 눌린 여자의 짧은 신음소리가 어둠이 깊숙이 내린 침실을 간간이 울렸다.

아침빛이 방 안으로 스며들었다. 누군가 그녀의 어깨를 가볍게 만졌다. 미몽중에 그녀는 노예의 손길임을 알았다. 하지만 꿈속에서 깨어나고 싶지 않다는 무의식의 욕망에 그녀는 일부러 눈을 뜨지 않았다. 어깨를 어루만지던 손길은 점점 열기를 띠며 그녀의 젖가슴으로 옮겨갔다. 숨결이 높아지던 그녀는 떨리는 기나긴 탄식을 내뱉으며 잠에서 깨어났다.

"와스디, 나의 부인." 노예는 그녀의 귓가에 소곤거렸다.

"나의 하얀 꽃, 나의 작은 새! 제가 언제부터 당신과 함께 있었나요?"

"사흘 동안." 그녀가 말했다.

"넌 사흘 동안 내내 잠들어 있었어. 한 번도 깨어나지 않고, 네 이름을 부르는 나의 목소리에 대답조차 하지 않았어."

"그럴 리가 있나요! 부인께서 거짓말을 하고 계시는군요. 저는 줄곧 부인의 목소리를 듣고 있었는걸요. 비록 입을 열어 대답할 순 없었지만 지독한 악몽 속에서도 부인의 한마디 한마디를 심장에 새기고 있었답니다."

"테세우스! 정말 내가 한 말들을 모두 듣고 있었다는 거야?" 그녀가 물었다.

노예는 대답하지 않았다. 금단의 열매를 찾아 헤매듯 노예의 벌어진 입술은 방금 전까지 자신의 손으로 어루만지던 그녀의 젖가슴에 얹어졌다. 꼿꼿이 선 유두에 입술이 옮겨가자 그녀는 저도 모르게 허리를 뒤틀며 쾌락의 신음소리를 발했다. 노예의 입술은 그녀의 아담한 배와 수풀이 무성한 낮은 둔덕을 지나 다시금 목덜미와 양쪽 귓불에 옮겨갔다. 그녀의 몸 깊은 곳으로부터 샘물이 솟아나기 시작했다.

"아아, 나의 테세우스!" 그녀가 다급하게 소리쳤다.

"언제까지나 너와 함께할 수만 있다면 얼마나 좋을까!"

그녀는 노예의 남성을 향해 활짝 몸을 열었다. 뜨겁고 격렬한 사랑의 시간이 지나가자, 두 사람은 몸을 포갠 채 서로의 두 눈을 물끄러미 바라보았다. 노예가 목소리를 내지 않고 입만을 벌려 그녀를 불렀다. 노예의 팔에 안기어서 그녀는 그의 귓속에 대고 속삭였다. 이야기하고 싶은 것이 너무나 많다고, 그런데 그 이야기들을 어떻게 시작해야 할지 알 수 없다고. 평온한 마음으로 노예는 목소리에 귀를 기울였다.

"테세우스." 그녀는 노예의 가슴에 볼을 대고 낮게 말했다.

"축제가 계속되었으면 좋겠어. 그럼 아무도 우리를 상관하지 않겠지."

"부인, 아무 말씀도 하지 마세요." 노예가 재빨리 말했다.

"아름다운 부인, 저와 같이 도망칩시다. 세상은 부인이 생각하시는 것보다 훨씬 넓어요."

그녀는 대답하지 않았다. 오래도록 노예의 가슴에 어린애처럼 안겨 젊은 남자의 힘찬 심장 고동 소리를 들으며 홀로 생각에 잠겨 있었다.

시종장 하만은 하마터면 평소의 침착함을 잃고 소리를 지를 뻔했다. 너무나 어처구니가 없었기 때문이었다. 작고 초라한 행색의 사내는 시종장의 반응은 아랑곳하지 않고 말을 이어갔다.

"그래서 저희 P의 왕께선 시종장님께 제안을 하려 하십니다. 아시다시피 현재의 황제께서는 벨리사르 왕자님만을 유일한 후사로 두시지 않았습니까. 물론 이민족에 대한 황제 폐하의 혐오감이 극심하다는 사실은 잘 알고 있습니다. 하지만 이대로 몇 년의 시간이 더 흐른다면 결국 황제께서도 기존에 품고 계시던 생각을 달리하실 수밖에 없을 것입니다. 저희 왕께선 그때까지 시종장님이 벨리사르 왕자님의 안위를 살펴주시기를 간절히 원하고 계십니다. 장차 황태자로 봉해지실 왕자님을 보호하는 것은 사실 저희 P보다 귀국의 안녕에 꼭 필요할 일이 될 테니까요."

"그대가 감히 어떻게 이곳에 들어올 수 있었는지 모르겠다. 그런 말도 안 되는 위험한 제안에 내가 응할 것이라고 생각한 그대의 주군의 어리석음에 실소를 금치 못하겠군."

"시종장님께서는 현명한 분이라고 익히 들었습니다. 만일 저희 왕께서 드린 제안이 그토록 일고의 가치도 없는 것이었다면 벌써 시종장님께서는 호위병을 불러들여 제 목을 베어버리셨겠지요. 그렇지 않습니까?"

시종장은 인정할 수밖에 없었다.

"그렇군. 역시 그대의 주군이 사람을 보는 통찰력은 있는 것 같군. 하지만 현재로서는 벨리사르 왕자님이 보위에 오를 수 있는 가능성은 전혀 없다. 얼마 전 낙마를 당해 두 다리를 절게 되었으니까. 이 나라에서는 몸에 장애를 가진 왕자는 황제가 될 수 없음을 그대도 잘 알고 있을 것이다."

사내의 얼굴에서 순식간에 핏기가 가셨다. 시종장은 이 정도로 사내를 내쫓아야겠다고 마음먹었다. 호위병을 불러들여 소란을 만들었다가 괜한 오해를 사고 싶지도 않았다. 요즘 들어 황제는 P에 대해 부쩍 심기가 예민해져 있었다. 시종장은 사내가 처소에 들어올 때와 마찬가지로 알아서 사라져주기를 바라며 짐짓 시선을 돌려 문가를 응시했다. 그러나 사내는 아직 나가지 않았다. 오히려 시종장의 두 눈을 정면으로 마주 보며 입을 열었다.

"벨리사르 왕자님께 그런 불행한 사고가 있었다는 것은 저희도 미처 알지 못했던 사실입니다. 그러나 현명하신 시종장님께서도 아시다시피 세상의 모든 일에는 예외라는 것이 있지 않겠습니까? 제 짧은 의견으로는 시종장님께서 이미 그에 대한 답을 알고 계시리라 생각합니다만."

시종장은 잠시 숨을 몰아쉬었다.

"……그대는 참으로 교활하군. 그래, 그같은 일례가 있었지. 하지만 그 경우는 대내외적으로 피치 못할 상황에서 즉위했던 2대 황제였고, 즉위한 지 일 년도 되지 않아 결국 황족들의 반란으로 폐위되었지."

"어쨌든 선례가 있다는 점이 중요하지 않습니까. P에서 벨리사르 왕자님의 지지 기반이 된다면 2대 황제와 같은 불행한 일은 없을 것입니다." 시종장은 신중한 얼굴로 고개를 끄덕였다.

"그대의 말이 일리가 있군. 하지만 나는 어떤 황제가 즉위하든지, 옹립된 황제에게 충성만 다하면 그만인 것이다. 왜 내가 이 일에 관여할 것이라고 여기는 것인가?"

사내가 자신만만한 태도로 말했다.

"바로 새로 즉위할 황제가 시종장님에게 더욱 곤고한 권력과 부를 약속해드릴 수 있을 것이기 때문입니다. 사흘간의 시간을 드리겠습니다. 부디 숙고해주시기 바랍니다."

"나는 아직 그대의 주군에게 어떠한 대답도 할 수가 없다. 그리고 다시 내 앞에 그대가 나타난다면 그때는 반드시 호위병을 부를 것이다."

사내는 테라스를 통해 어두운 밖으로 나갔다. 시종장은 사내가 처소를 완전히 빠져나간 것을 확인한 후에야 자리에 털썩 주저앉았다. 그날 벨리사르 왕자의 사고를 목격했던 유모와 두 명의 수하는 황제의 또다른 수하들에 의해 조용히 처치되었다. 궁에서 내막을 알고 있는 이는 오직 황제와 시종장 그 자신뿐이었다. 이즈음 황제는 은근히 그를 멀리하고 있었다. 시종장은 불안했다. 오랜 세월 시종장은 너무 많은 사실을 알아버린 것이었다. 황제의 치부를 알고 있다는 것은, 죽음을 의미했다.

시종장은 심호흡을 했다. 이제부터 그가 하려는 일은 대단히 위험했다. 시종장은 언제부턴가 자신이 죽음을 두려워하지 않는다고 생각했었다. 그러나 지금 그는 두려웠다. P의 제안이 성공할 확률은 반반이었다. 사실 P의 세력은 지난 십여 년간 눈에 띄게 강성해져, 그토록 오만한 황제조차 P를 견제하기 위한 효과적인 비책을 세우기 위해 골머리를 앓고 있는 중이었다. 만약 벨리사르가 공식적인 황태자로 지명받을 수 있는 열여덟 살의 성인이 되기까지 향후 오 년간 황제의 도시 출신 부인들에게서 왕자가 태어나지 않는다면, P의 왕이 또다른 반란에 의해 실권하지 않는다면, 그리고 그때까지 시종장인 그가 황제의 눈 밖에 나지 않는다면, 2대 황제의 즉위 때와 같은 예외적인 경우가 일어나지 않으리란 법도 없을 것이었다.

그렇다면 이 순간 자신에게 가장 현명한 선택은 무엇일지 시종장은 스스로에게 반문했다. 4대나 바뀌는 궁정생활 속에서도 권력을 잃지 않으며 힘겹게 터득했던 처세의 정수를 발휘해야 할 절대절명의 시점이었다. 시종장은 문득 황제의 네번째 부인을 떠올렸다. 장차 모후가 될지도 모르는 여인을 이제야 떠올렸다는 것이 스스로도 당혹스러웠다. 자리에서 벌떡 일어난 시종장은 손뼉을 두 번 쳤다. 문이 열리며 부복한 한 남자 노예에게 시종장은 명했다.

"그 어린 노예를 데려오거라."

시종장의 머릿속은 복잡해졌다. 형편없이 얽혀버린 실타래를 어디서부터 풀어야 할지 난감하기만 했다. 애초에 와스디에게 젊은 남자 노예를 붙이고자 했던 것은 바로 자신의 생각이 아니었던가. 그의 계획대로라면 와스디와 그녀의 노예와 자신은 모두 나아져야 했다. 적어도 지금까지의 상황보다는 그래야 했다. 그런데 나아지기는커녕 우선 그 자신부터 위급하게 되었다. 당장 와스디에게서 노예를 떼어놓아야 했다. 일전에 P의 첩자를 잡아들였을 때 진즉에 그랬어야 했었다. 시종장은 오랜 경험에 비추어 황제가 매우 주도면밀한 인간임을 알고 있었다. 황제라면 자신뿐만 아니라 와스디에게도 의심의 눈초리를 보내고 있을 것임을 당연히 예상하고 있어야 했던 것이었다. 시종장은 온갖 불길한 예감으로 입안이 바짝 말랐다. 잘못된 일임을 깨닫는 순간, 얼마간의 희생을 감수하더라도 일을 그르치는 그 근원을 되도록 빨리 과감하게 도려내야 한다는 것이 시종장의 지론이었다. 분란의 근원이 될 자를 찾아 시종장 그 자신의 손으로 되도록 빨리 제거해야 했다. 시종장은 가장 단순한 사고를 하기 위해 애썼다. 누구를 가장 먼저 없애야 할 것인가. 시종장은 자신이 이미 그에 대한 답을 알고 있다는 것을 깨달았다. 하지만 그는 좀처럼 마음이 내키지 않았고, 될 수 있는 한 답을 피하고 싶었다. 문이 열렸다. 급히 다가온 남자 노예가 시종장 앞에 무릎을 꿇었다.

"시종장님, 노예가 사라졌습니다. 이틀 전 아침부터 그 노예를 봤다는 이가 없습니다."

시종장은 외마디소리로 낮은 신음을 내뱉었다.

"같이 거하는 노예는 뭐라고 하더냐?"

"그 노예도 함께 사라진 듯합니다. 별궁에 거하는 모든 노예와 시종들을 심문해 보았으나, 역시 행방을 아는 이가 없었습니다."

"와스디 부인의 침실도 찾아보았느냐?"

남자 노예는 머리를 조아리며 대답했다.

"그곳만은…… 시종장님, 부인들이 기거하는 곳은 황제 폐하 외엔 어떤 남자도 출입할 수 없다는 것을 알고 계시지 않습니까?"

"그렇군. 네 말이 옳다. 어쨌든 궁 안을 샅샅이 뒤져서라도 두 노예들을 찾도록 해라. 한시가 급한 일이니 이만 나가라."

시종장은 빠른 걸음으로 방 안을 왔다갔다했다. 엄습하는 불안과 초조로 구역질이 치밀어오를 지경이었다. 뭔가 일이 단단히 잘못되어 가고 있었다. 시종장은 다시금 심호흡을 했다. 어떻게 해서든지 이 고비만 잘 넘길 수 있다면 그에게도 승산은 있었다. 첫번째 답이 무효가 되었으니, 되도록 빨리 두번째 답을 생각해내야 했다. 걸음을 멈춘 시종장은 결단을 내렸다. 주변의 노예와 시종 들을 모두 물리친 다음, 홀로 남은 그는 침대 밑에서 검은 장옷을 꺼내 입었다. 두건을 쓴 시종장은 테라스를 통해 밖으로 뛰어내렸다.

달이 뜨지 않은 밤이었다. 시종장은 만일의 사태에 대비하기 위해 궁 안에 만들어놓은 석벽의 비밀통로를 통해 황궁을 빠져나왔다. 시종장의 심장은 곧 늑골이 튀어나올 것처럼 두근거렸다. 그가 하려는 일은 위험했으나, 반드시 해결해야 할 일이었다. 곳곳마다 횃불을 밝히고 서 있는 보초병들의 시야를 교묘히 피하며 시종장은 뛰듯이 걸음을 옮겼다. 몇 번의 발각될 위기를 가까스로 넘긴 시종장은 이윽고 황제의 네번째 부인이 거하는 별궁에 다다랐다.

와스디는 침실에 들어선 낯선 남자를 보고서도 그다지 놀라지 않았다. 오히려 당혹한 쪽은 시종장이었다. 시종장은 와스디가 입궁하기 전 귀족의 집에 머물 때 잠깐 대면했던 이후 지난 십수 년간 그녀를 본 적이 없었다. 때문에 시종장의 기억 속에서 와스디는 열세 살 소녀의 모습이었던 것이었다. 어느덧 스물일곱 살의 성숙한 여인으로 자란 와스디를 대면하자 시종장은 잠깐 혼란을 느꼈다. 시종장에게 와스디는 담담히 말했다.

"하만, 이곳은 황제의 부인이 거하는 곳이다. 설마 네가 그것을 모르지는 않겠지."

와스디의 어조는 조용했으나 위엄이 있었다. 하만은 자신도 모르게 주눅이 들어 얼른 두건을 벗고 그녀의 앞에 깊숙이 절을 하며 말했다.

"지존하신 부인, 큰 결례를 범하게 된 것을 용서해주십시오. 하지만 부인을 직접 뵙고 말씀드리고자 이렇게 법도를 어기고 찾아왔습니다. 부디 제게 아량을 베풀어주시기를 간절히 바라옵니다."

"간단히 말하라. 그대의 변명이 합당하다면 들어줄 의향이 있지만, 만일 황제의 부인을 욕보이려는 불순한 의도가 조금이라도 보인다면 목숨을 부지하기 어려울 것이다."

"알겠습니다, 부인. 그럼 한 가지만 묻겠습니다. 저는 한 젊은 남자 노예를 찾고 있습니다. 혹시 그 남자 노예가 부인의 침실에 머물고 있는지요."

부인은 눈을 크게 떴다.

"시종장, 대체 무슨 말을 하고 있는 것이냐! 그만 나가라!"

그러나 시종장은 물러서지 않았다.

"와스디 부인, 저는 이미 모든 사실을 알고 있습니다. 다시 한번 묻겠습니다. 젊은 남자 노예가 이곳에 머물고 있습니까?"

와스디는 아무 말도 하지 않았다. 다만 하만의 두 눈을 똑바로 노려보았다.

"저는 부인께 위해를 가하려는 것이 아닙니다. 오히려 앞으로 다가올 위험으로부터 부인을 보호해드리고자 온 것입니다. 부인도 아시다시피 이곳은 황제 폐하 외에 어떤 남자도 거할 수 없는 곳입니다. 한

시가 급합니다. 부디 그 노예를 제게 보내주시기 바랍니다."

"나는 그대가 대체 무슨 말을 하고 있는지 모르겠다. 시종장이 부리는 노예를 왜 내게서 찾는 것인가."

부인은 시종장의 예상보다 완강했다. 하만은 마른침을 삼켰다. 와스디는 아무것도 모르고 있는 듯했다. 이렇게 된 이상 부인에게 사실을 고하는 편이 나을 것이라고 시종장은 생각했다. 하지만 그는 모든 것을 말하기보다는 부인에게 이해를 구할 만큼의 사실만을 말해야겠다고 마음을 정했다. 시종장은 짐짓 부인의 시선을 피하며 말했다.

"말씀드렸듯이 저는 모든 사실을 알고 있습니다. 그러나 부인께서 제게 노예를 보내주신다는 약속만 해주시다면, 이곳을 나가는 즉시 제가 보고 들은 것들을 머릿속에서 지워버릴 것입니다. 부인, 제가 부인을 도와드리겠습니다. 황제 폐하와 다른 부인들과 예상치 못한 적들로부터 든든한 바람막이가 되어드리겠습니다. 그리고 벨리사르 왕자님이 성년이 되셨을 때 황태자로 지명받으실 수 있도록 P와 함께 도와드릴 것입니다. 그러기 위해선 먼저 부인께서 저를 도와주셔야 합니다. 아끼시는 노예를 그만 제게 보내주십시오."

"그대는 참으로 이해하기 힘든 말들만 하고 있구나. 황제의 수족인 그대가 한낱 이민족 출신의 네번째 부인인 나를 도울 이유가 없지 않느냐? 그대가 내게 무엇을 얻을 수 있단 말인가?"

"제가 부인의 입장이라면, 비록 원수라 할지라도 기꺼이 손을 잡을 것입니다. 제게는 권력과 부를 약속해주신다면 그것으로 족합니다. 달리 제가 무엇을 더 바라겠습니까?"

"지금도 그대는 황제의 밑에서 충분한 권력과 부를 누리고 있지 않은가. 왜 굳이 우리 모자를 상대로 불확실한 도박을 하려는 건가?"

하만은 작게 웃었다.

"부인, 권력과 부에 충분이란 애초에 없는 것입니다. 저는 이미 살 만큼 살았습니다. 만약 일이 어긋나서 죽음을 당한다 한들 그리 아쉬울 것은 없습니다."

한동안 침묵에 잠겼던 와스디가 잠긴 목소리로 말했다.

"내게 생각할 시간을 달라."

"그러십시오, 와스디 부인. 하지만 시간이 없습니다. 오늘이 지나기 전에 노예를 제게 보내주신다면 우리 모두를 위해 가장 현명한 선택이 되실 것입니다."

절을 하고 물러나려는 시종장을 와스디가 불러세웠다.

"하만!"

부인은 시종장의 등을 향해 다급히 물었다.

"벨리사르는 어떻게 지내고 있느냐?"

시종장은 대답하지 않았다. 두건을 쓴 시종장은 황궁으로 바삐 걸음을 옮겼다. 그는 부인이 결국엔 젊은 남자 노예를 자신에게 보낼 것이라고 확신했다. 두번째 답은 제법 쓸 만한 방법이었다는 생각이 들자 시종장은 내심 기분이 나아졌다. 그 어린 노예가 마음에 좀 걸렸지만, 그는 굳이 걱정거리를 만들어서 스스로를 괴롭힐 필요는 없다고 애써 자신을 설득했다. 아마도 궁 안의 어딘가에서 아편에 취해 쓰러져 있을 것이었다. 오늘밤은 모처럼 깊은 잠을 이루리란 기대에 시종장의 발걸음은 한결 가벼워졌다.

별궁의 후원은 고요하고 음습했다. 빽빽하게 들어선 향나무와 감나무가 무성하게 우거진 숲이었다. 주변에 온통 산딸기나무가 자라고 있었다. 밤새 이끼로 만든 침상에 누워 잠을 청했던 그는 멍한 상태로 사방을 둘러보았다. 햇빛이 가려진 숲속은 시간을 짐작하기 어려워서 낮인지 밤인지 분간하기 어려웠다. 그는 몸을 일으키려다가 비로소 자신이 몹시 지쳐 있다는 것을 알았다. 잔뜩 물 먹인 해면처럼 온몸이 무거웠고 무엇보다 배가 몹시 고파서 이대로는 한 걸음도 걷지 못할 것 같았다. 잘 익은 싱싱한 산딸기의 향이 그의 머릿속을 마비시킬 것처럼 강하게 풍겨오고 있었다. 생각할 겨를도 없이 그는 산딸기를 두 손에 잡히는 대로 따서 허겁지겁 입안에 털어넣었다. 산딸기는 달고 신맛이 났고, 끝맛은 떫었다. 몇 번이나 볼이 터질 듯 산딸기를 먹어대자, 허기와 갈증은 면했다. 그래도 뭔가 허전해서 그는 톡톡, 발밑에서 터지고 뭉개지는 산딸기 열매의 감촉을 느끼며 청명한 물소리가 들리는 곳으로 이끌리듯 걸어갔다. 얼마 걷지 않아 덤불숲 새로 흐르는 시냇물을 발견한 그는 상체를 굽혀 그 차가운 물속에 입을 대었다. 기가 막히게 맛있는 물이었다. 마치 물이라는 것을 처음 마셔본 사람처럼 그는 감탄을 거듭하며 배가 불룩해지도록 물을 마시고, 또 마셨다. 그러자 돌연 정신이 또렷해지며 눈이 밝아지는 것 같았다. 그는 물가에 가로놓인 판판한 암석에 기대앉아 눈앞에 보이는 가늘고 질긴 풀들을 바라보았다. 풀들 사이로 피어 있는 새빨간 양귀비꽃과 반짝이는 눈처럼 하얀 날개로 이리저리 날아다니다가 저 멀리로 사라지는 나비를 보았다. 차츰 그는 스스로도 이상할 만큼 마음이 가라앉는 것을 느꼈다. 얼마 만이었던가. 실로 오랜만에 가져보는 자신만의 온전한 시간이 뿌듯했다. 이대로 아무것도 생각하지 않고 궁을 빠져나와 숲속의 걸인으로 살아가는 편이 나을지도 몰랐다. 그 어린 노예가 그에게 말했던 것처럼. 어린 노예는 적어도 한 가지 진실은 그에게 말해주었던 것이었다.

"이곳이 싫어! 난 이곳이 싫어! 나도 데려가줘!"

불과 어젯밤의 일이었다. 어린 노예는 한계에 다다라 있었다. 매일 매시간 피워대는 아편의 양은 갈수록 늘어가고 있었다. 이대로라면 어린 노예의 연약한 육체는 얼마 버티지 못해 끝장날 것이었다. 밤마다 잠을 이루지 못하는 어린 노예의 뒤척임에 그 역시 며칠째 뜬눈으로 밤을 새우던 중이었다. 그는 시종장이 자신을 감시하기 위해 어린 노예를 별궁에 함께 기거하게 했음을 알고 있었다. 어린 노예의 기척을 느낄 적마다 그는 시종장이 자신에게 무언의 경고를 보내고 있다는 것을 직감했다. 시종장의 의도는 적중해서 무의식중에도 자신을 지켜보는 시선에 반하지 않기 위해 매번 자신의 뜻과는 정반대되는 바보스럽고 비굴하기 짝이 없는 행동과 말을 반복해야 했다. 심지어는 어린 노예가 곁에 없을 때에도 그는 자신의 등뒤로 꽂히는 시종장의 시선을 느껴야 했다.

어젯밤도 사정은 다르지 않았다. 나흘째 영문을 알 수 없는 고열에 시달리던 어린 노예는 초저녁부터 부쩍 무언가에 쫓기는 이처럼 시종안절부절 어쩔 줄을 몰랐다. 온종일 어떤 음식도 입에 대지 않고 조갈이 드는 듯 그에게 물만을 연신 찾아대던 참이었다. 어느덧 별궁에서 그가 어린 노예와 함께 기거한 지도 석 달이 지났으나 두 사람은 서로에게 별반 호감이 없었다. 감시하고 감시당하는 서로의 역할을 잘 알고 있던 까닭도 있었지만, 그것에 대해 결코 언급하지 않는다는 암묵의 동의가 두 사람을 더욱 서먹하게 만들었던 것이었다. 탐탁지 않은 상대의 시중을 드는 일은 그를 배로 피로하게 만들었다. 어린 노예가 간신히 잠이 들 무렵, 그는 완전히 지쳐버려서 자신과 상관없는 병자 따위는 내버려두고 그저 이 답답한 방을 뛰쳐나가고 싶다는 욕구만이 들었을 뿐이었다. 막 방문을 나서려는 그에게 느닷없이 어린 노예의 목쉰 소리가 들려왔다.

"이곳이 싫어! 난 이곳이 싫어! 나도 데려가줘!"

잠시 온몸을 떨던 어린 노예는 곧 잠잠해졌다. 그는 알 수 없는 두려움에 떠밀리듯 별궁을 뛰쳐나와 한동안 근방을 서성였다. 그러다가 별수 없이 병자에게 되돌아갔고, 방에서 들리는 낯선 인기척에 놀라 열린 문 앞에서 발걸음을 멈췄다.

네 명의 무장한 군사들이 침대 위에 널브러져 있는 어린 노예를 둘러서서 내려다보고 있었다. 어린 노예는 군사들이 자신을 보고 있다는 것도 모르는 것 같았다. 군사들 중 한 명이 어린 노예의 두 뺨을 차례로 세게 후려쳤다. 그래도 의식을 차리지 못하자 군사들은 준비해 온 삼베자루에 어린 노예를 집어넣었다. 군사들은 서로 농을 건네며 말했다.

"다른 놈이 누웠던 자리도 아직 온기가 남아 있으니 멀리 가진 않았을 거야. 기다렸다가 되도록 조용히 잡아오라구."

두 명의 군사가 방 안을 가로질러 문가로 다가오는 소리가 가까워지자, 그때까지 멍하니 서 있던 그는 비로소 자신에게 위험이 다가왔다는 것을 깨닫고 무작정 후원의 숲속을 향해 도망쳤다. 한밤의 숲은

맹금과 야행성 동물들의 세상이었다. 부리부리한 두 눈을 번뜩이는 부엉이의 울음소리와 맹렬한 기세로 풀숲을 짓밟으며 돌진해가는 커다란 짐승의 발굽소리와 눈 깜짝할 새에 키 높은 나무와 나무 사이를 옮겨다니는 날다람쥐의 소리가 어둠을 가르며 허공으로 울려퍼졌다. 한 번도 온 적이 없는 한밤의 숲을 밤눈 밝은 여우처럼 전속력으로 달려가던 그는 어느 순간 광대뼈같이 불거진 딱딱한 나무뿌리에 발이 걸려 앞으로 고꾸라졌다. 다행히 부드러운 이끼 위라 아프지는 않았다. 가쁜 숨을 헐떡이던 그는 몸을 돌려 높다란 나뭇가지들의 틈새로 밤하늘을 보았다. 멀리 어슴푸레한 밤하늘에 셀 수 없이 많은 꽃 장식 같은 별들이 돋아나 있었다. 별들을 하나씩 헤아리던 그는 끌려간 어린 노예도, 시종장도, 별궁에서의 일도, 아주 머나먼 곳에서 일어난 일인 양 생각되었다. 부인과의 일도 생각나지 않았고, 이미 생각이라는 것조차 망각해버렸다. 그는 모든 것을 잊고 깊이 잠들었다. 잠이 깨면, 또 잠들었다.

그의 눈앞에는 평온한 삶이 펼쳐져 있었다. 다른 평범한 사내와 마찬가지로 그 역시 가족을 이루고픈 열망이 있었다. 어여쁜 아내의 체온으로 덥혀진 침대, 구르는 자갈들처럼 웃어대는 아이들, 깔끔하고 소박한 밥상, 추운 겨울날 식당에 모여 함께 불을 쬐고 있는, 그가 이룬 가족들…… 이대로 숲을 가로질러 궁을 빠져나갈 수만 있다면 자신의 목숨을 거는 것도 나쁘지 않을 것 같았다. 물론 운좋게 궁을 빠져나갈 수는 있어도, 성을 빠져나가는 것은 거의 불가능한 일이겠지만. 만약 탈출을 성공할 수만 있다면 그도 모든 것을 처음부터 다시 시작해볼 수도 있을 것이었다.

하지만 그는 생을 다시 시작할 목적지를 아직 정하지 않았다는 것이 퍼뜩 떠올랐다. 낭패가 아닐 수 없었다. 노예로 살아오는 동안 그토록 자유의 몸이 되었을 때를 열망하지 않았던가. 그런데 정작 다시 찾은 자유를 어느 곳에서 만끽할 것인지조차 생각해놓지 않았다니 스스로 어리석음에 실소가 나올 지경이었다. 그는 차근차근 따져보았다. 일단 고향에는 가지 않을 작정이었다. 아직 가문이 소유하고 있던 막대한 부의 흔적이 조금은 남아 있겠지만, 그는 전세대가 이룩한 영광을 뒤로한 채 다른 가문들의 비웃음과 경멸 속에 근근이 살아가고 싶은 마음은 추호도 없었다. 태어난 나라가 아니라면 사실 어디로 가든 크게 달라질 것도 없었다. 그러나 그는 자신이 아직 한 번도 발을 딛지 않은, 완벽한 신세계를 원하고 있었다. 그 새로운 땅에서 다시금 생을 시작하길 바랐다. 그는 노예가 되기 전 상단의 마지막 도착지였던 D를 떠올렸고, 그곳의 갖가지 음울한 소문들에도 불구하고 혐오의 감정을 품기는커녕 전혀 상관하지 않는 자신을 깨달았다. 오히려 무성한 소문들의 도시인 D에 대해 설명하기 힘든 강한 동질감이 드는 것이었다. 이 땅을 떠나겠다는 결심과 함께 목적지까지 정해지자, 그는 즐거워졌다. 콧노래를 부르며 춤이라도 추었으면 싶었다. 쏟아지는 졸음을 겨우 참으며 그런 유쾌한 생각들을 머릿속에 그리던 그는 선잠이 들었다.

전혀 들어보지 못한 짐승의 소리가 그를 잠에서 깨워주었다. 회색빛 어둠 아래 엷은 안개가 깔려 있었다. 엄습해오는 불길한 직감에 사로잡힌 그는 별안간 자신이 그동안 이룰 수 없는 헛된 환상 속에서 지내왔다는 것을 알았다. 아무것도 달라진 게 없었다. 그는 줄곧 궁 안의 숲속에서 온갖 생각과 바람을 가지고 노예의 삶을 며칠 더 연명했을 뿐이었다. 허탈해진 그는 귀를 날카롭게 세웠다. 오싹한 짐승의 소리가 간헐적으로 들려왔다. 여러 마리의 소리인 듯했다. 그는 두려워져서 소리를 무시하려 했다. 짐승의 소리는 되풀이되었고, 그 소름끼치는 소리 가운데 분명 사람의 신음이 들려왔다. 그는 가고 싶지 않았지만, 소리나는 쪽으로 가까이 갔다.

확실히 사람의 소리가 맞았다. 그는 여전히 내키지 않았으나 발걸음을 재촉했다. 대여섯 마리의 검은 짐승들이 흙바닥에 드러누운 사람을 물어뜯고 있었다. 인기척을 느낀 짐승 하나가 그가 숨어 있는 나무 쪽을 힐끔 쳐다보았다. 안광이 번뜩였다. 그러나 이내 검은 짐승은 먹잇감을 향해 몸을 돌렸다. 서로의 몸을 밀치며 경쟁하듯 살점을 뜯어내는 짐승들의 밑에 깔린 사람이 단음절의 신음을 내더니 곧 조용해졌다. 그는 온몸을 부들부들 떨며 짐승들의 만찬을 지켜보았다. 포식을 끝낸 짐승들이 숲 저편으로 사라지기까지 돌처럼 굳어 있던 그는 이윽고 용기를 내어 사람에게 다가갔다. 피로 흥건히 젖은 땅 위에 사지가 먹힌 처참한 시체가 놓여 있었다. 시체는 마르고 작은 체구의 사내였다. 짐승들이 먹다 남긴 내장이 함부로 살이 뜯긴 배 밖에 축 늘어져 그의 발끝에 밟혔다. 피투성이 얼굴이 식별하기 힘들 만큼 훼손되어 있었다. 나뭇가지를 손에 들고 이리저리 살펴보던 그는 저도 모르게 뒷걸음질을 쳤다. 시체는 그와 함께 별궁에서 지냈던 어린 노예였다. 그는 어린 노예의 짧고 허망한 생을 위해 눈물을 흘렸다. 그리고 나뭇가지와 작은 돌 들로 봉분을 쌓아 할 수 있는 한 정성껏 어린 노예의 시신을 수습해주었다.

그는 이제 자신에게도 어린 노예와 같은 죽음이 다가오리라는 것을 알았다. 단지 며칠간의 유예기간을 가졌을 뿐, 죽음은 지척에 다가와 있었다. 그러나 그는 어린 노예처럼 허망한 죽음을 맞이하지는 않을 것이었다. 죽음이 다가왔음을 깨닫자, 그는 비로소 잊고 있었던, 아니 잊으려 했던 부인을 떠올렸다. 부인에 대한 사랑과 맹세, 함께 나누었던 이야기들이 새록새록 떠올랐다. 당장 죽는다 해도 와스디와 함께라면 적어도 자신의 죽음이 허망하지는 않을 것이라는 생각이 들었다. 그것은 확신이었다. 부인에 대한 자신의 마음이 진실이라는 부정할 수 없는 증거였다.

부인이 거하는 별궁으로 돌아가야만 했다. 벌써 깜깜한 밤이 내린 숲속에서 길을 찾기는커녕 방향을 알아내는 것도 여의치 않을 듯싶었다. 하지만 그는 봉분이 있는 곳에서 머물고 싶지 않았다. 어린 노예의 죽음은 그의 마음속에 무겁게 도사리고 있었다. 어린 노예를 들짐승의 먹이가 되도록 방치한 이가 누구일지 그는 생각을 거듭해보았으나 역시 단정을 내리기는 어려웠다. 그 아이가 그를 감시하기 위해 별궁에 기거한다는 사실은 시종장 외엔 아는 이가 없었다. 시종장은 신중한 사람이었고, 만일 어린 노예를 죽이고자 했다면 일을 되도록 조용히 처리했을 것이었다. 그는 혹시 모를 짐승의 공격을 대비하고자 끝이 뾰족한 굵은 나뭇가지를 집어들고 그곳을 떠났다. 어둠 속에서 그의 두 눈은 별반 소용이 없었다. 시야가 미치지 않는 나무 위쪽이나 지천에 널려 있는 덤불숲속이나 키 높은 풀숲에서 느닷없이 푸른 눈을 빛내며 튀어나올지도 모르는 짐승들의 기척을 감지하고자 그는 최대한 귀를 세우고 조심스럽게 발걸음을 옮겨갔다.

그는 숲길을 지치도록 걸었다. 대기는 축축한 습기를 머금고 무겁게 내려앉아 있었다. 서늘한 바람이 그의 검은 고수머리를 스치며 지나갔고, 질척한 흙이 자꾸만 그의 가죽신에 엉겨붙었다. 그는 수많은 별들 중에서 북극성을 찾으려 했으나 모든 별들이 너무나도 가까이에서 쏟아져내릴 듯 밝게 빛나고 있어 특별하고 유일한 그 별을 찾기가 쉽지 않았다. 어느 때부터인가 흔한 날짐승들의 소리조차 들리지 않았다. 차츰 그는 한밤의 고독한 방랑을 기꺼이 받아들이며 정처 없이 숲속을 헤매었다. 계속해서 걷다보면 숲을 벗어날 수도 있을 테고, 부인에게도 갈 수 있으리란 낙관적인 기대만이 드는 밤이었다. 어디선지 희미한 불빛이 보였다. 그는 꿈을 꾸듯 그 불빛을 좇아 걸어갔다. 사람들의 소리가 들려왔다.

"저쪽으로 가봐! 우리는 반대쪽을 살필 테니까!"

횃불을 손에 든 십수 명의 군사들이 두 명씩 짝을 이뤄 덤불숲을 뒤지고 있었다. 환하게 밝혀진 숲의 저편에 눈부신 황궁의 거대한 위용이 드러났다. 그는 얼른 몸을 땅바닥에 바짝 대고는 무릎걸음으로 그들의 곁을 아슬아슬하게 지나갔다. 얼마 지나지 않아 군사들은 숲의 안쪽으로 들어갔다. 그는 횃불이 자신과 멀리 떨어진 숲속으로 들어간 것을 확인하자, 몸을 일으켜 황궁의 반대편을 향해 죽을힘을 다해 달렸다. 그는 줄곧 시종장의 작고 날카로운 눈매를 떠올리고 있었다. 어린 노예를 죽이고 자신까지 잡아들이라는 명을 내릴 이는 두 노예의 역할을 알고 있는 시종장일 수밖에 없다고 그는 생각했다. 그러나 왜 한낱 하찮은 노예 하나를 잡기 위해 이런 식의 소란을 피우는 것인지는 아무리 생각해도 알 수 없었다.

별궁은 어둠에 잠겨 있었으나 와스디가 거하는 방의 불빛은 아직 꺼지지 않고 있었다. 그는 터질 듯한 심장의 고통을 참으며 가만히 방문을 열었다. 놀랍게도 와스디는 이미 그를 바라보고 있었다. 그가 뭐라 말을 건네기도 전에 부인은 그의 품에 달려들었다. 부인의 아름다운 두 눈에서 쉼 없이 눈물이 흐르고 있었다. 눈물로 젖은 부인의 얼굴을 자신의 손으로 닦아주며 그는 벅찬 기쁨으로 아무 말도 할 수 없었다.

"아아, 테세우스! 나의 새! 네가 나를 두고 떠난 줄만 알았어."

부인은 목이 메인 듯 자꾸만 작고 하얀 손으로 가슴을 두드리며 울먹였다.

"나를 두고 가버린 줄 알았어."

"부인, 나의 사랑 와스디. 당신이 이곳에 있는데……" 그가 간신히 입을 열었다.

와스디가 그의 입술에 자신의 입술을 포갰다. 그들은 더이상 말을 잇지 못했다.

그녀가 얼마간 눈을 지그시 감고 옅은 신음소리를 내며 누워 있는 동안, 노예는 살짝 몸을 일으켜 창가로 다가갔다. 쾌락의 여운을 음미하며 입가에 미소를 띠우던 그녀는 두 팔을 펴서 기지개를 켜며 노예의 벗은 뒷모습에 대고 말했다.

"테세우스. 아직 날이 밝으려면 멀었어." 그녀는 잠긴 목소리로 말했다.

노예는 좀체 창가를 떠나지 않으며 자꾸만 밖을 살폈다. 그녀는 다시 한번 말했다.

"이 밤에 별궁을 찾을 사람은 아무도 없어. 걱정하지 말고 이제 그만 누워."

마지못해 노예는 그녀에게 몸을 돌리며 말했다.

"부인, 저는 아무래도 불안을 떨쳐버릴 수가 없습니다. 분명 뭔가 일이 잘못되어가고 있어요."

"테세우스!" 그녀가 목소리를 높였다.

"잘못되어가고 있는 일 따위는 없어! 실은 네가 오기 전에 시종장이 이곳에 왔었어. 하만은 이미 모든 것을 알고 있다며 너를 그만 자신에게 보내라고 말하더군."

"부인! 설마 저를 시종장에게 보내실 생각이신가요?" 노예가 다급히 물었다.

"나는 그저 생각해보겠다고만 말했어."

"아아!" 노예는 탄식했다.

"나의 와스디 부인께선 필경 저를 하만에게 보내시려는 것이군요! 이제 더이상 제가 필요하지 않으시군요. 그래서 이를 드러낸 맹수에게 저를 산 채로 던져버리시려는 거예요!"

"그렇지 않아, 테세우스! 나는 너를 절대 하만에게 보내지 않아. 시종장도 내 뜻이 그렇다고 하면 결국 어쩔 수 없을 거야. 그러니 불안해할 필요가 없어."

"하지만 사람의 마음이란 참으로 간사해서 언젠가는 변하기 마련이랍니다. 저에 대한 부인의 사랑이 변하시면……"

"테세우스! 테세우스!" 노예의 말을 자르며 그녀가 말했다.

"만약 내 마음을 믿지 못하겠다면 지금 네 손에 죽는다 해도 상관하지 않겠어. 너를 이해시킬 수만 있다면 나는 무엇이든지 할 수 있어. 그래도 내 사랑을 믿을 수 없겠니?"

노예는 대답하지 않았다. 또다시 창가로 돌아선 노예의 완강한 뒷모습을 응시하며 그녀는 안타까워졌다. 돌이켜보면 그녀는 자신의 어린 약혼자였던 테세우스가 죽었을 때부터 세상의 누구도 진심으로 믿을 수 없는 삶을 살아야 했다. 공주였으며 황제의 네번째 부인으로 지내왔던 그녀는 살아남기 위해 강해져야 했고, 강해질 수밖에 없었다. 어떤 대상을 믿는다는 것은 곧 자신에 대한 품위를 잃는 것이었으며, 나약하고 하찮은 존재로 전락하는 것을 뜻했다. 오랜 세월 동안 그녀는 고독을 결코 두려워하지 않았다. 고독은 이 땅에서 그녀가 품위를 잃지 않고 생존할 수 있는 최소한의 수단이었다.

그러나 그녀는 이 순간 자신의 전신을 빈틈없이 가렸던 고독이라는 갑옷을 노예의 앞에서 벗어던지기로 마음먹었다. 노예가 사라졌던 지난 이틀간 그녀는 더이상 홀로 살아갈 수 없다는 사실을 깨달았던 것이었다. 그녀는 다시는 혼자가 되고 싶지 않았다. 자신이 고독 속에 버림받을 것이라는 생각만으로도 그녀는 슬퍼졌다. 노예가 그녀를 향해 돌아섰다.

"부인." 노예는 조용히 말했다.

"부인의 말씀을 믿겠습니다. 불안해하지도 않겠습니다. 하지만 앞으로 부인께서는 자신의 뜻과는 다른 일들을 해야 되실지도 모릅니다. 그래도 저는 부인을 원망하지 않겠습니다."

그녀를 바라보는 노예의 눈 속에 잠시 슬픔이 서렸다가, 사라졌다.

그녀는 노예를 위로하고 싶었으나, 그러지 못했다. 그녀는 다만 그를 불렀다.

"이리 와, 내 사랑!"

노예는 그녀의 명을 따랐다. 한차례 지나갔던 열락의 밤이 다시금 서서히 고개를 들고 있었다. 그녀가 덮고 있던 담요를 젖히자, 노예는 그것을 집어 아예 침대 밑으로 떨어뜨려버렸다. 노예는 한동안 침대가에 서서 그녀의 벗은 몸을 홀린 듯이 바라보았다. 그녀는 노예의 시선이 자신의 나신을 구석구석 응시할 때마다 묘한 쾌감에 몸을 떨며 누워 있었다.

"나의 사슴! 나의 고양이!" 노예가 뜨거운 숨을 그녀의 귓가에 불어넣으며 속삭였다.

"아, 아름다운 당신을 뭐라고 불러야 좋을지!"

노예의 두 눈에 뜨거운 불길이 일렁이고 있었다. 노예를 바라보는 그녀의 눈에도 욕망의 불이 당겨졌다. 노예의 갈색 눈동자에 그녀의 열망하는 듯한 커다란 눈이 겹치며 잔물결처럼 흔들리고 있었다. 돌연 그녀는 자신의 얼굴에 노예의 얼굴을 끌어당겨 입술을 맞부딪쳤다. 서로의 입술을 탐색하던 두 사람은 이윽고 피에 굶주린 짐승처럼 수없이 입술을 부딪치고 빨아대며 비볐다. 그녀는 팔을 벌려 그를 받아들이며 말했다.

"밤은 아직 길어. 아아, 나의 마술사!"

노예가 그녀의 옆에 몸을 눕히자 그녀는 자신의 손바닥으로 그의 가슴을 쓰다듬었다. 노예도 그녀를 마주 보며 그녀의 젖가슴을 애무했다. 조그만 과실 같은 그녀의 젖가슴이 부풀어오르며 그의 손을 뿌듯하게 채웠다. 노예가 그 싱싱한 과실의 꼭지를 손가락으로 가볍게 비틀자, 그녀는 허리를 뒤틀며 짧은 신음을 내뱉었다. 그의 입술이 그녀의 젖가슴으로 내려왔다. 노예는 한 팔로 활처럼 휜 그녀의 가는 허리를 감고, 다른 한 손으로는 그녀의 엉덩이를 움켜쥐었다. 노예는 분홍빛으로 달아오른 그녀의 전신을 옮겨다니며 부드럽고 축축한 혀로 정성스럽게 핥았다. 붉게 물든 그녀의 온몸에 경련이 일었다. 그녀는 그에게 외쳤다.

"나의 노예! 차라리 나를 죽여줘! 비수로 나를 깊이 찔러줘! 아아, 너의 아이를 갖고 싶어! 제발 날 삼켜버려!"

그녀의 눈 속에 남아 있던 마지막 오만이 눈 녹듯 사라지는 모습을 보며 노예의 가슴은 사랑으로 충만하게 타올랐다. 오직 순전한 애욕만이, 그것을 채워주는 노예에 대한 미칠 듯한 갈망만이 그녀의 눈에 가득했다. 그녀는 이제 자신에게 주어질 쾌락을 기대하면서 깊은 곳으로부터 치밀어오르는 조바심을 이기지 못해 사시나무 떨듯 몸을 떨었다. 그러나 노예는 그녀의 갈망을 짐짓 무시했다. 머리를 꼿꼿이 치켜든 자신의 욕망을 배반하며 그는 그녀의 목덜미의 오목한 곳에 자신의 얼굴을 묻었다. 그녀는 몸 위로 겹쳐진 그의 무게에서 자신의 허벅지를 찌르는 그의 충만한 욕망을 느끼며 가쁜 숨을 몰아쉬었다. 그는 벌떡 일어서서 그녀의 벗은 몸을 들어올렸다. 놀란 그녀는 그의 품에서 버둥거리며 외마디소리를 질렀다. 하지만 그는 그녀를 놓아주지 않았다. 자신의 품에서 그녀의 몸을 돌린 다음 네 발 달린 짐승처럼 그녀의 벗은 엉덩이가 위를 향하도록 침대 위에 엎드리게 했다. 은밀한 부분을 노예에게 숨김없이 드러낸 그녀는 수치심과 부끄러움으로 얼굴을 두 손으로 가렸다. 그녀의 활짝 열린 여성이 물고기의 입처럼 빠금거리며 어두운 그곳을 응시하는 노예에게 무언의 말을 걸고 있었다. 노예는 말을 거는 물고기의 검은 입가에 자신의 입술을 갖다대었다. 그러자 그녀가 자신의 두 손바닥으로 침대를 마구 쳐대며 짐승의 소리를 내질렀다.

노예는 곧 숨이 끊어지려는 가련한 동물을 위무해주듯, 최대한 천천히 자신의 남성을 그녀의 여성에게 넣었다. 순간 그녀의 움직임과 소리가 멈췄다. 그녀는 기다리고 있었다. 노예는 그녀의 몸의 미세한 떨림을 통해 그것을 알았다. 기대했던 움직임이 없자, 그녀는 저도 모르게 엉덩이를 달싹였다. 그래도 노예는 움직이지 않았다. 짐승의 자세를 유지한 채 당혹감과 수치심이 엇갈린 눈으로 뒤를 돌아본 그녀는 노예의 자신만만한 얼굴과 마주쳤다. 마치 그녀의 생사여탈권이라도 쥐고 있는 듯 의기양양한 얼굴로 자신을 내려다보고 있는 노예의 모습에 그녀는 화가 치밀어올랐으나, 한편으로는 자신의 주인 행세를 하는 이 발칙한 노예의 발밑에 무릎을 꿇고 쾌락을 구걸하고 싶다는 이중적인 욕망으로 혼란스러워졌다. 노예에게 굴종하는 자신의 모습을 상상하는 것만으로도 그녀는 극도의 흥분을 느꼈다. 그러나 혼란의 시간은 그리 오래가지 않았다. 갑자기 뜨거운 덩어리가 그녀의 가슴 부위에서부터 사지를 향해 퍼져나가기 시작했던 것이었다. 전신을 장악하는 황홀감에 그녀의 두 눈은 초점을 잃었고 침대를 디뎠던 두 팔과 두 다리는 힘없이 허물어졌다. 밀물처럼 반복해서 밀려드는 황홀감이 엎드린 그녀의 몸을 마비시켰다. 마침내 정점에 다다랐을 때 그녀는 일그러진 얼굴로 이를 악문 채 신음을 발하고 있었다.

달이 뜨지 않는 밤이었다. 한 줄기 바람이 창가에서 새어들어와 침실을 밝힌 양초의 불빛을 흔들리게 했다. 일렁이는 황금빛 불이 검은 유령의 그림자처럼 벽면을 따라 이리저리 움직였다. 동공이 풀린 그녀의 눈 속에도 유령의 그림자가 맺혔다. 그녀와 노예는 영혼을 잃은 이들처럼 멍하니 허공을 응시하며 서로에게 몸을 겹친 자세로 누워 있었다. 기분 좋은 나른한 피로감에 젖은 그녀는 자신의 등과 엉덩이에 맞닿는 노예의 몸을 느끼지 못했다. 그녀에게 노예의 몸은 자신의 몸과 같아서, 그것을 자신이 느끼고 있다는 것조차 알지 못하고 있었다. 폭풍처럼 그녀의 몸 전체에 몰아쳤던 최후의 무지갯빛 찰나는 이미 깨끗이 사라졌고 이제는 완전히 과거의 순간이 되었다. 땀과 애액으로 축축해진 시트만이 두 사람의 정사를 증명하고 있을 뿐이었다.

귓가에서 들리는 노예의 규칙적인 숨소리에 그녀의 마음은 차분히 가라앉았다. 그녀는 누운 채로 몸을 돌려 노예의 잠든 얼굴을 바라보았다. 입가에 보일 듯 말 듯한 미소를 짓고 있는 노예의 얼굴은 천진난만한 소년의 그것이었다. 그녀의 입가에도 저절로 미소가 지어졌다. 좀더 가까이 노예의 얼굴을 보기 위해 그녀가 다가가려는데, 노예가 눈을 떴다. 노예는 그녀의 얼굴을 두 손으로 감싸며, 놀라움으로 크게 뜬 그녀의 두 눈 위에 가벼운 입맞춤을 했다. 그는 그녀의 귓불을 살짝 이로 물며 말을 꺼냈다.

"와스디, 나의 부인. 당신과 이렇게 매일 사랑을 나눌 수 있다면 얼마나 기쁠까요? 내 사랑, 대답해줘요."

"그렇게 할 수만 있다면 얼마나 좋을까." 그녀는 탄식했다.

"너와 같이 온 세상을 돌아다닌다면 얼마나 행복할까? 난 여기에 있는 것이 견딜 수 없이 싫어. 궁에 온 첫날부터 수십 년이 흐른 지금까지 줄곧 난 이곳이 싫었어."

"이대로 저와 같이 이 궁을 떠나시면 다시는 싫은 곳에 머물 필요가 없을 거예요. 그렇지 않나요, 부인?"

"그럴 순 없어, 테세우스. 나의 아름다운 노예."

노예는 살며시 그녀의 무릎과 날씬한 다리를 어루만졌다. 그리고 그녀의 은밀한 풀숲을 손바닥으로 감싸면서 말했다.

"내 사랑, 생각해봐요. 우리는 정말 행복해질 수 있어요."

그녀는 깊은 한숨을 내쉬며 음부에 얹혀진 노예의 손 위에 자신의 손을 올려놓았다.

"안 돼, 그럴 순 없어." 그녀는 이어 말했다.

"나는 공주로 태어났고, 이 땅에서는 유일한 왕자를 낳은 황제의 네번째 부인이야. 그래, 난 고귀한 신분으로서 해서는 안 될 부끄러운 짓을 행했어. 난 품행이 나쁜 여자야. 하지만 이런 내게도 일말의 명예심은 있어. 바로 아들에 대한 어머니로서의 의무를 지키는 거야. 내 아들의 빛나는 장래를 망치는 나쁜 어머니가 되어서는 안 돼."

"저는 부인의 말뜻을 잘 모르겠습니다." 노예가 말했다.

"벨리사르 왕자님이 황실의 적통이 아니라는 사실은 부인께서도 잘 아시지 않습니까? 이 나라에서는 오직 적통의 왕자만이 황태자가 될 수 있지요. 그런데 어떻게 벨리사르 왕자님께 빛나는 장래가 있다고 믿으시나요? 저는 아무래도 모르겠습니다."

"테세우스!" 그녀는 분격한 어조로 소리쳤다.

"이민족의 어머니를 둔 벨리사르가 적통이 아니라는 것쯤은 나도 알고 있다. 하지만 황제에게는 오직 벨리사르만이 유일한 왕자이고, 앞으로도 그 사실은 변하지 않을 것이야."

"부인, 언제라도 황제는 이 나라 모든 귀족들의 딸들을 취할 수 있어요. 만약 그중에서 단 한 명의 왕자라도 얻는다면 벨리사르 왕자님은……"

"너는 참으로 잔인하구나." 그녀의 목소리가 떨렸다.

"내 아들의 슬픈 운명은 나도 알고 있다. 벨리사르도 언젠가는 어머니인 나를 원망하겠지. 내게서 태어난 것을 치욕으로 여기며 자신의 태생을 부정하려 들지도 모르지. 설혹 그렇다고 해도 나는 그애의 어머니야. 내 아들에게 불명예스러운 어머니가 될 순 없어."

"아아, 내 사랑, 당신을 슬프게 할 마음은 조금도 없었어요. 저를 용서해주세요. 그러나 이 말만은 꼭 들어보세요. 부인의 말씀대로 벨리사르 왕자님께서 이후에도 황제의 유일한 왕자로 남으신다면, 분명 후계자로 지목될 가능성이 없는 것은 아니에요. 하지만 이 땅의 황족들이 그것을 과연 용납할 수 있을까요? 벨리사르 왕자님은 아무런 지지기반이 없는데 반대세력들을 무슨 힘으로 막아낼 수 있을까요? 부인, 저는 훗날 당신의 아름다운 두 눈에서 회한의 쓰디쓴 눈물이 흐르는 것을 원치 않아요. 제발 현실을 직시하셔야 해요"

그녀는 노예의 생각의 깊이에 놀랐다. 비로소 그녀는 자신이 노예의 본질에 대해 실은 아는 바가 많지 않다는 것을 깨달았다. 노예는 진심으로 그녀를 걱정하고 있었고, 그 마음의 밑바닥에는 그녀에 대한 따뜻한 애정이 자리잡고 있다는 것을 그녀는 알 수 있었다. 그녀는 잠시 망설였다. 시종장의 제안을 노예에게 말하고 싶은 욕구와 그것을 저지하는 두 가지 마음이 그녀의 내부에서 격하게 대립했다. 그러나 결국 그녀는 아무 말도 노예에게 하지 않았다. 그녀가 생각에 잠겨 있는 중에도 끊임없이 노예는 그녀의 귓가에 사랑의 속삭임을 들려주었다. 노예의 달콤한 입맞춤이 그녀의 입술에서 흘러나오는 한숨을 막아주었고, 애정이 담뿍 어린 손길이 그녀의 온몸의 굴곡을 더듬었다. 그녀의 혼란스럽던 마음이 서서히 가라앉았다. 그녀는 감사의 마음으로 말했다.

"너는 정말이지 친절하구나."

노예는 즉시 답했다.

"와스디 부인, 이 정도의 친절은 제가 앞으로 부인께 드릴 애정에 비하면 아무것도 아닐 거예요. 저와 같이 궁을 떠나요. 우리의 목적지도 정해두었어요. D는 어떨까요? 부인께서는 D를 알고 계시나요? 노예가 되기 전에 이래 봬도 저는 꽤나 유명한 부상의 아들이었답니다. 그 덕분에 세상의 곳곳을 돌아다닐 수 있었지요. D라면 황제도 우리의 뒤를 쫓지는 못할 거예요. 그곳은……"

"오랜 기근과 역병으로 이미 불모의 땅이 된 곳이지." 부인이 그의 말을 가로막았다.

"그 소문은 확인된 것이 아니라고 저희 아버지는 말씀하셨어요. 누구도 D의 확실한 실상은 보지 못했다고 하셨는걸요. D라면 부인과 제가 모든 것을 잊고 새로 시작할 수 있을 거예요. 그렇지만 부인께서 그곳이 마음에 들지 않으신다면, 하는 수 없지요."

"D가 꼭 싫다는 뜻은 아니었어. 하지만 말했듯이 난 이 궁을 떠날 수는 없어. 어쨌든 이 문제는 좀더 시간을 두고 천천히 생각해도 늦지 않아." 그녀는 노예를 달랬다.

"부인, 당신은 분명 이곳이 견딜 수 없이 싫다고 말씀하시지 않았나요? 저는 부인과 함께라면 어디든지 갈 수 있어요. 다음 순간 죽는다 해도 부인의 곁에서라면 기꺼이 죽을 겁니다. 당신을 결심하지 못하게 하는 이유가 어디 있나요? 내 사랑, 저는 아무래도 불안을 떨쳐버릴 수가 없어요. 불안이 제 온몸을 옥죄는 것만 같아요."

그녀는 대답하지 않았다. 노예의 말대로 언젠가는 이 궁을 반드시 떠나야만 할 때가 올지도 몰랐다. 하지만 적어도 지금 그녀는 자신이 고대해 마지않았던 모든 기대를 저버리고 이 궁을 떠날 수는 없었다. 아들 벨리사르에 관한 시종장의 제안을 사실 반신반의했으나 아주 믿지 못할 이유도 없다는 것이 그녀의 생각이었다. 더불어 자신의 아버지가 실각한 P의 도움도 벨리사르가 권좌에 오르기 위해서라면, 비록 내키지는 않지만 이 땅에서 권력기반이 없는 그들 모자가 굳이 마다할 이유 또한 없었다. 언젠가 그녀는 사랑하는 노예에게 이같은 얘기들을 해줄 수도 있겠지만, 지금은 때가 아니라고 판단했다.

"불안해할 필요 없어." 그녀가 노예의 손을 잡으며 그의 양쪽 눈썹에다 입맞춤을 해주었다. 노예는 아이처럼 그녀의 품속에 안겨 가만히 귀를 기울이고 있었다.

갑자기 복도 쪽에서 사람들이 뛰어오는 소리가 들렸다. 대리석 바닥을 울리는 급한 발걸음 소리가 그녀의 침실로 가까워졌다. 엄습하는 두려움에 사로잡힌 그녀와 노예는 감히 몸을 움직일 엄두조차 내지 못했다. 다만 서로를 껴안은 두 팔에 더욱 힘을 주며, 격심하게 온몸을 떨어댈 따름이었다.

"아, 테세우스!" 그녀는 절망적으로 소리쳤다.

"어떻게든, 빨리 어떻게든 해야 하는데! 제발!"

마침내 문이 열렸다. 앞선 황제의 뒤로 군사들이 순식간에 방 안을 메웠다. 황제가 고성을 지르자, 횃불을 손에 쥔 군사 하나가 손에 들고 있던 무언가를 침대 위로 내던졌다. 시종장 하만의 잘린 머리였다.

*

검은 골짜기 아래로 기병들은 두 개의 삼베자루를 던졌다. 두 개의 삼베자루는 골짜기의 깊은 심연으로 빨려들 듯 낙하했다. 거의 동시에 수십 마리의 독수리떼 또한 모처럼의 먹잇감을 향해 날아들었다. 온통 검붉게 물든 삼베자루에서 피어오르는 비릿한 피냄새를 좇아 한껏 신경이 곤두선 독수리떼는 서로의 날개가 맞부딪치는 것도 아랑곳하지 않았다. 오직 특유의 본능을 따라 커다란 날개를 퍼덕거리며 농밀한 어둠의 정적을 흩뜨려놓았다. 하늘을 뒤덮은 죽음의 포식자들에게 호위를 받으며 곧장 판판한 잿빛 암석에 쌓인 뼈의 더미 위로 떨어진 두 개의 삼베자루는 그런대로 운이 좋은 편이었다. 두세 발자국만 왼편으로 치우쳐 떨어졌더라면 바위 틈에서 흘러나오는 지하수로 만들어진 제법 큰 웅덩이에 처박혔을 것이었다. 어둠과 같은 빛깔의 웅덩이 속에는 죽은 지 얼마 안 되는 독수리 새끼와 말라빠진 들쥐, 이름을 알 수 없는 크고 작은 벌레 들의 사체가 둥둥 떠 있었고, 그 밑바닥에는 인간과 동물의 뼈가 뒤섞여 가라앉아 있었다. 그리고 웅덩이 주변을 뒤덮고, 각각의 사체들마다 떼지어 앉아 있는 파리떼는 마치 움직이는 작고 검은 공 같았다. 날개와 더듬이를 가진 검은 공들이 움직일 때마다 사체들은 기묘한 활기를 띠었다.

두 개의 삼베자루가 있는 판판한 잿빛 암석 위도 웅덩이 밑바닥과 사정은 다르지 않았다. 하지만 다른 동물과 벌레의 사체보다는 인간의 뼈가 주종을 이루고 있다는 점에서 이 땅에 거하는 이들이 왜 이곳을 '처형의 골짜기'로 부르는지 극명하게 알 수 있었다. 어림으로 세어보아도 수백 구는 될 듯한 인간의 두개골들이 자신의 몸을 이루었던 다른 뼈들과 함께 잿빛 암석 위에 가장 많이 놓여 있었는데, 좁은 골짜기의 여기저기에도 인간의 뼈들이 보였다. 인간과 동물의 뼈를 구분짓는 것은 비단 두개골의 모양만이 아니었다. 동물의 뼈들은 대부분 죽을 당시의 모양을 유지하고 있던 반면, 인간의 뼈들은 자신들의 가혹했던 죽음의 시간을 증명하듯 모든 몸의 뼈들이 제멋대로 본체에서 이탈되거나 부러져 있었던 것이었다.

골짜기에 찾아든 간만의 성찬을 맨 먼저 발견한 것은 수시렁이였다. 아이의 새끼손가락 마디만한 크기의 이 흑색의 곤충은 뼈들의 더미 속에서 웅덩이 쪽으로 가기 위해 필사적으로 기어가고 있었다. 그런데 느닷없이 자신이 숨어든 뼈들 위로 삼베자루가 떨어지자, 목적지를 바꿔 가장 가까운 먹잇감을 찾아서 얼른 찢어진 삼베자루의 틈새로 기어들어갔다. 간발의 차이로 수시렁이에게 선수를 빼앗긴 독수리떼는 일단 두 개의 삼베자루의 주위에 못생긴 원을 그리며 포진했다. 몇몇 과감한 독수리가 삼베자루 주위를 맴돌며 살펴보다가 일단 군데군데 찢어진 곳에 슬쩍 부리를 들이밀어 쪼아보았다. 반응이 없자 좀더 대담해져서 이번에는 삼베자루 위로 올라 날카로운 발톱으로 꾹꾹 누르듯이 걸음을 옮겨보더니, 이윽고 날개까지 퍼덕이며 먹잇감을 둘러싼 삼베자루를 부리로 사정없이 물어뜯기 시작했다. 선발대의 활약으로 먹잇감의 완전한 죽음을 확인한 독수리떼는 이제 거리낌없이 두 개의 삼베자루에 달려들었다.

우글거리며 모여든 독수리떼의 검은 날개 아래에서 두 개의 삼베자루는 아예 보이지 않았다. 두 사람의 사체를 담았던 삼베자루는 독수리떼의 총공격에 일찌감치 갈가리 찢겨졌고 뒤이어 있을 다른 포식자들의 먹이가 될 것이었다. 검붉은 피로 물든 사체는 이미 형체를 알아볼 수 없을 만큼 훼손되어 있었다. 이목구비라는 것이 아예 없어진 얼굴은 독수리들에게 양쪽 눈알이 먹혔고, 안면의 살들이 모조리 없어졌다. 허옇게 드러난 두개골의 이마 위로 피딱지가 엉겨붙은 머리털이 얹힌 모습은 몹시 끔찍했다. 부러진 목은 독수리들이 쪼는 방향에 따라 이리저리 함부로 끌렸다. 두 사람의 사체 모두 조각난 척추 아래로 하체가 뒤틀려 있어 국부는 얼마간 독수리떼의 공격을 받지 않았다. 팔다리가 부러져 뾰족한 정 같은 허연 뼛조각이 군데군데 튀어나와 있는 너덜너덜한 살과 근육은 독수리들의 집중적인 포식으로 곧 앙상한 뼈밖에 남지 않았다. 살이 오른 엉덩이와 허벅지를 모조리 쪼아먹자, 독수리떼에게는 마지막 성찬이 기다리고 있었다. 서너 마리의 독수리들이 날 선 발톱으로 사체들의 척추에서 분리된 뒤틀린 엉덩뼈를 집어들자, 그때까지 뼈들의 더미 속에 얼굴을 묻고 있던 국부의 부드럽고 축축한 살들이 대식가들을 향해 숨김없이 드러났다. 사체 중 하나는 여자였고, 다른 하나는 남자였다. 고환이 제거되어 있는 남자의 사체는 쭈글쭈글하게 말라붙은 작은 성기로 간신히 성별을 알 수 있었다. 그러나 독수리떼의 걸신들린 공격에 사체들의 국부는 순식간에 사라졌고, 여자의 서늘한 음부 속에 파고들어 한낮의 휴식을 취하고 있었던 노래기마저 대음순의 살점과 함께 한 독수리의 부리 속으로 들어갔다.

독수리들의 식사는 사위가 어둑어둑해지도록 계속되었다. 골짜기를 낙하하는 사체들을 발견했던 첫 독수리떼의 성찬은 한 시간이 채 걸리지 않았으나, 이어서 무리에서 제외된 십수 마리의 독수리들이 띄엄띄엄 골짜기로 조심스럽게 날아왔던 것이었다. 비록 남아 있는 먹잇감은 얼마 되지 않았지만, 그렇기 때문에 더욱 한 치의 낭비도 허용되지 않았다. 십수 마리의 독수리들은 한두 마리씩 날아와서 형편없이 헤진 사체의 드문드문 남아 있는 질긴 피부와 맛없는 내장의 일부를 알뜰하게 발라먹었다. 첫 독수리떼와는 달리 개별적으로 활동하는 독수리들에게는 파리떼라는 그리 달갑지 않은 조그만 포식자가 식사의 짝으로 배정되었다. 파리떼는 독수리에게 매우 성가신 존재였다. 아무리 날갯짓을 하고 부리질을 해도 파리떼는 잠깐 그곳을 떠나는 시늉만을 했을 뿐, 이내 같은 자리에 날아와서 당당히 사체 위에 줄지어 앉았다. 하지만 독수리와 파리가 노리는 먹잇감의 부위는 달랐다. 파리들이 원하는 것은 사체들의 피였다. 시간이 지나 끈적이는 콜타르처럼 점성이 생긴 피는 검게 변색되어 있었다. 파리떼는 수없이 왔다갔다 달라붙으면서 전신에 엉겨붙은 피를 배부르게 먹었다. 머리카락과 터럭과 잔털에 엉긴 피와 피부와 내장, 심지어는 삼베자루를 물들였던 마른 피와 뼈들의 더미 위에 튀거나 흐른 핏물까지도 파리떼는 지나치지 않았다.

그다음은 들쥐떼의 차례였다. 벌써 첫 독수리떼가 출현할 때부터 골짜기 곳곳의 음습한 곳에 숨어 자신의 차례만을 고대하고 있던 들쥐떼는 날이 완전히 저물어 밤이 내리고 독수리가 더이상 보이지 않자, 슬금슬금 자신들의 은신처에서 기어나와 사체들을 향해 몰려들었다. 하지만 이미 독수리들의 거듭된 포식으로 들쥐떼의 먹이가 될 만한 부위는 거의 남아 있지 않았다. 여러 번 속이 텅 빈 골조 같은 사체들의 틈새를 휘젓고 다니던 들쥐떼는 먹을 것이 없다는 것을 확인한 후에도 진수성찬에 대한 헛된 기대를 버리지 못하고, 한동안 사체 주변을 맴돌았다.

싸늘한 밤이 지나고 새벽이 올 무렵, 사체들에게는 머리카락과 이를 감싼 소량의 잇몸과 갈비뼈로 둘러싸인 약간의 내장과 터럭만이 남아 있었다. 하지만 아직도 포식자들의 공격은 끝나지 않았다. 이제부터 첫번째로 그들을 발견했던 수시렁이를 비롯한 이름 모를 땅벌레들이 사체들을 마음껏 유린할 것이고, 파리떼가 그들의 내장 속에 까놓은 작은 쌀알 모양의 알들이 이틀 후면 살이 통통하게 오른 무수한 구더기들로 부화할 것이었다. 그리고 골짜기의 다른 수백 구의 뼈들이 그들의 완전한 죽음을 침묵으로 목도하는 증인이 될 것이며, 그들 역시 계속되는 또다른 새로운 죽음을 맞이하는 '처형의 골짜기'의 일원이 되어갈 것이었다.

해설

신성이 사라진 세계의 음화 · 이소연(문학평론가)

고운 건 더럽고, 더러운 건 고웁다.
날아가자, 안개와 탁한 대기 속으로.
—셰익스피어, 『맥베스』(1. 1. 11)

0. '거울아, 이제 비추렴. 네가 보는 것을.'

여간한 장면에서는 눈을 감지 않는 사람들도 외면하고 싶게 만드는 책이 있다. 이러한 책들은 싸늘한 밤에도 혼자서 타오르며 아무도 찾지 않는 새벽에도 끝까지 남아 외롭게 신음한다. 이들이 담고 있는 지식을 두고 어떤 이들은 불편해하고, 더 많은 이들은 의심하며, 혹자는 멸시한다. 이러한 비밀스런 앎에 가해지는 곤혹스러운 시선은, 오랜 옛날부터 금지된 지식을 둘러싸고 벌어져온 경멸과 공포, 매혹과 질시의 드라마를 연상케 한다. 그러나 금기는 또한 이를 뛰어넘는 욕망을 불러일으키는 법, 불태워질 운명을 타고난 소설은 독서의 시련을 기꺼이 수락하는 사람들을 항상 주변에 불러모으곤 했다. 전혜정의 소설은, 아무래도 그런 위험한 책들의 기운을 타고난 듯하다. 이러한 소설은 위반의 운명을 타고난 책들에 부여된 '센' 팔자를 독자와 함께 나눠 갖곤 했다.

전혜정의 소설은 일부 예외적인 경우를 제외하고는, 정확한 시대와 위치를 알 수 없는, 초시대적인 가능세계를 배경으로 하고 있다. 이를 통해 그의 소설은 특정한 집단이나 개별적인 인간의 범위에 국한되지 않고, 인류 공동체의 보편적 운명에 관련된 진실을 보여주려 하는 것 같다. 그런 면에서 그의 소설을 인간 문명에 대한 인류학적 보고서로 읽어도 좋을 것이다. 기실 그의 소설에 내장되어 있는 금지된 지식은 그렇게 거창한 것도, 희귀한 것도 아니다. 단지 우리 자신의 맨얼굴, 기만 섞인 진상을 가감 없이 그대로 보여주는 것만으로 읽는 이들에게 충격을 던져준다. 그것은 세상을 향해 선과 악, 신화와 거짓, 인간과 비인간의 경계를 허물어버리도록 충동질하며 승인된 의식의 영역 저편에서 평온한 일상이라는 허상을 일거에 위험에 빠뜨리려고 한다.

스탕달은 『적과 흑』에서 소설은 '큰길을 어슬렁거리는 거울'과 같다는 유명한 말을 남겼다. 이러한 비유를 전혜정의 소설에 가져와서 사용한다면, 다음과 같이 표현할 수 있지 않을까. 그의 거울에 비친 우리 문명의 맨얼굴은 흉하기 그지없으며, 그 속에서 살아가는 우리의 모습은 떼지어 몰려다니며 피칠갑을 하고 이웃을 살상하며 거주지를 황폐하게 하는 괴물의 형상이나 진배없고. 소설이 하는 가장 큰 역할이 세상의 진상을 보고 재현하는 것일진대, 그가 처한 최악의 곤경은 인류가 저질러온 못 볼꼴을 앞으로도 계속 보아야 한다는 것일지 모른다. 첫번째 소설집을 통해 전혜정은 우리의 문명에서 '신성함'을 걷어내고 남은 것의 진상을 냉정하게 폭로하고 있다. 얻어입은 옷 같은 얄팍한 문화를 한 꺼풀만 벗겨도, 그 아래에는 상처로 인해 짓무르고 일그러져 있으며, 분노에 차서 이웃을 공격하는 저 사악하고 추한 모습밖에 남아 있는 것이 없음을. 그런데 우리는 어떻게 자신이 그토록 처참한 몰골을 하고 있다는 사실을 깨닫지 못하는 것일까? 스스로의 주인인 줄 알았던 인간은, 기실 살아남아야 한다는 숙명, 즉 '아난케(Ananke)'의 명령에 복종해온 사악한 노예였던 것이 아닌가.

이렇게 그의 책은 피와 죄, 그리고 야수성으로 얼룩진 인류와 문명의 모습을 적나라하게 폭로하고, 우리 자신이 만들어온 휴머니즘의 재판정에 스스로를 기소하게끔 한다. 겉으로는 멸시로 가장한 채, 위험한 책들을 불태워온 이들은 누구보다도 그 두려운 시선을 의식해온 사람들일지 모른다. 거울-소설은 항상 그 자리에서 그렇게 얼음같이 차가운 눈을 하고 우리를 지켜보고 있었던 것일까, 책은 이에 대답한다.[1)]

1. 삶, 에로스와 아난케 사이에서

프로이트는 『문명 속의 불만』에서 인간이 지닌 가장 중요한 본능에 두 그리스 신들의 이름을 부여했다. '에로스(Eros)'는 리비도를 통해 생물 개체를 보존하고 이들을 큰 단위의 공동체로 한데 묶는 본능을 가리킨다. 또한 '아난케'는 필요성을 구실로 현실원칙을 따르도록

---

1) 졸라는 일찍이 거울의 이미지를 눈의 이미지와 결부시킨 바 있다. 임철규는 "'거울'에 재현된 '현실'이란 곧 이를 분석적으로 관찰한 눈의 반영물이다. 리얼리즘 작가가 관찰하는 눈은 객관적인 역사가의 눈과 닮았다"고 하였다.(『눈의 역사 눈의 미학』, 한길사, 2004, 162쪽)

강제하는 힘, 즉 숙명을 뜻한다.[2] 이런 본능들은 인류 문명을 추동하고 유지하는 과정에서 일종의 문명적 초자아와 같은 역할을 한다. 그러나 이들에게서 회칠한 신들의 가면을 벗겨낸다면? 사실 이들은 신의 이름으로 신격화되기 이전에는 잔혹한 가해자, 폭력의 집행자 들이 아니었을까?

그의 소설에는 어김없이 작중인물들과 독자를 압도하는 폭력과 재앙이 등장한다. 그리고 이러한 불가항력적인 힘의 배후에 국가, 종교와 같은 억압적인 권력기관이 있다. 군대의 행렬, 명령, 집행, 지배와 복종의 모티프는 전혜정의 소설 곳곳에서 흉물스럽게 반복된다. 권력을 등에 업은 힘센 이들이 폭력을 거침없이 행사하는 이유, 그리고 나약한 우민들이 희생양의 운명을 손쉽게 받아들여 이에 동조하는 이유는 가족과 공동체의 안녕을 위해서라는 막연한 믿음 때문이다. 눈앞에서 저질러지는 폭력에 대한 공포에 압도되지 않는 사람은 없다. 그러나 영원히 풀 수 없는 미스터리는 인간이 군집을 이루어 몰려 있을 때, 이들은 단순한 공포를 초과하여, 이교도적인 신념에 너무도 쉽게 전염된다는 사실이다.

「침묵」은 군중을 지배하는 알 수 없는 광기와 어이없을 정도로 쉽게 작동하는 합의의 메커니즘을 집요하게 보여주고 있다. 결국은 자신들마저 죽음으로 몰아넣을 것이 자명한 폭력 앞에서 침묵하고 안도

---

2) 프로이트는 에로스와 아난케, 이 두 힘이 인류 문명을 낳고 기르는 과정에서 마치 부모와 같은 역할을 한다고 주장한다. "생명과정은 에로스가 할당하고 아난케—현실의 필요성—가 부추기는 과업의 영향 밑에서 생명과정이 경험하는 변화이다. 그 과업이란 개개의 인간을 리비도적 유대로 묶인 공동체로 통합하는 것이다."(『문명 속의 불만』, 열린책들, 1998, 334쪽)

하는 인간들의 모습은 "양의 가죽을 입은" 그로테스크한 반인반수의 모습으로 묘사된다.

> 방목, 자유롭게 놓아둔 가축의 무리. 그렇다. 그들은 우리를 양떼의 일부로 놓아두었다. 우리는 경계가 없는 이 고원에서 양으로서 자유로웠으며, 또 양으로서 양치기의 감시에서 벗어날 수 없었다.
>
> 자애로운 신에게 감사하라. 너희들은 이제 진정한 신의 양으로 거듭나기 위해 가축인 양들의 틈에서 남은 생을 살아가야 할 것이다…… 극심한 고통으로 가물거리는 기억 속에서 재판관은 우리에게 말했었다. 정말이지 그들은 놀라운 자들이었다. 어떻게 하면 말하지 않는 이의 굳게 닫힌 입을 열게 할 수 있는지, 자신의 육체와 영혼을 송두리째 그들의 면전에 까발리게 할 수 있는지 소위 방법과 기술을 아는 자들이었다.(143쪽)

> 살아남기 위한, 오직 살고 싶은 욕망을 위한 습관은 양들인 우리의 삶에 유일한 버팀목이 되어갔다. 그들이 원하는 것이 굴종이든 굴욕이든 우리가 무슨 상관이란 말인가.(157쪽)

「침묵」에서 우리를 압도하는 장면은 권력자들의 노리갯감이었던 한 소녀를 마녀로 지목해 불에 태워 죽이는 대목이다. 양떼의 일원처럼 소리없이 지배자들의 명령에 복종하던 사람들은 저항할 수 없는 약자를 고문하고 살해하는 모습 앞에서 거의 집단적인 광기에 휩싸여 희생을 받아들인다. 일방적으로 집행되는 폭력에 굴종하는 것도, 잔인한 공개처형에 가담하는 일도 모두 '집단을 위해서'라는 명목 아래 일어날 수 있는 기이한 현상들이다. 그리고 이러한 만장일치적 집단 폭력은 점차 제의적 성격을 띠면서 자연스럽게 희생양을 요청하는 관습으로 굳어지게 된다. 신화와 그 신성함의 아우라 뒤에, 야만적이고 즉흥적인 '실제' 폭력이 있었다는 가장 단순하면서 자명한 사실은 왜 자주 외면되는 것일까? 르네 지라르와 자크 데리다가 인류 문화의 근저에서 '폭력'과 '성스러움', 그리고 '희생양'과 '독(pharmakos)'과 같은 상반된 대상들의 대리보충적 관계를 발견한 것도 바로 이러한 질문이 끊임없이 이들을 괴롭혀왔기 때문일 것이다.

인간이 서로에게 가해온 폭력과 참상을 있는 그대로 재현하려는 노력은 신화를 벌거벗기고 신화가 폭력에 부여한 긍정적인 의미를 거부하는 일이다. 전혜정의 소설은 문명의 이름으로 가해진 폭력을 순전히 인간적인 두려움을 갖고 바라보게 만든다. 그리고 신화화 과정을 겪기 이전의 원사건들, 우리 문화를 포함한 어느 공동체에서나 지금도 여전히 벌어지고 있는 사건들의 원화를 보여준다. 어린 소녀를 강간하고 폭행한 자(들), 국가의 이름으로 무고한 사람의 사지를 찢어 죽인 자(들), 군중의 열광 뒤에 숨어 아이를 도륙한 범죄자(들), 그리고 타인의 고통 앞에서 침묵하고 암묵적으로 동조한 대부분의 사람들. 우리는 소설을 읽으면서 '나 자신과 공동체의 지속을 위해, 어쩔 수 없었다'고 말하는 '그놈(들)'의 얼굴을 숱하게 참아야만 한다.

그리하여 우리는 문명의 원동력인 에로스에 타나토스의 그림자가 짙게 드리워져 있음을 역설적으로 예감하게 된다. 물론 그 둘은 대립되는 힘이다. 양화와 음화의 관계처럼 한쪽의 에로스의 추구는 상대편을 향한 폭력과 상해를 필연적으로 동반하는 것임을, 역사는 숱하게 증명해왔다. 하지만 결국 공동체를 죽음에 이르게 하는 무차별적 폭력은 문명의 결합을 해치는 요소이기에, 이는 반드시 가려져야 하고 미화되어야 한다. 이에 따라 종교를 비롯한 문명의 초자아는 폭력을 감추기 위해 숱한 승화의 기제들을 발명해왔다. 지라르는 대표적인 것 가운데 하나로서, 한 사람의 희생으로 만인의 안녕을 도모하는 관습, 즉 희생양 메커니즘을 들고 있다. 그리고 이러한 야만은 「봉인된 시간」에서, 마을의 생존을 위해 피어보지도 못한 어린 소녀를 점령군에게 먹잇감처럼 던져주는 어른들의 악행이 증언한다.

2. 죽음, 평화로운 무차별성

어떤 신도 인간에게 죽음을 피해갈 수 있는 방책을 알려주진 못한다. 인류의 무대 위에서 파괴의 본능은 삶의 본능과 끊임없이 대립한다. 서로가 서로를 무화시킴으로써만 존재할 수 있는 두 세력은 겉보기에는 조용하게 균형을 유지하고 있는 것 같지만, 실상은 전혀 다르다. 이들은 쉼 없는 투쟁을 통해 임박한 파국을 지연하고 있으며, 이에 따라 문명의 역사는 위기의 연속으로 이루어져 있는 불안의 연대기로 점철된다. 전혜정의 소설은 문명을 송두리째 위협하는 '죽음'의 에너지에 대해 폭로하는 대목에서, 가장 매혹적인 순간을 보여준다.

「죽음의 도시」는 우리로 하여금 문명을 떠받치는 에로스의 힘이 얼마나 천박하고 덧없는 것인지 깨닫게 하기에 족하다. 도시 전역에서 굉음이 발생한 뒤 사람들은 차츰 삶의 의욕을 잃고 스스로 목숨을 끊기 시작한다. 사람들을 일시에 혼란에 빠뜨리는 그 굉음의 정체는 무엇인가? 「죽음의 도시」를, 다른 종말론적 서사인 코맥 매카시의 『로드』와 비교해보자. 이 소설에서 재앙은 명백하게 외부에서 도래하지만 「죽음의 도시」를 휩쓸고 있는 재앙은 보다 내부적인 곳에서 기인한다. 최초의 원인은 물론 불가해한 '굉음'이지만 이로 인해 활성화된 어떤 것, 사람들을 이제까지 가던 길에서 일시에 방향을 틀게 만든 그것은 인간의 내면 깊숙한 곳에 자리한 억압된 본능이다. 이로 인해 문명을 지탱하던 에너지는 하루아침에 산산조각이 나고 생명의 질서는 붕괴된다. 이 가운데서 주인공 이안이 마지막까지 삶의 동력을 놓치지 않으려고 몸부림치는 것은 아직 이런 징후에 감염되지 않은 어린 아들을 지키기 위해서다. 『로드』에서 검은 재로 변해버린 세계를 최후까지 견디어가는 사람, 「죽음의 도시」에서 자신의 내면에서 꿈틀대는 죽음충동과 싸우는 사람, 이 '아버지'들은 문명적 초자아의 최후를 상징한다. 그러나 과연 이들이 마지막 에로스의 끈을 얼마나 오래 잡고 있을 것인가? 그것이 가능하긴 한가?

> 아빠, 이제 우린 어떻게 해? 아이가 이안에게 물었다. 우리도 다른 사람들처럼 죽는 거야? 그럴지도 모르지. 이안은 말했다. 하지만 아직은 아니야, 그러니 다시는 아빠 앞에서 죽는다는 얘기를 하면 안 돼. 왜? 아이가 물었다. 우리도 언젠가는 죽을 거잖아. 왜냐하면, 이안은 말을 이었다. 아직은 너랑 나는 죽지 않고 살아 있으니까. 살아 있는 사람은 살아남아야 해, 알았니? (……) 아빠, 나 무서워. 무서워할 필요는 없어. 그래도 너무 무서워, 아빠도 무서워? 아이가 물었다. 그럼, 나

도 무서워. 이안은 말했다. 하지만 지금은 우선 아침을 먹을 거야. 그러고 나서 다시 무서워해도 늦지 않아.(63~64쪽)

마지막 장면에서도 주인공 부자는 '아직' 살아 있지만, 이 소설이 보여주는 비전은 훨씬 암울해 보인다. 죽음이 유보되었다는 사실도 위안을 주지 못한다. 등단작인 「해협의 빛」 역시 억압적인 국가의 권위와 자연의 재난으로 인해 그 안에 있는 인간들이 서서히 절멸해가는 모습을 그리고 있다는 점에서 죽음이 지배하는 서사라고 할 수 있다. 도시에서 고립된 협소한 지역에 주둔하고 있는 일군의 병사들이 벌이는 사건들, 이는 다분히 알레고리적인 설정으로 보인다. 등장인물들은 일련번호로 호명되며 지명은 이니셜로 표현된다. 이들은 종교와 국가 이데올로기에 따라 이리저리 휩쓸리기도 하고 무질서한 방종에 넋을 빼앗겨 금기를 넘나들다가 한꺼번에 역병에 전염되어 맥없이 죽어간다. 폐쇄적인 시공간에 갇힌 몰개성한 인물들의 모습은, 결국 모든 갈망과 미혹에도 불구하고 종내는 죽음에 희생되고 말 인류 공동의 운명을 대표한다고 할 수 있을 것이다.

그러나 아무래도 전혜정이 그리는 죽음은 두렵기만 한 것, 거부하고 싶은 대상으로만 여겨지지 않는다는 데에 기묘한 역설이 있다. 그의 소설에서 죽음은 한편으로는 비밀스럽게 선망되는 것, 끔찍하지만 거부할 수 없는 매혹적인 대상으로 설정되어 있지 않은가? 이는 프로이트가 그의 정신분석학에서 소멸로 이끄는 죽음충동이라고 말했던 것, 바타유가 바닥없는 소비라고 했던 것과 친연관계를 보여준다.

작가는 「노예들의 땅에서」의 마지막 부분에서 중편이 허락하는 얼마간의 '낭비'를 마음껏 누리려고 마음먹은 것 같다. 왕에게 살해당한 왕비와 정부의 시신이 골짜기에서 천천히 부패하는 장면이 그것이다. 적어도 수일 이상 걸려 진행되었을 시신의 와해과정을, 작가는 무려 다섯 페이지에 걸쳐서 세밀하게 묘사한다. 마치 해부학자의 열정을 연상케 할 정도로, 그는 보이지 않는 시신의 미세한 뼛조각에서 국부의 살점 하나까지 놓치지 않으려고 끈덕지게 매달린다. 죽음이 녹여가는 육신을 구석구석 짚어가는 그의 시선은 성육신(incarnation)의 신비를 해체하려는 사악한 악마의 그것을 닮았다. 이 대목에서 바타유의 다음과 같은 경구를 떠올리지 않을 수 없다. "육체는 사물이다. 따라서 사악하다."

팔다리가 부러져 뾰족한 정 같은 허연 뼛조각이 군데군데 튀어나와 있는 너덜너덜한 살과 근육은 독수리들의 집중적인 포식으로 곧 앙상한 뼈밖에 남지 않았다. 살이 오른 엉덩이와 허벅지를 모조리 쪼아먹자, 독수리떼에게는 마지막 성찬이 기다리고 있었다. 서너 마리의 독수리들이 날 선 발톱으로 사체들의 척추에서 분리된 뒤틀린 엉덩뼈를 집어들자, 그때까지 뼈들의 더미 속에 얼굴을 묻고 있던 국부의 부드럽고 축축한 살들이 대식가들을 향해 숨김없이 드러났다. (……) 여자의 서늘한 음부 속에 파고들어 한낮의 휴식을 취하고 있었던 노래기마저 대음순의 살점과 함께 한 독수리의 부리 속으로 들어갔다.(273~274쪽)

분명 고통스러운 장면인데도, 오히려 음란하다는 느낌을 주는 것은 무엇 때문인가. 작가는 다른 곳에서도 여러 번, 죽음에 이르는 끔찍한 장면을 기이하리만큼 집요하게, 정밀하게 기술하고 있다. 이는 독자로 하여금 생명의 연속성을 가능하게 하는 에로스가 죽음으로 향하는 충동과 은밀히 통한다는 의심을 갖도록 부추긴다. 「노예들의 땅에서」에서 유독 독자의 마음을 끄는 또하나의 장면은 노예 청년과 왕비 와스디가 목전에 다가온 자신들의 몰락을 예감하고 진한 정사를 벌이는 대목이다. 그리고 특히 기이하게 여겨지는 것은, 앞서 설명한 죽음의 장면과 마찬가지로, 정사 장면이 엇비슷한 비중으로, 비상한 공력을 들여 묘사된다는 점이다. 연대기적 순서와는 별개로, 극한의 쾌락과 극한의 고통은 매순간 모두 현재형으로 존재한다. 그리고 한없는 쾌락과 기쁨, 한없는 고통과 슬픔은 서로가 서로의 밀실로 들어가기 위한 열쇠가 된다. 작가는 모든 모순을 넘어서서, 상대방이 서로를 와해시키고 난 이후의 세계, 즉 순수한 무(無)를 향하는 욕망을 은연중에 드러낸다. 그것은 금지할수록 위반하고 싶은 것, 단단히 입구를 닫아걸수록 깨뜨리고 싶은 것, 혐오와 욕망을 동시에 상징하는 금기를 향한 관심이다.

"D……로 가게." 침묵을 깨며 10번은 간결하게 말했다. "지금 제정신인가? 그곳은 지옥이야." 나는 이성을 잃고 소리쳤다. (……) "그래, 자네 역시 진정한 지옥에 아직 한 번도 발을 들여놓은 적이 없지 않나? 무슨 근거로 D……를 지옥이라고 단정하는 건가?" (……)

"아!" 나는 외마디소리를 내지르며 바위 위에 털썩 주저앉았다. 그 소리는 내가 D……에 속하는 최초의 외침과도 같았다.(98~99쪽)

「해협의 빛」에서 마지막 생존자는 입에 차마 담기에도 어려운 금기의 땅 D……를 향해 떠나기로 결심한다. 이 소설은 한 세계의 전체성을 구성하는 것을 완전히 고문하고 파괴한 끝에 그 속에 살아 있는 개인이 전혀 다른 세계의 가능성을 향해 눈을 돌리게 되기까지의 과정을 추적한, 실험적 보고서라고도 읽을 수 있다. 여기서 언급되는 미지의 땅 'D……'가 상징하는 것은 과연 무엇인가(이 지명은 이 소설에서뿐만 아니라 「노예들의 땅에서」에도 등장한다)? 이러한 궁금증은 소설을 읽는 내내 우리의 머릿속을 떠나지 않고 호기심을 불러일으킨다. 혹자는 이 불완전한 명칭을 통해 죽음(Death), 저주(Damn), 악(Devil) 같은 단어들을 연상할 법하다. 하나같이 금기시되어온 불온한 이름들.

프로이트의 말을 한 번만 더 인용해보기로 한다. 그는 「쾌락 원칙을 넘어서」라는 논문에서 모든 생명체의 첫번째 본능이 삶에서 야기된 긴장을 없애고 무생물 상태로 돌아가려는 본능이라고 했다. 숨쉴 새 없이 습격해오는 에로스와 아난케의 억압으로부터 달아나서 무기물의 평온한 상태로 돌아가고자 하는 욕망이야말로 삶의 투쟁에 지친 모든 개체들이 진정 선망하는 것일지도 모른다. 아름다우면서도 끔찍한 이야기, 「노예들의 땅에서」에서, 골짜기에 버려진 두 사람의 시신이 천천히 육탈되는 장면이 차라리 평온하다 못해 목가적이라고 느끼는 사람은 비단 나 하나뿐일까? 와해와 망각이 주는 쾌감은, 문명의 시각으로 볼 때 금기시되어야 마땅한 것이리라. 그리고 저들은 이러한 감각을 가리켜 '악마적'이라는 평판을 덧씌운다. 그러나 때로 그 '악마'는 에로스와 아난케로 인해 발생한 힘의 불균형을 허물고, 범람

하는 절망과 흐느낌을 잠재우기 위해 찾아온다. 만연한 폭력은 이를 일시에 덮어버리는 더 큰 파괴적인 힘, 신적 폭력에 의해 무화되고, 이로 인해 역설적으로 평화가 찾아온다. 문명의 피로 속에 잠긴 피조물들에게 죽음이 가져다주는 평화는 본질적으로 평등하게 머문다.

3. 재생, 독서의 시련을 넘어

이처럼 삶과 죽음, 선과 악에 관련된 비밀을 누설하는 텍스트는 독자를 근원으로부터 걸려 넘어지게 만든다. 그러나 한편으로는 이러한 어지럼증이야말로 금기를 깨는 텍스트가 주는 축복일지도 모른다. 서슴없이 광기와 외설, 하드고어와 하드코어, 신비주의와 극사실주의를 넘나드는 서사를 따라가기엔, 일상의 관습에 젖어 살아온 독자들은 힘이 부칠 수밖에 없다. 그리고 경악한다. 바타유의 다음과 같은 언급은 왜 그토록 많은 서사가 관습으로부터 도망쳐 금지된 영역으로 나아가려 하는지 설명하는 데 도움이 된다. "폭력이 존재를 향해 자신의 그림자를 던지고 죽음을 '정면으로' 직시하는 한, 생은 순수하게 자비로운 것이다. 그 어떤 것도 그것을 파괴할 수 없다. 죽음은 재생의 조건이다."[3] 아마도 「해협의 빛」의 마지막 부분에서 작가가 살아남은 병사의 눈을 통해 보여주려고 했던 것도 이러한 역설일 것이다.

그러나 「해협의 빛」을 제외한다면, 전혜정 소설들의 서사구조가 이러한 신화의 원형적 패턴을 그대로 따르고 있다고 보긴 어렵다.[4] 이

3) Georges Bataille, *Literature and Evil*, tans. by Alastair hamilton, New York: Urizen Books, 1973, p.15.

를테면 「봉인된 시간」에서 큰 사건의 줄기를 이루는 소녀 마라의 처참한 희생은 어떤 대가나 화해의 기미도 약속하지 못한 채 더 나빠지리라는 예감으로 이어질 뿐이다. 이는 다른 소설에서도 마찬가지다. 처참한 희생을 요구하는 상황이 벌어지고, 작가는 거의 가학적인 열정을 가지고 이 광경을 세세하게 기록하고 있지만, 이들이 흘린 피의 대가로 사회가 더 나아지리라는 전망은 전혀 보여주지 않는다. 그러나 우리, 책을 덮고 자신에게 부과된 삶을 계속 살아가야 하는 독자들은 위안을 원한다. 이들은 굶주린 군중처럼 죽은 것들의 희생을 기약하는 전망 단 한 줌이라도, 아니 그 희미한 기미라도 보여달라고 요구한다. 이에 어떤 작가들은 이들에게 자신이 서명한 책을 통째로 던져준다. 피와 오물, 도착된 성과 남용된 폭력으로 적셔진 더럽고도 고운 책을. 다시 말해, 그 자신의 존재가 금기에 대한 위반이 되고자 하는 책들은 그 자체로 희생제의를 연행(演行)하는 것이 아닌가? 우리가 문명이라고 여겼던 것들을 범하고 만연한 야수성을 백일하에 드러내며 신성함과 이에 맞먹는 휴머니즘으로 장식되어 있는 허울을 남김없이 조각내버리는 사악한 책은 우리를 이성의 한계 바깥으로 몰아낸다. 그리고 마침내 이를 대면시킴으로써 가까스로 극복하게 만든다.

---

4) 노스럽 프라이의 분류에 의하면, 전혜정의 소설에 구축된 시공간은 악마적 이미지가 지배하는 신화의 하위모방 영역, 즉 경험의 아날로지가 지배하는 세계에 속하는 것으로 보인다. 이는 "악몽과 산 제물의 세계, 속박과 고통과 혼란의 세계, 인간의 상상력이 아직 그 세계에 대해서 작용을 하지 않고 인간에게 바람직한 이미지가 아직 확고하게 확립되어 있지 않은 도착되고 황폐한 세계, 폐허와 무덤의 세계, 고문 도구와 바보천치들이 우글거리는 세계"로 묘사된 악마적 이미지의 원형이 보다 인간 상황에 가깝게, 사실적인 양식으로 변형된 것이다.(노스럽 프라이, 『비평의 해부』, 임철규 옮김, 한길사, 2000, 290쪽, 305~312쪽 참조)

자신의 텍스트를 도구 삼아 금기를 뒤엎는 악의 형상을 생생하게 재현하려 했던 작가들은 고대의 희생제의를 집행한 사제의 역할을 연기하고 있다고 할 수 있다. 바타유는 그의 저서에서 이러한 작가들의 이름을 차례로 거론한다. 보들레르, 사드, 에밀리 디킨슨…… 죽음, 섹스, 살인, 수간, 약물로 얼룩진 소설들은 문명의 억압이 계속되는 한 여전히 그 계보를 이어갈 것임에 틀림없다. 전혜정의 소설은 인간이 어떻게든 기피하고자 하는 이러한 무질서와 분열과 퇴폐를 끊임없이 우리에게 환기시킴으로써 우리가 문화 또는 문명이라고 불러온 절망적인 상태에 사형선고를 내린다. 그리고 아마도 이러한 작품들은 우리의 상황(소설 속에 설정되어 있는 가상적인 세계의 상황이 아니라, '책'이 위치해 있는, 그리고 그 책을 건네받은 독자들 자신이 처해 있는 상태)을 할 수 있는 데까지 부정하고 재생으로 향하는 순환의 사이클에 밀어넣기 위해 더 큰 시련을 부과하는 일을 멈추지 않을 것이다. 얼마나 오래, 얼마나 심각하게, 이런 고문은 계속될 것인가? 그의 소설 「침묵」에 등장하는 양가죽을 쓴 인간들은 대체 언제 침묵하기를 그치고 다시 사람의 꼴로 돌아올 것인가? 아마도 그 양들은 직접 자신이 제물이 되어 죽임을 당하기 전까지는 여전히 네발로 기면서 진흙을 먹고 있을 것이다. 무고한 소녀가 불 속에 던져져서 "짐승만도 못한 그저 하나의 살덩어리"로 변한 것을 보면서도 소녀의 몸을 다시 불길 속으로 떠미는 것들의 세상. 이 피조물들을 고함치게 만들 더 더럽고도 고운 자극을 찾을 수 있을 것인가? 이 책은 잠자코 경계 바깥에 있는 것, "D……", 신성함의 장막 아래 있는 것을 상상하게 만든다. 우리는 그를 금하고, 또 욕망할 것이다.

작가의 말

늘 지나던 길에서 올해 첫 단풍을 보았다. 아직 9월이 지나지 않았는데, 고개를 갸웃했다. 이즈음 시간이 참 빠르게 지나간다는 것을 새삼 절감한다. 날이 풀렸다 싶으면 벌써 여름이었고, 더위를 견디기가 힘겹다는 생각을 할 무렵 예고 없이 서늘한 바람이 불어왔다. 문득 이렇게 수십 번 반복하면 끝이 오는 건가, 라는 생각이 들었다. 아니, 바로 내일일 수도 있겠다. 무심히 지나가는 시간의 흐름만큼, 그 어떤 것도 불쑥 찾아들게 마련인 것이니.

돌이켜보니, 너무 오래 돌아서 걸어온 듯하다. 소설을 쓰는 일은 고역이었고, 앞으로도 별반 달라지지 않을 것이다. 하지만 그보다 마음을 단단히 만드는 데 더 오랜 시간이 걸렸다. 지금은 다만 묵묵히 한 글자씩 써나갈 뿐이다. 소설을 쓸 때만이 평정심을 유지할 수 있다는 사실을 깨달았다. 다른 건 무엇도 소용없었다.

이제는 어느덧 지나간 이십대의 청춘 시절엔, 쓰고 싶은 글이 너무 많아서 종종 벅차오르는 이야기들을 주체하지 못해 옆의 사람들을 붙잡고 열심히 말하고, 또 말했더랬다. 그때 나는 조금은 행복했었던 것 같다. 그러나 이제는 더이상 나의 이야기들을 발설하지 않는다. 대신 내 안의 그 이야기들을 마음의 눈으로 감별하여 글로 옮겨 적게 되었다. 말은 요령 없어졌으나, 글은 나아졌으니 이 또한 나쁘지 않다. 현실을 가감 없이 나름의 방식으로 소설에 투영하고자 했으나, 어떤 면에선 오히려 현시대에 비해 내 소설이 약하다는 생각조차 들 때가 있다. 슬프게도 현실은 소설보다 더욱 비극적이고, 악하다.

가끔 오스카 와일드의 「비밀없는 스핑크스」란 짧은 글을 떠올린다. '무언가 비밀스런 것을 가지고 싶었으나, 정작 그녀 자신은 아무런 비밀도 없는 스핑크스'였던 여성이 등장하는 흥미로운 내용의 글이었다. 어쩌면, 나는 생각하곤 한다. 소설을 쓰는 것으로 스핑크스를 가장하고 있지는 않은가, 라고. 한 사람으로서는, 한 여성으로서는 아무런 비밀이 없지만, 작가로서는 수많은 비밀을 가지고 있기를 열망하고 있지 않은가, 라는.

이 책이 나오기까지 감사를 전해야 할 분들이 있다. 우선 사랑하는 가족에게 고맙다고 말하고 싶다. 책임편집을 맡아주었던 영민한 편집자인 예인씨에게도 감사한다. 그녀에게도 내게도 첫 책이었다. 덧붙여 모교의 너그러운 선생님들과 선후배 동기들, 그리고 글을 엮어주신 문학동네에 깊은 감사를 드린다.

| 수록 작품 발표 지면 |

나와 미스 마를렌 …… 『문학동네』 2008년 봄

죽음의 도시 …… 『문학수첩』 2009년 겨울

해협의 빛 …… 『문학동네』 2007년 가을

봉인된 시간 …… 『학산문학』 2010년 여름

침묵 …… 문장 웹진, 2008년 5월

노예들의 땅에서 …… 『문학동네』 2011년 겨울

문학동네 소설집
해협의 빛

초판인쇄 2012년 10월 4일
초판발행 2012년 10월 10일

지은이 전혜정
펴낸이 강병선
책임편집 황예인 | 편집 박지영 조연주 | 디자인 이경란 유현아
마케팅 신정민 서유경 정소영 강병주 | 온라인마케팅 김희숙 김상만 이원주 고경태 한수진
제작 안정숙 서동관 임현식 | 제작처 미광(인쇄) 창림피앤비(제본)

펴낸곳 (주)문학동네
출판등록 1993년 10월 22일 제406-2003-000045호
주소 413-756 경기도 파주시 문발동 파주출판도시 513-8
전자우편 editor@munhak.com | 대표전화 031) 955-8888 | 팩스 031) 955-8855
문의전화 031) 955-8890(마케팅) 031) 955-8864(편집)
문학동네카페 http://cafe.naver.com/mhdn

ISBN 978-89-546-1938-7 03810

* 이 도서의 국립중앙도서관 출판시도서목록(CIP)은
e-CIP 홈페이지(http://www.nl.go.kr/cip.php)에서 이용하실 수 있습니다.
(CIP 제어번호 : CIP2012004488)

www.munhak.com